Les épreuves de l'égomorphose

Editeur BoD – Books on Demand,
12/14 rond-point des Champs Elysées, 75008 Paris
Impression : BoD – Books on Demand, Allemagne

ISBN : 9782322114245

Dépôt légal : octobre 2016

Vincent Haxvyll

Les épreuves de l'égomorphose

Du même auteur :

Le Baron Gris (2002)
La Cité Jumelle (2007)

Site internet :
http://haxvyll.wix.com/haxvyll

Sommaire

I
L'HOMME EN BLANC

L'horizon est trouble.

Des flashs, des images s'entrechoquent.

Un esprit embrumé, une blessure…

Cette douleur à l'épaule gauche, est-ce réel ?

Des bruits, un crissement, un « clac ! », et cette odeur de caoutchouc brûlé... vapeur de nausée... un vomissement qui prend à la gorge.

Puis soudain le réveil, un vrai « clac ! » cette fois, celui d'une portière de voiture, au loin.

Sébastien Cossin sursauta, comme sorti mystérieusement d'un mauvais rêve. Figé au volant de sa Citroën C5 de fonction, il était arrivé là, sans trop savoir comment.

Il respira un grand coup.

Que se passait-il ?

Il n'était pas dans son état normal.

Sa tête, ou plutôt ses yeux, tournaient plus vite que d'habitude et dans tous les sens. Et puis cette sueur froide qui tapissait la colonne de son dos, qu'est-ce que cela voulait dire ?

Quel était cet énervement moelleux qui envahissait son être ?

Que lui arrivait-il ?

Où était-il ?

Ça, il pût y répondre assez facilement. Il était garé près de chez lui, il faisait nuit, il n'était pas loin de 21h30 et nous étions le jeudi 2 mars.

La température extérieure approchait les 2°C. Des têtes d'épingles en guise de flocons volaient çà et là et son véhicule commençait à se couvrir de givre intérieur. Quelque peu désorienté et gelé, Sébastien décida de rentrer chez lui.

En s'extrayant du véhicule, ses jambes vacillèrent, il se rattrapa in extremis. Il actionna la fermeture à distance des portières, la voiture acquiesça des clignotants.

Le quartier était bourgeois. Les immeubles étaient du début du siècle, trois à quatre étages, pas plus. Sébastien poussa le lourd battant en bois du hall en émettant un râle ; tout son corps n'était plus qu'un tissu de fibres nerveuses grippées et reliées à des muscles cotonneux.

Il marcha péniblement le long du couloir tapissé de velours rouge, puis appela l'ascenseur.

Un bouton sur le mur clignota jusqu'à l'ouverture des portes.

Sébastien appuya sur le numéro "3", un léger «ding!» se fit entendre et la cabine commença à grimper.

Il balaya d'un reniflement la goutte qui pendait au bout de son nez ; il se dit : putain de temps ! qu'est-ce que j'ai bouffé aujourd'hui ; j'ai mal au bide ! vivement que je me pieute !

L'ascenseur stoppa.

Quand la porte s'ouvrit, Sébastien crut vivre à nouveau un mauvais rêve, pourtant c'était bel et bien réel. Devant lui, un homme brandissant une carte de police et entouré de deux autres individus en uniforme lui demanda son nom.

Sébastien répondit et tout bascula.

Il n'allait pas pouvoir dormir chez lui cette nuit.

*

Au commissariat, tout était allé très vite.

Au début, on lui avait parlé sans cesse et on l'avait piqué pour une prise de sang, mais il ne comprenait rien à la situation. Il était incapable de raisonner. Alors on l'avait enfermé presque deux heures durant dans une cellule de dégrisement.

Il avait mangé, bu un peu, puis petit à petit, doucement, les pièces s'étaient remises en place, ceci sans qu'il n'eût strictement rien à faire.

Tout d'abord, vérification de routine : identité, travail, famille, reconstitution des dernières vingt-quatre heures.

Il posait bien des questions pour essayer de comprendre, mais on lui répondait sans relâche :

- Quand le commissaire principal sera là. Il est en route.

Sébastien balança des mots comme "bande d'imbéciles!", ou "allez-vous faire voir !", il menaça les officiers assermentés en leur disant qu'ils allaient bientôt perdre leur job, qu'il avait des relations et que, de toute façon, ils n'allaient pas pouvoir le retenir ici bien longtemps.

Mais rien n'y fit :

- Quand le commissaire principal sera là.

Puis on le lâcha dans une pièce exiguë avec quatre autres personnes totalement inconnues. Deux minutes après, on leur dit à tous de passer à côté tout en leur distribuant à chacun un numéro inscrit sur une pancarte. Les cinq hommes, dont Sébastien Cossin, se mirent en ligne en affichant leur matricule. Entouré de deux hommes armés, un homme tout habillé de blanc, cheveux châtains plaqués en arrière, s'avança vers les suspects. Bien rasé, un léger sourire au coin des lèvres, les yeux marrons clairs très profonds, l'homme en blanc, mains dans les poches, prit son temps.

Quand son regard croisa celui de Sébastien, l'homme articula :

- C'est lui !

Les policiers notèrent. Le témoin signa et s'en alla, non sans adresser un petit sourire narquois à l'attention de Sébastien.

Alors qu'il faillit éclater de rage, on l'apaisa enfin en lui répondant :

- Le commissaire principal est arrivé.

*

La salle d'interrogatoire était blanche, claire et sobre.

Sébastien était assis là, face à un bureau, et le commissaire fit de même.

- Bonsoir, Monsieur euh... Cossin, commença timidement le commissaire.

- Allez-vous me dire enfin ce qui se passe ici, bordel ! pesta illico Sébastien. Cela fait deux heures que vos singes me questionnent et me disent de faire ceci et cela. Qu'est-ce que ça veut dire, on est revenu au temps de la Gestapo ou quoi!

Le commissaire calma les ardeurs de Sébastien aussitôt :

- Vous allez très vite comprendre, Monsieur Cossin. Cela fait maintenant quatre heures que nous vous avons spécifié votre garde à vue, et il nous fallait vérifier certains éléments avant de pouvoir vous préciser pour quels motifs, et c'est désormais le cas, vu que tout concorde.

- Quoi ?! Qu'est-ce qui concorde ? Z'avez bu ou quoi ? C'est du délire! balbutia Sébastien quelque peu tremblant.

- Non, Monsieur Cossin, ce n'est pas moi qui ai bu, c'est vous. Et c'est bien dommage, car c'est atroce ce que vous avez fait.

- Qu'est-ce que j'ai fait ? Allez-y, crachez votre pastille, accouchez !

Le commissaire, peu impressionné par la vigueur des propos de Sébastien, prit délicatement une feuille de papier et se mit alors à lire:

- Monsieur Cossin Sébastien, né le 03/08/71 et résidant au 24ter Place de la Couperie à Nantes, vous êtes à ce jour accusé, suite au témoignage et à la déclaration sous serment de Mr X, d'avoir causé l'accident mortel de Mme Xium Tchang et de ses trois enfants.

Les mots auraient pu résonner comme un tambour dans le crâne de Sébastien, mais, au contraire, ils glissèrent ; un peu comme si son subconscient avait pris le dessus.

- Suivant le témoignage de Mr X, poursuivit le commissaire, le prévenu roulait à vive allure dans un virage tout en étant déporté sur la gauche, ceci alors même que le véhicule conduit par la famille Tchang arrivait en sens inverse. Ne pouvant faire autre chose, Madame Tchang s'est donc déportée sur la droite tout en frôlant la voiture du contrevenant ; elle a dérapé sur le gravier du bas-côté, puis, entraînée par la vitesse, la voiture a basculé en contrebas en faisant deux à trois tonneaux. Après avoir stoppé suite au choc, Monsieur Cossin a regardé en direction du véhicule accidenté de Mme Tchang, puis il a continué sa route.

- C'est du délire ! C'est un tas de conneries ce témoignage. C'est qui l'idiot qui a vu cette mise en scène ? La tapette en blanc de tout à l'heure ? Où est mon avocat ? Vous ne me direz rien d'autre sans la présence de mon avocat. Vous croyez que vous allez me baiser comme ça ? J'ai des droits ! Où est mon avocat ? Répondez, bon sang !

Surpris, sans pour autant être agacé, le commissaire quitta des yeux sa feuille quelques secondes, puis répondit :

- Mais... vous l'avez appelé il y a quelques heures, Monsieur Cossin. Vous ne vous souvenez pas ?

- Quoi ? Mais... euh... vous me prenez pour un imbécile, je serais au courant quand même !

- Certainement.

- Alors, où est-il ? Qu'est-ce qu'il fout ?

- A moins que...

Sébastien fixa gravement le commissaire :

- A moins que quoi ?

Et le commissaire rétorqua en fixant à son tour Sébastien le plus sérieusement et le plus calmement du monde :

- A moins que vous n'ayez été trop en état d'ivresse sur le moment pour vous rendre compte que vous aviez contacté Maître Sauzeray il y a quelques heures.

Sébastien ne sut que dire, scotché.

Non content de son effet, le commissaire poursuivit :

- Un test sanguin a été effectué et votre taux d'alcool avoisine les 1,7gr/l. Vous avez fait surface depuis, Monsieur Cossin, mais il n'en demeure pas moins que les faits sont là.

Le commissaire ponctua la fin de sa phrase afin que le réveil de Sébastien soit total. Le reste du discours du policier s'imprima cette fois aussitôt dans la conscience de Sébastien :

- La réalité est la suivante, Monsieur Cossin. Alors que vous étiez ivre, vous avez pris le volant, vous avez roulé comme un fou sur des petites routes escarpées, vous avez roulé à gauche, vous avez percuté le véhicule de Mme Tchang, vous avez constaté l'accident et vous avez fui, ceci sans porter assistance à une famille qui a péri carbonisée après l'explosion du réservoir. Ainsi, l'affaire est close, Monsieur Cossin, vous allez être inculpé sous peu pour conduite en état d'ivresse, délit de fuite, non-assistance à personne en danger et, finalement, homicide involontaire.

Le visage de Sébastien se durcit à chacune des accusations énoncées. Il eut envie réellement de vomir cette fois.

- Vous... vous... vous êtes fou à lier, balbutia Sébastien, moitié groggy.

Le commissaire se pencha alors encore une fois lentement vers Sébastien, comme s'il allait lui confier un secret, et souffla:

- Je suis peut-être comme vous le dites, Monsieur Cossin, mais moi, quand j'appelle quelqu'un au téléphone, en général je m'en souviens. Surtout s'il s'agit d'un avocat.

C'est alors qu'entra Maître Sauzeray, portant sur son visage le masque d'un homme à qui l'on venait d'annoncer la nouvelle de la fin du monde.

II
LE DILEMME

Une peau sèche et dure, une soif d'eau inextinguible, et un mal de crâne de plus en plus présent, la cuite faisait son effet. Malgré les faits et les preuves que lui annonçait son avocat, Sébastien était fidèle à sa vraie nature : impassible, hautaine, vulgaire, vaniteuse et surtout égocentrique.

A trente-cinq ans, il était PDG d'une multinationale travaillant dans la pétrochimie et il avait gravi les échelons à la vitesse de l'éclair non seulement en prostituant son esprit comme une nymphomane échangiste prête à tous les sévices, mais également en corrompant, menaçant et virant tous les individus se dressant sur le chemin de son ascension.

Régulièrement sollicité par ses actionnaires afin de faire grimper les cours par tous les moyens possibles, Sébastien avait le don de toujours formuler la réponse attendue par les membres du Conseil. Il savait focaliser l'attention de ces derniers sur la brebis galeuse qui empêchait, soi-disant, d'insuffler une nouvelle dynamique à la Société. Puis, une fois béni par une "carte blanche unanime", il passait à l'action. Pour ce faire, il inventait des stratégies vicieuses faites de conflits, d'orgueil, de luttes hiérarchiques et de promesses non tenues afin de faire exploser les groupes de travail les plus soudés et les plus fidèles à l'entreprise. Après division des intérêts, il faisait en sorte qu'un check-up complet des différents salariés soit dressé afin de compter les points entre les rentables et les branleurs. Puis, en fin de compte, on licenciait, on "pré-retraitait", on dégoûtait, on délocalisait. Restaient seulement de ce raz de marée psychique les plus solides et les plus belles anguilles. Oui, Sébastien Cossin avait l'abnégation et le mépris nécessaires pour sacrifier des secteurs entiers d'activités, et ceci, au nom de la sacro-sainte "loi du marché".

Fier de cette capacité professionnelle rare, qui lui permettait de s'enrichir sur la naïveté et l'inadaptation de certains hommes, Sébastien affichait également la même froideur dans ses rapports familiaux et intimes.

Son mariage avec Manuella n'avait été pour lui qu'une formalité de plus dans un pays où l'apparence a plus d'importance que l'honnêteté des sentiments. La naissance de sa fille il y a trois ans n'échappait d'ailleurs pas à cette règle ; il ne s'en occupait jamais et trouvait les débuts de l'éducation insupportables et d'une bêtise à pleurer. Pour lui, un individu ne pouvait survivre dans l'enfer ambiant de la société qu'en allant chercher au fond de lui ses ultimes forces. Pour lui, on ne pouvait et ne devait compter que sur soi. Le monde pouvait bien crever ou s'effondrer autour de lui, cela n'avait pas beaucoup d'importance, il n'en avait cure.

C'est pourquoi, malgré les efforts de Maître Sauzeray pour lui faire comprendre la gravité de la situation, Sébastien prit l'intensité du moment comme un obstacle de plus à surmonter parmi tant d'autres.

Il était cinq heures du matin, mais cela ne l'arrêtait pas.

Il appela d'abord le Maire-adjoint de la ville, un homme qui fut, en son temps, fort utile pour faire taire les syndicats de travailleurs quand une usine de lave-vaisselle avait été démantelée dans la zone industrielle de Sainte Louce. Grâce au Maire-adjoint, en deux coups de cuillère à pot le préfet de police - ami intime d'enfance de l'élu en question - avait ordonné de chasser les contrevenants. Il fallait voir avec quelle vigueur les CRS et les forces de l'ordre équipés de véhicules lourds avaient débloqué les barrages des manifestants qui empêchaient les déménageurs d'embarquer le matériel vers la Chine. De loin, Sébastien avait assisté à la scène, et il avait trouvé cela fascinant; cette expression de la force brute mêlée au désespoir était pour lui l'occasion de visualiser à satiété les tréfonds de l'émotion humaine.

Il y avait eu du sang, des pleurs, des jambes cassées, des insultes, de la perversité et de la haine à l'état animal. Cela avait été pour lui presque jouissif.

A l'époque, le Maire-adjoint à qui il devait cet "orgasme" n'avait pas été dur à manipuler : 5.000 actions chez Electrovoxi et deux semaines complètes tous frais payés à Courchevel.

Sébastien et Maître Sauzeray l'avaient donc appelé aussitôt. Mais, rapidement, le peu d'entrain du Maire-adjoint à soutenir l'insoutenable avait énervé copieusement le peu de patience du prévenu. Il y avait eu des insultes, des menaces et des coups de poings sur la table, puis finalement une absence de tonalité.

Rideau.

Il appela d'autres relations : journalistes politiques, PDG, maîtresses mondaines... rien n'y fit, pas une seule main tendue.

Ses actionnaires et ses autres employés, il ne fallait bien sûr pas y compter.

Sa femme, encore moins, malheureusement.

Son avocat, vite éprouvé par cette longue nuit, prit congé vers les sept heures du matin. De toute manière, ils n'arrivaient à rien tous les deux, alors ce départ ne fut pas un déchirement pour Sébastien.

Quand la porte de la salle d'interrogatoire claqua derrière Maître Sauzeray, un chiffre résonna dans la tête de Sébastien Cossin : le chiffre "20".

Vingt, c'était le nombre d'années de prison qu'il risquait d'encourir.

*

A l'aube du 3 mars, les policiers avaient saisi le juge d'instruction et le transfert vers la Maison d'arrêt était imminent pour Sébastien.

On l'avait amené dans un couloir, menottes aux poignets, et on l'avait abandonné là, seul, assis sur un banc, un peu comme un animal isolé avant de passer à l'abattoir.

Quelques minutes passèrent.

Puis tout devint irréel.

Bien loin derrière une porte située au fond du couloir, un sifflement joyeux se rapprocha petit à petit. Un homme chauve vêtu d'un costard gris débarqua quelques secondes après. Quand son regard croisa celui de Sébastien à l'autre bout de l'espace, l'homme stoppa net son allure et son sifflement. Malgré l'éloignement, Sébastien aperçut le regard marron clair de l'homme, un genre de regard hypnotique.

L'homme ouvrit alors le bloc-notes électronique qu'il avait à la main. La machine émit des « Buzz », des « Bizz », des « Shrack », des « Fizz », puis, soudain, un bras mécanique très fin s'éleva et se déplia jusqu'à Sébastien. Au bout de ce bras, une petite caméra se mit à zoomer vers Sébastien. Puis il y eut un flash. Sébastien fut aveuglé et cacha par réflexe son visage derrière ses mains ferrées. Le bras se rétracta comme le fil "rembobinable" d'un aspirateur, et le bloc-notes de l'homme mystère clignota comme un flipper.

L'homme en costume gris releva la tête de son écran, exhiba un sourire "ultra-brite" des plus décalés et s'avança vers Sébastien d'un pas militaire.

Comme incapable de parler devant le surréalisme ambiant, Sébastien regarda cet olibrius venir vers lui et s'asseoir sur le banc juste en face.

Ainsi posté, l'homme rouvrit son bloc posé sur ses genoux et une perche avec un micro émergea.

Un son électronique synthétisa un "*DÉBUT D'ENRE-GISTREMENT*" et l'homme en gris tapa de son poing sur un gros bouton poussoir avant de relever la tête vers Sébastien et de dire :

- Bonjour, Monsieur Cossin. J'ai l'honneur de vous annoncer que vous êtes le dossier 45656-63-AZP section "Rouge". Alors, comment ça va aujourd'hui ?

L'homme avait parlé d'un ton monocorde, comme un commercial amateur débitant son argumentaire de vente. Devant l'air toujours bouche bée de Sébastien, il poursuivit:

- Oui, je sais, ne répondez pas : ça a été une nuit de merdasse ! Nos fichiers sont très documentés, alors un cas désespéré comme le vôtre, forcément cela saute aux yeux.

Piqué au vif par le terme "désespéré", le réveil de Sébastien fut des plus tonitruants :

- C'est vous qui êtes désespéré, espèce de malade. Qui vous a autorisé à enregistrer quoi que ce soit en ma présence ?

- Mais c'est la procédure habituelle lors de l'ouverture d'un dossier, rétorqua l'homme, toujours souriant.

- Quel dossier ?

- Bieeeennn, mon petit Sébastien. Ça c'est la bonne question !

Excédé, Sébastien se jeta sur l'appareil et le balança à travers le couloir avant qu'il n'explose en mille morceaux contre le mur.

L'homme regarda l'appareil se briser sans l'ombre d'un sursaut ni d'une contestation.

- Va jouer au cerceau, gamin ! ajouta Sébastien, largement contrarié.

Alors l'homme en gris se retourna vers Sébastien, remonta ses manches, commença à faire des mouvements de bras comme s'il était en train de faire un échauffement de gymnastique ; puis il montra lentement et distinctement ses mains nues à Sébastien, fixa son attention et, par un tour de passe-passe magique, fit apparaître un dictaphone. L'homme en gris le posa à côté de lui, sur le banc, et se remit à sourire de plus belle.

Bien que terriblement agacé, Sébastien ne sut pas comment réagir. Devait-il persister dans la violence ou feindre de n'avoir rien vu ? Une seule chose lui vint seulement à l'esprit, cet esprit de plus en plus absent:

- Foutez le camp !

A ces mots, le sourire de l'homme en face devint moins jovial. Il s'avança légèrement et lentement vers Sébastien, puis répondit :

- Bien sûr, que je vais m'en aller, matricule 45656-63-AZP. Mais avant, je te conseille d'écouter ma proposition.

Loin de s'attacher au propos, Sébastien s'attarda sur la forme afin de décourager l'homme à poursuivre dans cette voie :

- Je ne vous autorise pas à me tutoyer, minable !

- Mon Dieu, mon Dieu, il y a du travail. Il est vrai que la marche est haute avec toi, cela fait tellement longtemps que tu vis dans l'ignorance de l'autre... Mais, vois-tu, c'est ce que j'aime dans ce boulot : donner une chance, même vaine, au plus irrécupérable des hommes.

- Une chance, vous dites ? Les hommes qui font confiance à la chance ne sont que des perdants. Vous n'êtes qu'un crétin, barrez-vous.

- Oui, bien sûr, Sébastien, je vais partir... (l'homme en gris temporisa un moment avec un sourire ironique, puis reprit :)... Il est vrai qu'avoir laissé griller trois enfants et leur mère dans un véhicule accidenté laisse en général indifférent le plus sérieux des jurys. Mais, que tu l'acceptes ou pas, j'ai un scoop pour toi : ces vingt années de prison, tu vas les faire. Que tu sois puissant ou pas, que tu te crois au-dessus des lois ou pas, tu vas les faire. Et je te garantis une chose : ces vingt années seront les pires de toute ton existence.

Un silence.

- Je trouverai un moyen, ne vous en faites pas, souffla Sébastien sans conviction.

- Bien sûr, dit l'homme en souriant toujours. Et qui vas-tu appeler pour que l'on te tende la main ? Tes amis, ta famille, tes collègues ?

L'homme en gris regarda à droite et à gauche, d'un bout à l'autre du couloir, puis reprit :

- Mais… où sont-ils Sébastien ? Je ne vois personne. Tu as vu dans quel état tu es, tu as vu où nous sommes et tu as vu tous ces gens armés qui s'apprêtent à te tomber dessus ?! Vas-tu enfin admettre que la seule personne présente ici et prête à t'aider, c'est moi et personne d'autre ! Vas-tu l'admettre Sébastien ?

Pour le moins aigri, soit à cause de la présence de cet homme, soit à cause de ses dires, Sébastien se figea comme un bloc de granit, le regard dans le vide.

Heureux de constater l'abdication de son adversaire, l'homme se rapprocha encore plus de Sébastien et lui dit doucement :

- Toute ta vie n'a été qu'un immense mépris du genre humain et du genre animal, Sébastien. Toute ta vie tu n'as pensé à rien d'autre qu'à toi. Toute ta vie tu n'as répandu autour de toi que malheur, débauche et avilissement. Alors, comment crois-tu que tout cela puisse bien finir ?

Sébastien tourna son regard vers l'homme penché sur lui et interrogea à son tour :

- Qui êtes-vous pour me juger ? Que savez-vous de ma vie ? Pour qui vous bossez ?

- Je "bosse", comme tu dis, pour un organisme non gouvernemental qui se propose de racheter l'âme humaine en échange d'une annulation de peine.

- Quoi ?!

- Oui, Sébastien, tu as bien entendu. J'ai l'honneur de te féliciter : tu as été sélectionné pour participer à notre magnifique expérience.

- Qu... quelle expérience ?

- Mais, celle de te voir changer, Sébastien.

Sébastien ne sut plus quoi dire, tout cela virait au cauchemar. Etait-il encore ivre ? L'avait-on drogué ? Et cet homme, était-ce un détenu ou bien un flic en train de le jauger, de le tester, de le pousser à bout pour qu'il avoue toutes les saloperies qu'il avait faites dans sa vie ? Oui, sa vie qui n'avait été jusqu'ici qu'un immense champ de bataille dans lequel il prenait son pied à abattre tout ce qui l'entourait. Comment cet homme savait-il à quel point il pouvait être odieux, sadique, intolérant en tout et pour tous ? Et comment pouvait-il penser un seul instant qu'il avait besoin de changer ? Comment pouvait-on être assez fou pour imaginer une chose pareille à son sujet ?

- Tu ne vois pas pourquoi tu changerais, hein, n'est-ce pas ? relança l'homme en s'alignant étonnamment sur l'état de pensée de Sébastien. C'est normal que tu ne puisses pas comprendre pour l'instant, il est encore trop tôt. Par contre, la seule chose sur laquelle tu dois te concentrer, c'est sur la proposition que j'ai à te faire.

Un silence.

« Aujourd'hui, tu n'as que deux choix possibles, Sébastien : soit tu acceptes de tenter l'expérience que je te propose, soit tu laisses la justice faire son travail et tu pars en prison avec pour seul bagage des boulets de dix tonnes à chaque pieds. A toi de voir, garçon.

Il y eut encore un silence.

Sébastien réfléchissait.

Il pensait bien que, quelque part, il y avait un piège, que quelque chose sonnait faux. Mais, finalement, ce n'était pas cela qui le dérangeait ; côtoyer une atmosphère fantasque où tout peut exploser à chaque instant, ça, il y était habitué, cela ressemblait drôlement à l'ambiance de son travail. Non, ce qui l'exaspérait par-dessus tout, c'était de devoir faire un choix. Lui qui avait jusqu'ici passé sa vie à imposer ses choix et ses décisions aux autres sans tenir compte des conséquences, désormais il devait choisir entre la prison et la folie, et ça l'horripilait.

Pourtant, tel était le dilemme.

Le bruit de plusieurs portières de voitures claqua au loin. Sébastien sursauta, perdu dans ses pensées. En regardant le banc face à lui, il constata avec surprise que ce dernier était vide. Sébastien se sentit alors soulagé. Il avait dû rêver. Il avait dû fantasmer toute la scène. Dieu merci, il n'y avait plus de choix à faire.

Soudain, un petit « clic ! » se fit entendre

Sébastien tourna machinalement la tête et poussa un cri d'effroi en apercevant le dictaphone posé à côté de lui.

Au loin, des bruits de pas, des bourdonnements de policiers frénétiques commencèrent à se faire de plus en plus présents, de plus en plus proches.

La tension nerveuse monta d'un cran. Il regarda autour de lui, d'un bout à l'autre du couloir, pour voir si l'espace demeurait toujours désert. Une fois rassuré sur ce point, il saisit l'appareil.

Même s'il savait déjà qu'il avait tort, la tentation était bien trop grande: il rembobina l'appareil et appuya sur "lecture". Un bruit de fond sans paroles s'installa d'abord. Ce son était très fort, on percevait le souffle de l'enregistrement; c'était comme si les poussières en suspension dans l'air arrivaient à elles seules à émettre des sons, un silence assourdissant.

Sébastien ferma les yeux, de plus en plus inquiet. Et puis, la voix magnétique de l'homme en gris traversa le haut-parleur :

- *Vous n'avez plus que quelques secondes pour faire votre choix, matricule 45656-63-AZP !*

Le scénario catastrophe continuait bel et bien, au grand dam de Sébastien. Le choix avait réapparu presqu'aussi vite qu'il avait disparu.

Sébastien avait-il réellement le temps de réfléchir ?

Sûrement pas.

En avait-il seulement envie ?

Consciemment ou inconsciemment, il fit machinalement le choix le plus évident qu'il y avait à faire pour un homme comme lui.

Quand sa décision fut prise, il lâcha distraitement le dictaphone qui alla s'éclater en deux sur le sol. C'est alors qu'un bruit étrange se fit entendre : le bruit huileux et métallique d'une porte coulissante.

Le long du mur, une porte d'ascenseur s'était ouverte. Déconcerté par le fait qu'il n'avait pas remarqué cette porte jusqu'ici, Sébastien entendit la voix de l'homme en gris s'extraire une dernière fois du magnétophone:

- *Veuillez monter, Monsieur Cossin.*

Nageant en eau trouble, comme immergé dans une cinquième dimension, mais surtout poussé par les cris des policiers qui semblaient franchir le seuil du couloir, Sébastien marcha jusqu'à la porte, hésita deux à trois secondes, pour la forme, puis monta dans la cabine.

Sébastien entendit le déchirement d'une porte qu'on ouvre violemment et la voix du commissaire, ce fut tout jusqu'au « ding ! » de fermeture de l'ascenseur.

III

La descente n'en finissait pas.

Interminable.

Une vraie descente aux enfers, ou du moins : un avant-goût.

Au départ, la chute de la cabine avait été tellement brutale que Sébastien fut comme en lévitation. Puis, peu à peu, une vitesse raisonnable reprenant le dessus, Sébastien trouva une position stable et confortable.

A l'intérieur de l'ascenseur, rien n'indiquait la position d'un étage ; pas de voyant ni cadran, juste un unique bouton lumineux qui clignotait. Sébastien estima rapidement qu'en à peine deux minutes une centaine d'étages avaient été franchis, une centaine d'étages vers les abîmes de la terre.

Heureusement, très vite après cette constatation, Sébastien sentit l'habitacle ralentir doucement. Les câbles d'acier commencèrent à se tendre, les contrepoids à peser, ceci jusqu'au...

« Stachhh... Wichhh ! »

...d'arrêt total.

Sébastien attendit quelques secondes avant l'ouverture des portes. Juste le temps nécessaire pour angoisser et inventer les pires délires paranoïaques inspirés par l'inconnu.

« Ding ! »

Les portes coulissèrent.

Devant, l'horizon était sombre. Seul un éclairage mural au-dessus de l'ascenseur éclairait la zone sur un rayon d'une dizaine de mètres, pas plus. Au-delà de ce demi-périmètre, c'était le noir total, la pleine nuit.

Sébastien s'avança timidement, guettant, furetant la moindre présence alentour. Quand il eut franchi, non sans multiples précautions, le seuil de l'élévateur, la partie coulissante métallique se referma derrière lui. Sébastien la fixa, perplexe... comme si quelque chose lui disait qu'il allait rester coincé ici... pour longtemps.

Il avança encore deux-trois mètres, puis stoppa. Il décida de rester dans la lumière.

Un temps.

Sébastien scruta la noirceur environnante. Rien. Pas la moindre brise. Pas d'humidité dans l'air ni de fraîcheur. Bien qu'il ne fut pas en mesure de l'affirmer, selon lui il ne se trouvait pas en extérieur, mais plutôt en intérieur, dans ce qui devait être quelque chose comme un hangar, un immense hangar d'une hauteur gigantesque.

Un autre temps.

Au détour de son observation des profondeurs l'encerclant, Sébastien aperçut soudain quelque chose : un petit point de lumière semblait se rapprocher.

Instinctivement, Sébastien recula d'un mètre. Visiblement, cela fonçait droit sur lui.

Le point parut alors se dilater, enfler en prenant la forme d'un ballon.

Des pas !

Des bruits de pas faits d'échos ricochants s'intensifièrent.

Le lien entre cette marche et la lumière se fit naturellement quand Sébastien vit apparaître dans son champ de vision un homme tenant une lanterne à la main. Coiffé d'un feutre aussi noir que son costume, l'homme ne prêta aucune attention à Sébastien, posa sa lanterne, fouilla dans ses poches et extirpa de sa veste un petit cube de cinq centimètres de côté. Il le posa sur le sol, s'écarta de deux-trois pas chassés puis tapa dans ses mains.

A la vitesse de l'éclair, toutes les facettes du petit cube se déplièrent en une cascade de dominos jusqu'à ce que les parois d'un grand bureau se forment. De part et d'autre de la table, une chaise de camping se déplia. L'homme en noir s'installa aussitôt sur une, ouvrit un tiroir, sortit un PC portable fin comme une feuille de carton, l'ouvrit et l'alluma.

Sébastien resta debout, à une dizaine de mètres.

Pour le moins désarmé devant le spectacle, il ne réagit pas quand une fibre optique se fraya dans l'air un chemin jusqu'à lui à la manière d'un serpent de mer. Parvenu à une dizaine de centimètres du visage de Sébastien, l'œil optique cligna, l'ordinateur à l'autre bout bipa, le fil retourna à sa base et le visage de son utilisateur s'illumina à son tour.

- Prenez donc place, Matricule 45656-63-AZP !

L'homme en noir ponctua son invitation d'un geste de la main.

Au bout d'un certain temps, Sébastien s'avança, la démarche légèrement abattue, puis s'assit.

Le regard noir, le visage sévère, Sébastien attendit encore quelques secondes et lança :

- On ne vous a pas dit que j'avais un nom ? Vous appelez toujours les gens par des chiffres d'administrateurs à la noix.

- Mais c'est la procédure, mon cher. Certes, entre nous, on peut s'appeler par nos noms respectifs, mais le règlement stipule que seuls les matricules doivent être énoncés dans les lieux publics.

Sébastien regarda par-delà l'oreille gauche et droite de son interlocuteur, vers la nuit, et dit :

- Vous trouvez qu'il y a foule aujourd'hui dans votre établissement ?

- Ah-ah, très drôle, mon cher. Hilarant même, dirais-je ! Cela dit, parfois il vaut mieux apprendre à se méfier, les murs peuvent avoir des oreilles.

- Se méfier de qui ?

- Mais des autres, mon cher. Nous devons protéger l'état civil des gens qui sont confiés à notre établissement. Car certains peuvent s'en sortir, voyez-vous. Ce n'est pas un phénomène si rare qu'on le prétend.

Sébastien cligna des yeux, secoua la tête comme s'il voulait se forcer à se réveiller, cependant...

« Sinon, pour mieux clarifier les choses, tu peux m'appeler Adelphus »

...le cauchemar était bien réel.

Sébastien craqua :

- Putain, mais qui êtes-vous ? C'est quoi ce délire ?

- Du calme...

- QUI ÊTES-VOUS ? hurla-t-il cette fois.

- Je ne vois pas l'à-propos de cette question. Mais, si cela peut te faire plaisir, sache simplement que je suis ce que tu m'obligeras à être tout au long de cette expérience.

- Qu... Quoi ? Je ne comprends rien.

- C'est facile à comprendre pourtant. Tout au long de ton évolution future - si évolution il y a, bien sûr -, je serai ton conseiller, ton manager, ton mentor. Tantôt je serai un haut militaire qui brisera d'insultes ton ego et ton orgueil purulent, tantôt je serai un catcheur qui te brisera les os, une autre fois je serai le mannequin en string qui te fera bander, et encore une autre fois je serai la sauce piquante qui te filera des hémorroïdes. Bref, je suis là pour te guider, comprends-tu ?

- Me guider... mais pour quoi faire ? Qui êtes-vous pour me parler de la sorte ? Ça veut dire quoi ce petit jeu, c'est une tactique pour me faire craquer, hein ? Je connais tous les pièges vous savez, j'ai étudié les réactions humaines. Vous n'arriverez pas à me baiser ! Des abrutis de recruteurs comme vous, j'en ai formés des dizaines, alors on ne me la fait pas moi. Je veux parler à votre responsable. Appelez-le immédiatement !

- Tu fais erreur, il n'y a pas de responsable ici, à part toi bien entendu, toi le responsable de ta situation.

- Je n'ai pas assez de temps, moi, pour ces CONNE-RIES! Je veux votre RESPONSABLE !

A l'énervement de Sébastien, Adelphus se recala dans sa chaise et se mit à rire dans sa barbe.

Exaspéré par cette attitude, Sébastien sentit la moutarde lui monter au nez de plus belle :

- Arrêtez de rire ! Arrêtez ça tout de suite où je vous explose !

Le rire de l'homme en noir était au bord de l'éclatement, il n'en pouvait plus. Sébastien exulta :

- ARRÊTES, NOM D'UNE PIPE ! ARRÊTES ÇA TOUT DE SUITE, SINON...

Adelphus stoppa net ses éclats, se releva, vira illico le bureau le séparant de Sébastien et dit le plus posément du monde :

- Sinon quoi, matricule 45656-63-AZP ? Qu'est-ce que tu vas me faire ? Tu veux me frapper avec tes petits bras ? Ok, ça me va. Voyons voir ce que tu vaux à la boxe française. Allez viens ! Viens te battre avec les grandes personnes, viens prendre ta raclée, provoqua Adelphus en se mettant en position, poings serrés devant le visage et jeu de jambes en suspension.

Rendu au paroxysme de son énervement, Sébastien se leva et lança un premier crochet du droit qui se perdit aussitôt dans le vide. Enchaînant du gauche, Adelphus esquiva d'une feinte de corps, sans problème. Recadrant son adversaire qui semblait s'amuser comme un gamin alors que lui voulait se battre d'homme à homme, Sébastien repartit dans un zigzag des bras sans pour autant toucher son but. Puis, un peu moins alerte vu ses efforts vains jusqu'ici, Sébastien tenta un plaquage. Adelphus évita l'attaque adverse et frappa à l'arcade sourcilière la bombe humaine lancée comme une furie devant lui. Sébastien s'étala de tout son long sur le sol en acier.

- Eh oui, K.-O dès la première minute du premier round! C'est une magnifique victoire d'Adelphus à laquelle nous venons d'assister, Mesdames, Messieurs ! C'est fantastique, la foule est en délire, les filles s'évanouissent, les bookmakers se frottent les mains. C'est tout simplement magique, Mesdames, Messieurs !

Non content de son commentaire sportif des plus lourds et des plus pompeux, Adelphus ponctua la scène de grands gestes simulant la joie de la victoire : mains jointes levées, bras en croix tout en s'agenouillant.

Assis sur le sol, groggy, une main sur son arcade ouverte qui pissait le sang, Sébastien eut du mal à reprendre ses esprits.

Stoppant son manège humiliant, Adelphus s'avança alors vers Sébastien, calmement, les mains dans le dos.

Parvenu juste à côté du blessé, il s'accroupit et interrogea :

- Et maintenant, mon cher, désires-tu vraiment continuer à te battre ?

Sans laisser l'homme en noir finir sa phrase, Sébastien cracha un molard coagulé vers Adelphus ; ce dernier interposa sa main ouverte d'un réflexe hallucinant et s'essuya d'un même geste sur le visage blafard de l'émetteur.

- Tes attaques de femmelette, tes tactiques de sioux, tes provocations de star, je les connais par cœur, constata Adelphus comme si rien ne s'était passé. On peut continuer comme cela des heures, des jours et même des nuits, je te battrai encore. Que tu l'admettes ou non, je serai en toute occasion celui qui te contredira. Je serai celui qui dira tout haut les mots que tu ne veux pas entendre d'ordinaire, ces mots que ton cerveau a oubliés d'analyser parce que, jusqu'ici, tu l'en as volontairement empêché. Je serai celui qui te montrera tel que tu es. Je serai la barrière que tu ne pourras pas franchir.

Afin d'accentuer son effet, Adelphus temporisa quelques secondes puis reprit :

- Attends... qu'est-ce que tu disais déjà, avant que je t'étale comme une pouf ? Ah oui, tu disais : "je connais les réactions humaines". Eh bien, si toi, Sébastien Cossin, tu prétends connaître les réactions humaines, laisses-moi te dire deux choses : primo, d'ici quelques heures, tu te rendras compte que tes convictions les plus profondes et les plus sûres ne valent rien, et secundo, sache qu'il n'y a réellement ici qu'une seule et même personne qui connait tes propres réactions, c'est moi !

Devenu momentanément borgne, Sébastien regarda Adelphus et soupira fortement, visiblement calmé.

- Alors, on poursuit, matricule 45656-63-AZP ? Ou préfères-tu continuer la visite des lieux sans les précieux conseils d'un guide bien avisé comme moi.

- Va te faire foutre, souffla Sébastien.

- "L'insulte est un refuge identitaire où l'homme se perd", Sébastien. Toi qui aime les phrases toutes faites, médites bien sur celle-là.

- Je ne marche pas dans votre jeu de manipulation psychologique, vous ne m'aurez pas.

- Tu n'es décidément pas un client facile, ça on peut le dire. J'ajouterai même, qu'à mon avis, tu es une cause perdue. Cependant, ce qui me motive, c'est de voir jusqu'à quel point tu peux aller. J'aimerais connaître tes limites. C'est tellement instructif de savoir jusqu'à quel point un individu comme toi peut devenir un monstre.

- Vous m'ennuyez.

- Pour l'instant, oui. Mais dis-toi bien qu'à un moment, se sera toi qui m'appelleras, et en pleurant, qui plus est.

- Cela m'étonnerait.

- On verra bien. Ici, beaucoup de choses t'étonneront, Sébastien. N'oublie pas qu'il y a deux minutes tu croyais pouvoir me battre. N'oublie pas qu'il y a deux heures tu te croyais intouchable aux yeux de la justice.

Sébastien soupira à nouveau, sa blessure le piquait et une grande lassitude lui parcourait tout le corps.

Par un tour de passe-passe dont il a le secret, Adelphus fit apparaître une compresse dans sa main, comme un prestidigitateur fait apparaître un as de trèfle.

- Laissez-moi, finit par murmurer Sébastien en prenant néanmoins le carré de gaze.

- Te laisser, dis-tu ? Mais ce n'est pas possible.

- Pourquoi ?

- Mais parce que tu as accepté de nous confier ton âme.

- Arrêtez, je ne crois pas à vos idées farfelues.

- Encore une fois : *pour l'instant*.

- Je ne suis pas si simple d'esprit que vous le croyez.

- Certes. Néanmoins, du haut de toute ta splendeur tu as accepté de te livrer à nos épreuves.

- Des épreuves ? Quelles épreuves ?

- Disons… que tu vas subir des paliers, Sébastien. Différents paliers. A chacun d'eux tu auras une tâche à accomplir, et après chacun d'eux, nous analyserons tes réactions en priant le ciel pour que tu comprennes quelque chose sur ta vraie nature. Voilà le deal que tu as accepté depuis cinq minutes à peine. Et maintenant, si je suis là, c'est pour que tu honores tes engagements.

Effectivement, Sébastien ne voulait pas le voir, mais c'est lui-même qui avait inconsciemment accepté l'idée de se livrer à cet univers inconnu. Juste avant que le commissaire et ses hommes ne se jettent sur lui dans le couloir, littéralement au pied du mur, il avait accepté cette expérience ridicule. Où était-il vraiment? A quelle époque ? A quelle profondeur ? Il n'en savait rien. Mais il en avait accepté l'idée. Et maintenant, si pour lui les bases de ce jeu lui échappaient totalement, il devait bien admettre qu'il n'avait pas d'autre choix que d'accepter de participer. Le temps de la négociation sera pour plus tard, pensa-t-il.

- Alors, Sébastien, on peut y aller ? questionna l'homme en noir en guise de relance.

La plaie ne saignant plus, Sébastien se releva lentement.

Adelphus et lui se retrouvèrent face à face.

Sans dire un mot, Adelphus tendit alors le bras en direction de la porte d'ascenseur en train de s'ouvrir. Sébastien s'avança tout aussi lentement, monta dans l'appareil, se retourna, regarda vers Adelphus et dit finalement :

- Vous ne venez pas ?

- Non, ce n'est pas moi le patient dans cette histoire, répondit Adelphus... Moi, je ne suis que la potion du réveil utile juste après l'anesthésie.

- Et si j'échoue à votre test ?

- Il n'y a pas d'autres solutions que de réussir, Sébastien.

- J'avais cru comprendre que les résultats positifs étaient choses rares,

La porte de l'ascenseur se referma alors sur ces derniers mots d'Adelphus :

- Ici, on réussit à atteindre l'objectif ou on meurt !

Juste avant le départ de l'appareil, Sébastien songea qu'il avait déjà croisé le regard marron très clair d'Adelphus quelque part.

IV
ETAT DES LIEUX

Laissé comme deux ronds de carotte après la réflexion tonitruante d'Adelphus, Sébastien prit aussitôt la menace comme une intimidation de plus chez un homme où les tours de magie et les effets de manches étaient monnaie courante.

L'ascenseur se mit à descendre, cette fois à une vitesse raisonnable. Cela dura pas loin de deux minutes, le temps nécessaire pour Sébastien de se dire que dans cette histoire il était peut-être obligé de participer à l'expérience, mais pas forcément de l'approuver. En d'autres termes, il était hors de question pour lui d'aller dans le sens qu'ils attendaient tous.

Freinage.

Ralentissement.

Stop et « ding » final.

Les deux battants s'écartèrent en coulissant le long du mur. Sébastien se retrouva seul, face à son destin.

Il faisait noir. Seule une petite lumière, style éclairage blafard d'un indicateur d'issue de secours que l'on trouve parfois au-dessus de certaines portes, pouvait se discerner dans le fond. Conscient que le sol ne pouvait pas se dérober sous ses pieds, Sébastien Cossin avança d'un pas. La porte de l'ascenseur se referma et un éclairage puissant dévoila le lieu.

Sébastien se trouvait au départ d'un couloir sans issue d'une vingtaine de mètres de longueur. Sur chaque pan de mur, deux portes blindées étaient numérotées.

Sébastien n'osait pas s'avancer, comme s'il attendait un ordre.

Par une technique inconnue de Sébastien, un tableau de lettres phosphorescentes s'afficha alors devant lui, tout en restant suspendu dans les airs ; il disait :

VEUILLEZ ENTRER
DANS LA PIÈCE N°1

Sébastien s'approcha de la première porte sur sa gauche. Un « clac » se fit entendre et la gâche électrique libéra le vantail en acier.

Sans pouvoir s'empêcher de gamberger, Sébastien ravala sa salive et entra. La porte se reverrouilla automatiquement derrière lui.

La pièce faisait dans les huit mètres sur trois, hauteur de plafond standard, parois en acier brillant, type cuisine industrielle. Au milieu, un bébé trônait au sommet de sa chaise haute.

A peine remis de sa surprise au vu de cette présence, Sébastien fut frappé par l'affichage lumineux qui s'étalait sur le mur du fond :

VOUS DEVEZ FAIRE
MANGER LE BÉBÉ.
VOUS AVEZ 10 MINUTES.

La directive aussitôt lue, le chrono commença.

Pas de problème, Sébastien avait l'habitude des courses contre la montre. Malgré la bizarrerie ambiante, il prit le défi en grande considération. Il devait faire preuve de bonne volonté, au moins dans un premier temps.

Il s'avança vers l'enfant qui le dévisageait. A côté, une table basse était recouverte de divers aliments et ustensiles. Des petits pots variés, des légumes, un mixer, des petits suisses, une boîte de boudoirs, une bouteille de jus d'orange, un biberon, un four à micro-ondes, des fruits, une boîte de lait en poudre, un pack d'eau, un hochet et diverses gamelles, le panel étalé était vaste. Le bébé montrait déjà des signes d'excitations : mouvements brusques, jambes qui tapaient contre les barreaux de la chaise.

- Bonjour toi, lança d'un ton neutre Sébastien.

- Aga, répondit le bébé avec un sourire.

Sur le moment, Sébastien ne sut interpréter l'entrain de cet enfant : était-il heureux de son arrivée à lui ou bien était-il simplement heureux de la perspective de pouvoir enfin manger?

Qui sait ? Tout le monde.

Restait maintenant à s'exécuter, chose simple pour beaucoup, mais pas vraiment pour Sébastien. A la maison, c'est sa femme, Manuella, qui s'occupait de tout concernant leur fille. Bébé, il avait fait peut-être manger cette dernière une dizaine de fois à tout casser ; la plupart du temps, tout avait déjà été préparé par Manuella, il n'avait plus qu'à enfoncer la cuillère dans le gosier. Il faut dire qu'il trouvait ça emmerdant; gérer l'intendance - comme il l'appelait - lui sortait par les yeux. Alors, qu'on l'oblige à nourrir un bébé en guise de premier test, quelque part il savait que c'était "volontairement" agaçant, mais pas insurmontable, voire même gentil.

- Ada, brups !

Le bébé rappela Sébastien à l'ordre. Il avait déjà perdu presqu'une minute à rêvasser.

Quel âge avait-il ou avait-elle ?

Très peu doué pour ce genre d'estimation malgré son expérience des budgets prévisionnels à moyen et à long terme, il opta pour environ six mois.

Sur la table, trois pistes s'offraient : le très populaire bi-beron, le prêt-à-l 'emploi avec les petits pots, ou la cuisine d'adulte avec les légumes et les fruits.

Que pouvait bien manger cet enfant à son stade de croissance ? Mystère, il n'en savait rien du tout.

Désireux de procéder par ordre, il commença par le biberon. Il estima les dosages d'eau et de lait en poudre, passa le tout quarante-cinq secondes au micro-onde, secoua, jaugea la température, s'assit sur un tabouret face à l'enfant et commença à présenter la tétine.

- Maheu...

Les lèvres à peine touchée, le bébé tourna la tête.

- Allez bébé, on va boire le bon miam-miam.

Très vite, un va et vient décalé entre la bouche du bébé et la tétine s'opéra. Forçant un peu la parade vaine de l'enfant, Sébastien poussa un peu plus la tétine pour la forcer à rentrer. Quelques bribes de lait jaillirent, le bébé avait tout recraché.

- Hé, mais c'est pas bien ça ! dit Sébastien d'un ton autoritaire.

Les balbutiements d'un râlement se firent entendre de la part du bébé.

Ne relevant pas plus, Sébastien essuya les pertes de lait d'un coup de bavoir et relança la manoeuvre.

- Ouiiiiin... Brrr... Brrr...

Même résultat, légers pleurs en prime.

Sébastien posa lourdement le biberon sur la table.

- C'est bon, c'est bon, dit-il pour calmer le petit être pleurnichard. On va passer à autre chose.

Il saisit un petit pot au bœuf et à la purée de brocolis.

- Wouah ! Ca va être super bon, ça, s'esclaffa Sébastien, ce qui calma un peu l'air grincheux du bébé.

Il prit une petite cuillère, touilla et avança la chose.

Même cirque que pour le biberon : course poursuite, jeu du chat et de la souris entre la cuillère et la bouche.

- Allez, ne fais pas l'enfant, ton cirque ça ne prend pas avec moi. Faut manger pour grandir. Allez on y va !

D'un geste nerveux des bras, le bébé écarta la cuillère dont le contenu se répandit par terre.

- Ada ! ponctua l'enfant en guise de satisfaction.

Sébastien sentit l'agacement lui titiller la plante des pieds. Depuis quand un enfant refusait de manger, ils ne pensent qu'à bouffer et à dormir la plupart du temps !

Restait la dernière option, car il ne tenait pas à salir ses vêtements d'autres particules alimentaires pré-mixées. Il prit une écuelle, coupa des petits morceaux de fraise, clémentine et poire, mélangea le tout avec une bonne dose de sucre en poudre et se retourna en disant :

- Alors cette fois, on arrête les petits caprices. Car j'ai horreur du gâchis. Tu vas voir ça, c'est super bon.

La cuillère se fut cette fois à peine approchée que les gestes et les cris du bébé fusèrent comme un signal d'alerte. Les bras et les jambes de l'enfant battaient à tout rompre si bien que la chaise haute bougeait. Des morceaux de fruits sirupeux allèrent se poser sur le pantalon de Sébastien ainsi que sur son visage, notamment sur sa trop récente plaie à l'arcade sourcilière, ce qui le fit quelque peu hurler.

- Nom de Dieu, c'est quoi cette merde ! Il ne gobe rien ce gamin !

- Ouiiin ! Ouiiinnn... Waaahhh... !

- Je vais t'apprendre à tout envoyer en l'air, moi, sale morveux!

Plus Sébastien s'énervait après lui, plus les pleurs et surtout les cris du bébé redoublaient.

- Tais-toi ! cria-t-il en se bouchant les oreilles. Mais tais-toi donc !

Les bébés, aussi petits soient-ils, possédaient parfois une force vocale des plus terrifiantes pour témoigner leur désaccord général, c'était le cas ici.

Un « clac » retentit, la porte s'était ouverte. Sébastien pouvait fuir. Le panneau indicateur du chronomètre clignota sur 00:00.

Sébastien s'empressa de quitter les lieux, poussé dehors par les braillements du bébé.

Quand la porte se referma, l'isolation acoustique permit de retrouver le silence.

Sébastien souffla.

Un autre « clac ! »

Le panneau suspendu en l'air réapparut :

> VEUILLEZ ENTRER
> DANS LA PIÈCE N°2

Sébastien prit le temps de nettoyer les résidus collants sur son visage, défroissa de la main son pantalon, puis entra.

La pièce faisait la même taille que la précédente. Les murs étaient tapissés de blanc. Au centre, une petite fille, vêtue d'une culotte rose et d'un T-shirt blanc, tournait le dos à Sébastien. Par terre, des dizaines de vêtements étaient posées çà et là, en vrac ; deux penderies sur roulettes étaient également couvertes de vêtements. Enfin, dans un coin, trônait un grand miroir, genre psyché.

> VOUS DEVEZ HABILLER
> LA PETITE FILLE.
> VOUS AVEZ 5 MINUTES.

Bien qu'évident, l'objectif était précisé.

- Bonjour, fit timidement Sébastien tout en s'avançant lentement. Euh... mon nom c'est Sébastien. Tu m'entends ? Comment tu t'appelles, petite ?

L'enfant se retourna.

Surpris, Sébastien fit une grimace de dégoût. D'environ trois-quatre ans, la gamine accusait certes une surcharge pondérale d'environ dix à quinze kilos pour son âge, mais cette disproportion en était arrivée à déformer les traits de son visage. Les joues bouffies, un cou pratiquement fondu avec les épaules, le front orné de multiples boursouflures, un système pileux largement prononcé, la réaction de Sébastien fut celle d'un anthropologue face à un monstre d'une nouvelle espèce.

- Z'avez pas le droit de m'r'garder com'ça ! s'offusqua la petite avec ses mots à elle.

Pris sur le fait, Sébastien tenta de se ressaisir, toujours conscient du chrono en cours :

- Euh... oui. Euh... comment tu t'appelles, mon chou ?

A ces mots, la gamine partit dans une danse du feu effrénée et chantonna :

- N'avez-vous planter les sous, à la mode, à la mode, n'avez-vous planter les sous, à la mode de cé nous. Tranana, nana, nananère, patipatipa, tranananananère...

Au détour du troisième tour de danse, Sébastien attrapa la petite fille et la regarda droit dans les yeux :

- Dis, on jouera après si tu le veux bien, mais avant j'aimerais que tu répondes à ma question : c'est quoi ton nom, dis-moi ?

- Alessand'a.

- Alexandra, c'est ça ? Tu t'appelles Alexandra.

- Hmm-Hmm, acquiesça-t-elle en hochant la tête et en se grattant le nez.

- Bon, Alexandra, tu es une grande fille maintenant. Tu es capable de te débrouiller toute seule. Alors que dirais-tu si tu t'habillais, hein ?

- Non, ze veux pas !

Tiens, cela m'aurait étonné, se dit Sébastien intérieurement. Cela aurait été trop facile.

- Mais, pourquoi ?

- Veux pas, c'est tout. R'in me va.

- Non, mais non. Je suis sûr que beaucoup de choses peuvent te plaire ici, il suffit de chercher...

Sébastien fouilla rapidement et sortit d'un tas de fringues une jupe écossaise et un pull à col roulé noir.

- Tiens, regarde ça, Alexandra. Qu'est-ce que tu en dis ? Cela va t'aller comme un gant.

De toute façon, si cela taille large tu devrais passer au travers sans trop de problème, ma grosse !

- Non, 'a va pas ensemb'. C'est pas beau. Comme toi aussi, t'es pas beau !

- Dis donc, tu m'as l'air d'une petite fille bien capricieuse, dit Sébastien en serrant le bras d'Alexandra nettement plus fort. Avant de donner son avis sur les choses, il faut au moins se donner la peine d'essayer. Alors tu vas me faire le plaisir de mettre ça, et après on avisera, ok ?

- Hiiiinnn... gémit la gamine en voulant échapper à la prise de Sébastien.

- Je te lâche si tu décides d'être gentille et obéissante, d'accord Alexandra ?

- Ouuuiii...

- Promis ?

- Ouuuiii...

Sébastien lâcha prise, la petite s'écarta puis fixa Sébastien méchamment.

- T'as fait mal, dit-elle en se frottant le bras. Méssant !

- Tu as promis, Alex.

Alors qu'il ponctuait sa remarque d'un index droit façon "prends garde", la petite fille renifla un gros chagrin express et s'exécuta, difficilement.

Au bout de quelques secondes, elle avait enfilé la jupe et finalement le gros pull. Victoire, se dit Sébastien.

- Ça gratt', z'ai saud.

- Oui, allez, viens voir comme tu es belle.

Sébastien "invita" Alexandra vers le miroir en la poussant un peu dans le dos. Tête baissée, elle s'exécuta encore, pas de fourmis après pas de fourmis. Quand elle fut devant la glace, elle continua de regarder ses chaussures. Mais quand Sébastien, à force d'insistance,...

- Regarde, Alexandra ! Regarde comme tu es jolie ! Cela te va comme un gant !

...l'obligea à regarder dans le miroir et qu'elle releva les yeux, Alexandra devint alors totalement hystérique.

- Non, pas bien, pas voir... z'veux pas voir, pas beau !

Alexandra se mit à courir dans toute la pièce, elle arracha littéralement ses vêtements, elle cria à tout rompre et se frappa la tête avec les poings.

- Oiiinnn... non, pas 'gader, pas 'gader... pas beau !

Perplexe, abasourdi par cette crise, Sébastien tenta de rattraper la furie à travers la pièce. A un moment, il glissa sur un des vêtements et s'étala de tout son long. De plus en plus énervé, Sébastien barra la route à l'enfant et la secoua un bon coup pour qu'elle cesse ses cris :

- Alexandra, Alexandra, regarde-moi ! Vas-tu te taire ! C'est fini oui ? Ça veut dire quoi ce cirque ?

- Hiiinnn... Hiiinnn... gémit-elle.

- Arrête ça tout de suite, Alexandra. Il faut que tu t'habilles.

A ces mots, le « clac » de la porte se fit entendre.

Sébastien regarda le mur d'en face où s'affichait déjà 00:00.

Comme Alexandra se débattait toujours, il la relâcha en la jetant quasiment dans un tas de vêtements, ce qui déclencha une crise de larmes des plus parfaites.

Sébastien se redressa et la porte numéro 2 se referma sur ces mots : « Méssant... Oiiiinnnnn... t'es pas beau ! Pas beau... ».

Même si les réclamations étaient des plus basiques jusqu'ici, l'état de nerfs de Sébastien en avait pris un sérieux coup. Décidément, il ne pouvait pas comprendre les réactions infantiles. Ces sales mioches avaient le don de le mettre en boule.

Un temps et puis...

> VEUILLEZ ENTRER
> DANS LA PIÈCE N°3

Sébastien entra dans une pièce aux proportions identiques aux autres et qui ressemblait vaguement à une salle de classe.

Sur toute la longueur du mur opposé à l'entrée, il y avait des étagères remplies de livres.

> VOUS DEVEZ APPRENDRE
> LES FONCTIONS DE BASE
> D'UN PROGRAMME INFORMATIQUE
> AU JEUNE HOMME.
> VOUS AVEZ 10 MINUTES.

Au fond de la pièce, un tableau noir était accroché. En face, un jeune homme en fauteuil roulant était installé devant un écran d'ordinateur.

Ainsi, cette fois, Sébastien allait devoir revêtir la casquette de formateur.

Et dire qu'on me file un élève aliéné mental en plus. Ils ont vraiment décidé de me filer que des cas sociaux, c'est pas vrai! C'est pas avec ça que l'on risque de construire une France moderne, mois je vous le dis !

Quelque peu défaitiste au début de ce troisième test, Sébastien s'avança.

D'environ seize ans, cheveux blonds coupés ras, yeux bleus-gris, barbe légère, corps très fin, voire squelettique, le jeune homme ne prêta pas attention à Sébastien quand il se posta devant lui.

Il fallait qu'il parle :

- Bonjour, jeune homme.

- 'jour, balbutia timidement l'adolescent.

- Euh... comment tu t'appelles ?

- Christophe, M'sieur.

Au moins, lui il est poli. Ça change.

- Bon, moi c'est Monsieur Cossin, ton nouveau formateur ; du moins, pour les quelques minutes qui suivent.

Le garçon ne releva pas l'allusion à la situation loufoque dans laquelle se trouvait Sébastien, comme si, à l'heure actuelle, tout était parfaitement classique dans le plus ordinaire des mondes. Au lieu de cela, il semblait attendre patiemment que le cours commence, comme s'il avait fait deux cents cinquante bornes pour cela.

Sébastien poursuivit :

- Bon, peux-tu me dire ce que tu connais au niveau informatique ? Tout d'abord, est-ce que tu sais bien utiliser les interfaces de la machine : souris, imprimante...? Tu n'as pas de problème avec ça ?

- Non, m'sieur. C'est... c'est...

- Pardon ? coupa Sébastien, impatient.

- C'est... c'est ma passion l'or-di-nateur. Che... j'connais ça.

- Bon, ok. Pas de problème. Je voulais savoir d'où on part. Sinon, quel programme tu utilises ?

- J... j'fais un peu de Word.

- Oui

- Du tab... du tableur.

- Quel genre ? Lotus, excel ?

- Ex...ex...

- Excel.

- Ou-oui, c'est ça.

M'énerve à bégayer, celui-là. On en perd du temps, on en perd !

- Ok, autre chose ?

- J... j'fais un peu de... photoshop. C... c'est un logi-ciel de t... trans... transformation d'image, termina à bout de souffle le jeune homme.

- Oui, je connais photoshop, dit Sébastien en semblant prendre la précision du gamin comme un affront. C'est moi le formateur, ne l'oublie pas !

- Ou-oui, M'sieur.

- Euh... y-a-t-il un programme sur ta machine que tu souhaiterais découvrir en particulier ?

- J...je... que... si...

La question avait semble-t-il déstabilisé Christophe. Sans rien répondre, il fit glisser sa souris d'une main hési-tante. Voyant le manège, et surtout les secondes s'égrainer au chrono de l'épreuve, Sébastien passa de l'autre côté du bureau, prit la souris sans ménagement et sonda la base de données de l'ordinateur. Après quelques secondes, il se tourna vers le jeune homme qui ne savait plus où se mettre, et demanda :

- Outlook, tu connais ?

Après avoir croisé et décroisé ses bras, Christophe es-quissa un début de réponse...

« j... je... sais... »

...mais ce fut...

« Tout ce qui est messagerie électronique, e-mail, ca-lendrier, tu connais ? »

...Sébastien qui termina.

Putain, non seulement d'être paralysé des jambes, il est paralysé de la tête aussi, celui-là, commença à fulminer intérieurement Sébastien.

Anxieux comme pas un devant la promiscuité de son formateur et ses questions trop rapides, Christophe ne parvint qu'à tourner la tête de droite à gauche en guise de négation.

- Bon... (Sébastien claqua dans ses mains, ce qui fit sursauter l'élève ultra-sensible)... on est parti !

Le professeur reprit sa place devant le tableau et dessina une icône en forme d'enveloppe.

- Tu vas cliquer deux fois sur cette icône, ok ?

Un temps.

- Tu le trouves ? relança Sébastien.

- Ou-oui

- Bon, tu te trouves devant un écran avec une barre horizontale haute où il y a toutes les fonctions, et une fenêtre verticale gauche où sont gérés les dossiers comme "boîte d'envois", "boîte de réception", "éléments supprimés" etc... ok, tu me suis ?

Sébastien regardait à peine Christophe, il dessinait en même temps qu'il expliquait.

Sans tenir compte d'une potentielle réponse de l'élève, Il poursuivit :

- Sur la droite, tu dois trouver deux grandes fenêtres avec, en haut, les messages reçus ou lus, et en bas le contenu des messages sélectionnés en lecture seule.

« Bon, on va essayer d'envoyer un e-mail, ou du moins, de faire comme si, parce que je ne pense pas que ta machine soit connectée à un quelconque réseau.

« Tu vas cliquer sur l'icône "créer un nouveau message" et tu dois arriver dans une nouvelle fenêtre.

Sébastien se retourna, hocha la tête, pas de réponse, let's go :

- Sur la partie gauche, sur la première ligne, il y a un petit livre ouvert avec marqué "A:", c'est là que l'on va rentrer l'adresse électronique du destinataire du message. En dessous, il y a un autre livre avec "Cc:", c'est là que l'on va rentrer l'adresse des personnes à qui on veut envoyer une copie du message, ceci afin qu'il soit informé à titre indicatif seulement. Troisième ligne, on marque l'objet du message, comme dans une lettre normale et puis, dans la grande fenêtre d'en bas, on tape le texte du message que l'on veut rédiger, et hop à la fin on envoie le tout en cliquant en haut sur l'icône du même nom.

Finissant de dessiner son icône d'envoi au tableau, Sébastien se retourna complètement.

- Qu'est-ce qu'il y a ? lança-t-il sèchement en voyant les yeux de chien battu de Christophe. Y'a un problème ? demanda-t-il tout en faisant le tour du bureau pour venir voir l'écran.

Une fois face à l'ordinateur, Sébastien fut cloué sur place : le menu et les fenêtres affichés ne ressemblaient en rien à ce qu'il avait dessiné sur le tableau.

- Nom de Dieu, ce n'est pas la même version d'Outlook que ce que je viens de t'expliquer ! Tu n'aurais pas pu le dire plus tôt ?

Sébastien cliquait à tout va dans toutes les fenêtres, histoire de bien se familiariser avec cette version qu'il allait devoir réexpliquer en express. Puis, il se retourna vers Christophe et lui reprocha :

- Tu comptais me faire continuer comme un imbécile encore longtemps ? Bon sang, tu voyais bien que ça n'avait rien à voir.

Christophe se frotta nerveusement les yeux de ses deux poings serrés.

Un peu perplexe par ce tic, Sébastien dévisagea le garçon puis retourna à l'écran en expliquant :

- Bon, l'architecture de ta version Outlook est différente mais l'esprit est le même. C'est la barre de menu et la grande fenêtre de droite qui changent. Pour créer un e-mail, tu cliques sur "nouveau" au lieu de "créer un nouveau message", c'est tout simple, tu vois !

- J... j... j'sais.

Etonné d'entendre enfin une remarque de la part de Christophe, Sébastien se retourna vers lui et ébaucha un sourire discret. Puis il revint à l'écran, et, alors qu'il s'apprêtait à continuer, prit un air grave ; il revint finalement sur Christophe et dit :

- Comment ça : tu sais !

- Eh... Eh bien...

- Eh bien quoi ?

La tension devint évidente, ce qui accentua les tics de Christophe.

- C... c'est-à-dire qu... que j... je sais envoyer un mess... un message.

A ces mots, Sébastien jeta la souris plus loin, comme si elle lui brûlait les doigts. Il se redressa et vida son courroux:

- Tu te fous de ma gueule ! Ça fait plus de cinq minutes que je me casse le cul à te montrer un logiciel et toi, tout penaud, tu me dis : « Ah, ben, je sais l'utiliser ». Ça va pas bien non ! T'as quoi dans le crâne ? Je vais pas perdre mon temps, moi, à t'expliquer des choses que tu connais déjà. Ça va pas durer longtemps ces âneries, moi, j'te l'dis.

Sébastien soupira dans son coin, dépité.

- J... je... en... en fait...

- En fait quoi ! pesta Sébastien.

- En-en fait, vou... vous m'avez-euh-demandé si-ii... je connaissais les mess-aa-ages, e-mails et le k... k... calendrier.

Malgré la fatigue notoire qu'éprouvait Christophe à chaque mot qu'il arrachait à son cerveau, Sébastien ne le ménageait pas.

- Oui, et alors ?! Tu ne pouvais pas répondre « oui », au lieu de faire un non de la tête comme une gonzesse.

Christophe eut des petites respirations nerveuses, ses bras semblaient piqués par des épingles invisibles, il ne savait plus où se mettre.

- J... je... en fait...

- En fait QUOI !

- En fait... j'... j'ai di-iit non... pour... pour le k... calendrier... seu-heu-eulement.

- Ben allons donc ! Pfou... j'te jure ! Ah, tu fais un beau boulet toi !

Sur le mur d'à côté, histoire d'accentuer le dégoût de Sébastien, l'horloge se mit à clignoter sur 00:00.

Sans un mot à l'attention du garçon, Sébastien fit demi-tour, marcha lentement, trèèès lentement, et sortit.

La porte se rebloqua derrière Sébastien tandis qu'il balbutiait :

- Nom de nom... branleur de mes deux... pas vrai ça…

Un "clac" se fit entendre et la ritournelle put continuer de plus belle :

VEUILLEZ ENTRER
DANS LA PIÈCE N°4

Sébastien pénétra dans une sorte de chambre à coucher.

Il y avait un lit une place avec des barrières en ferraille, une table d'un mètre sur deux, un vieux téléviseur et une petite bibliothèque.

```
VOUS DEVEZ DONNER
SES MÉDICAMENTS
A LA VIEILLE DAME.
VOUS AVEZ 10 MINUTES.
```

Sébastien s'avança.

Face au téléviseur, une femme âgée était assise sur un grand fauteuil en cuir avec accoudoirs et appui-tête. Concentrée sur un épisode de la célèbre "Petite maison dans la Prairie", la vieille dame ne remarqua pas la présence de Sébastien.

Réellement de plus en plus las du petit jeu qu'on lui faisait subir, Sébastien ne jugea pas utile de se présenter pour l'instant. Il s'approcha plutôt de la table.

Etalé sur toute la surface, trônaient peut-être une centaine de boîtes de médicaments : sirops, gélules, comprimés effervescents, suppositoires, spray et ampoules, le florilège était des plus complets et des plus hétéroclites. Sébastien s'empara de l'ordonnance posée sur le tas de remèdes.

Comme tout médecin digne de ce nom, celui qui avait rédigé l'ordonnance avait scribouillé de véritables hiéroglyphes indéchiffrables, à croire que la connaissance médicale devait rester obscure jusque dans sa forme. Sébastien passa bien une minute à déchiffrer la liste des médicaments à prendre suivant chaque jour de la semaine.

Restait une question : quel jour était-on ?

Depuis son arrestation pour homicide involontaire, qui avait eu lieu le jeudi 2 mars, il avait passé la nuit au commissariat, on devait donc être le vendredi, logique !

Logique, oui. Mais depuis quelques heures, la logique en avait pris un sacré coup dans l'arrière-train. Alors ici, quel jour pouvait-on bien être ? Telle était la question.

Sébastien se tourna vers la vieille dame.

Il n'aurait pas su dire pourquoi, mais quelque chose lui disait que sa question n'allait pas trouver de réponse heureuse. Pourtant, que faire d'autre ?

La mort dans l'âme, il se mit à côté de l'écran télé, face à la grand-mère, et dit :

- Bonjour Madame, vous allez bien ?

Pas de réponse.

- Euh, Madame, vous m'entendez ?

R.A.S.

Silence radio.

CQFD, pensa Sébastien, cette vieille croûte devait être sourde comme un pot ou aussi stupide qu'un balai à franges.

- HÉ-HO, MADAME... VOUS M'ENTENDEZ ? hurla-t-il en passant un bras devant l'écran.

Plus interloquée par la strie sur l'image que par la prose de Sébastien, la vieille dame sursauta à la vue de ce dernier, au point d'en faire tomber son zappeur.

- Mais... mais... mais qui êtes-vous, Monsieur ? demanda-t-elle avec des trémolos dans la voix.

- N'AYEZ CRAINTE, MADAME, JE SUIS LÁ POUR VOUS SOIGNER.

- Vous saignez, Monsieur ? Ce n'est pas grave au moins j'espère ?

- NON. JE NE SAIGNE PAS, MADAME. JE VIENS POUR VOS MÉDICAMENTS.

- Comment ? Jeanne Calmant ? Que vient faire Jeanne Calmant ici?!

- NON-NON-NON. VOS MÉDICAMENTS, MA-DAME. JE VIENS POUR VOS MÉDICAMENTS !

Sébastien poussa un gros soupir. Il commençait à ne plus s'entendre tellement il gueulait fort.

Semblant comprendre le quiproquo, la vieille fouilla dans la poche de sa blouse, sortit un sonotone et l'installa à son oreille droite en se croyant obligée de préciser :

- Ah-Ah... excusez-moi jeune homme. Je suis un peu sourde, je n'entends pas bien. Alors... vous disiez ?

- On s'en serait douté que tu n'entends pas très bien, vieille vache, murmura Sébastien.

- Comment...? questionna-t-elle en grimaçant.

- JE DISAIS, MADAME, QUE JE SUIS VENU POUR VOS MÉDICAMENTS, MÉ-DI-CA-MENTS!

- Ah, d'accord. Mais... mais vous êtes un nouvel infir-mier, semble-t-il ?

- OUI. C'EST MOI.

- Ah ? Mais le docteur ne m'a rien dit.

- NE VOUS INQUIÉTEZ PAS, JE CONNAIS PAR CŒUR MON BOULOT.

- Mais pourquoi criez-vous, jeune homme ? J'entends très bien avec cet appareil, vous savez.

- Ok, Ok.

Ne pouvant tout d'abord réfréner un sourire devant l'ab-surdité de la situation, style échange entre le Professeur Tournesol et le Capitaine Haddock, Sébastien reprit ses esprits et n'oublia pas son objectif:

- Quel jour sommes-nous ici, s'il vous plaît. Enfin ici... chez vous quoi.

- Hein ?

- QUEL JOUR SOMMES-NOUS ?

- Quel jour ? Eh bien ma foi, aujourd'hui à midi on a eu des carottes râpées, des épinards et une crème brûlée, alors nous devons être Vendredi, voyez-vous. Oui, Vendredi, je crois.

- Très bien.

- Mais c'est quand même bizarre.

- Quoi ? Qu'est-ce qui est bizarre ?

- Le docteur Mathieu ne m'a pas prévenue, je ne com-prends pas. Je ne vois pas pourquoi vous êtes là. Vous n'avez rien à faire là, je ne suis pas d'ac...

Constatant le départ en sucette de la vieille, Sébastien décida de ne pas relever l'allusion et retourna à sa table de travail.

Il relut l'ordonnance : il y avait cinq cachets à prendre. Il passa en revue toutes les boîtes à la recherche de son bonheur, écartant aussitôt les marques inutiles.

Il perdit quand même une autre minute précieuse à faire ce tri.

Les cinq gélules et comprimés dans la main, Sébastien s'avança vers la vieille qui en était toujours rendue à son médecin :

- ...c'est un brave homme ce docteur Mathieu, lui et mon fils étaient dans la même classe au lycée, un lycée privé bien sûr, il n'était pas question pour mon mari et moi d'éduquer nos enfants à l'école publique, l'éducation religieuse vous comprenez, c'est important...

- Madame.

- ...surtout par les temps qui courent, avec tous ces crimes, ces meurtres, ces drogués...

- Madame, s'il vous plaît.

- ...le monde est foutu, moi je vous le dis, et c'est bien malheur...

- HÉ HO ! MADAME ?

- Hein ? Quoi ? Ah, c'est vous !

- OUI. VOTRE NOUVEL INFIRMIER, VOUS VOUS SOUVENEZ ?

- Ah, ouiii-ouiii, jeune homme, tout à fait, bien sûr.

- Il faut prendre vos MÉ-DI-CA-MENTS maintenant, ponctua-t-il en tendant sa paume ouverte.

- Ah ?! Mais pourquoi c'est vous qui me donnez ça ? Vous ne ressemblez pas à un infirmier, je ne suis pas une idiote quand même ! Vous n'êtes pas le docteur Mathieu. Déclinez votre identité, jeune homme.

- Je suis le collaborateur du docteur Mathieu. Il m'a demandé de m'occuper de vous.

- C'est bizarre, c'est la première fois que je vous vois.

- Oui, c'est provisoire, le docteur est parti en vacances. Je le remplace pour une journée.

- Aaaah, il est en vacances, s'exclama-t-elle ! C'est bien. C'est un brave homme, il travaille dur, vous savez. Il est charmant, et sa femme aussi, une bien jolie jeune femme, et aimable en plus, polie, cultivée, c'est pas comme les jeunes gourdasses des reality-shows, et vas-y que je te montre ma culotte, vas-y que je me laisse filmer sous la douche, « devenir célèbre!», elles n'ont que ça à la bouche...

- Madame.

- ...comprends pas ce qui se passe dans la tête des jeunes maintenant ? L'argent, toujours l'argent, l'argent, l'argent ! De mon temps, y'avait la guerre et on n'avait pas d'argent…

- MADAME, OH !

- Hein ? Oui. Ah... c'est vous.

- ALLEZ, SOYEZ GENTILLE, PRENEZ CECI. ET APRÈS, ON DISCUTERA.

- Ah, c'est gentil ça, jeune homme. On n'a pas souvent l'occasion de discuter dans les maisons de retraite. Pas de visite, pas d'amis, aaaah... c'est pas gai de vieillir, moi j'vous l'dit.

- Allez, insista Sébastien en tendant sa main quasiment jusqu'à la bouche de la retraitée.

- Mais... mais... mais il me faut...

- IL VOUS FAUT QUOI !

- Ne parlez pas si fort, voyons, c'est agaçant à la fin !

- Pardon. Pardonnez-moi. Qu'est-ce qui vous manque ?

- Un peu... d'eau, je vous prie.

Ah, mais oui, bien sûr, pourquoi n'y ai-je pas pensé plus tôt. Sébastien, tu es un vrai crétin, parfois.

Mais, où est-ce qu'elle les planque ses bouteilles d'eau, la garce ?

La "garce" en question sembla comme entendre la question mentale de Sébastien - était-ce vraiment un hasard ? -, elle se pencha sur le côté droit et regarda en arrière, par-dessus son épaule.

- Là, sur la petite table de nuit, dit-elle en montrant l'endroit d'un signe du menton.

Quand Sébastien regarda vers la direction indiquée, il réalisa aussitôt le drame. Il vit un verre d'eau, un missel, un chapelet, une image religieuse, et puis il vit, juste au-dessus, épinglé sur le mur, un petit calendrier format A4 horizontal ; sur celui-ci, méticuleusement, tous les jours avaient été cochés jusqu'au Samedi 4 mars.

- Nom de Dieu ! BORDEL DE MERDE ! cria Sébastien en balançant la poignée de médicaments à travers la pièce.

Devant le geste violent de son infirmier, la vieille dame fut rapidement au bord de la crise cardiaque.

- Mais... euh... enfin... qu'est-ce...! s'indigna-t-elle en prononçant des mots à la va-vite. Ce n'est pas possible... pourquoi... calmez-vous...

Quand Sébastien se retourna vers elle, elle s'arrêta aussitôt, terrorisée.

- MAIS... (il se reprit, plus calme :)... mais, qu'est-ce que ça veut dire? Vous m'avez dit que nous étions vendredi, or ce calendrier indique Samedi. Ça tourne rond quelquefois chez vous, vous croyez que j'ai que ça à faire peut-être ? Je ne suis pas à la retraite, moi, vieille baderne !

Normalement des plus statiques possibles sur son fauteuil relax en cuir, la vieille femme avait bondi à chaque invective de Sébastien.

- Alors, Madame-je-sais-tout, vous jouez à quoi avec moi ? C'est un test, n'est-ce pas ?

- Je... je... je ne comprends pas.

- Pourquoi m'avez-vous dit que l'on était vendredi ?

- Vendredi ? Le vendredi on a du potage au vermicelle en entrée, puis des tomates farcies, et en dessert : de la mousse au chocolat.

- Ce n'est pas ce que vous m'avez dit tout à l'heure.

- Elle est faite maison la mousse, j'aime bien ça moi. Je devrais faire attention, je fais un peu de diabète, mais bon, je suis gourmande, je n'y peux rien... ha-ha...

- POURQUOI VOUS M'AVEZ DIT L'INVERSE TOUT A L'HEURE, HEIN !?

Cette fois, Sébastien était sorti de ses gonds. La vieille marqua une nouvelle pause, limite choquée.

Mais, la vraie goutte d'eau qui fit déborder le vase arriva quand le 00:00 s'afficha non loin, sur le mur du fond :

- ESPÈCE DE SALE BIQUE, TU MÉRITERAIS D'ÊTRE EUTHANASIÉE TELLEMENT T'ES CONNE ! CRÈVE DEVANT TA TÉLÉ ET CONTINUE A PARLER DANS LE VIDE, ÇA INTÉRESSE LES ACARIENS DU COIN, J'EN SUIS CERTAIN !

Sébastien quitta les lieux comme un fou. Il balança un coup de pied dans la table de médicaments, ce qui fit voltiger plusieurs boîtes et se briser plusieurs flacons de sirop.

- ALLEZ, SALUT GROSSE DONDON ! dit-il avant que la porte ne se referme derrière lui d'un « clac » désormais commun.

Sébastien se retrouva dans le couloir.

Toutes les portes avaient été empruntées. Le test était visiblement fini.

Alors qu'il calmait ses nerfs en marchant comme un rat de laboratoire dans un labyrinthe de carton, soudain le panneau lumineux aérien réapparut :

> VEUILLEZ MONTER
> DANS L'ASCENSEUR

Au fond du couloir, un interrupteur clignota, et la porte de l'ascenseur s'ouvrit.

« Ding ! »

Sébastien regarda vers le fond de la cabine noire, et s'exclama:

- Allez vous faire voir ! On ne me donne pas d'ordre à moi, c'est clair ! "Faites ceci, faites cela", on ne me la fait pas à moi !

> DÉPÊCHEZ-VOUS
> VOUS AVEZ 10 SECONDES

- J'T'EMMERDE, C'EST PLUS CLAIR LÀ ! APPELEZ-MOI VOTRE RESPONSABLE. J'EN AI PLUS QU'ASSEZ DE VOTRE PETIT JEU PERVERS. JE NE SUIS PAS UN COBAYE, C'EST ILLÉGAL ! C'EST DE L'ABUS DE POUVOIR, ET J'EN SAIS QUELQUE CHOSE ! ATTENDEZ QUE MON AVOCAT S'OCCUPE DE VOUS, VOUS ALLEZ VOUS EN MORDRE LES DOIGTS.

Sous le coup de la colère, Sébastien parlait dans le vide, persuadé que des micros l'espionnaient. Il tapait des pieds, bougeait sans arrêt ; il était en sueur à force de crier et de s'énerver.

00:00

Soudain, à l'autre bout du couloir, côté opposé à la porte d'ascenseur, une paroi coulissa vers le haut. Deux gardes en armure de combat futuriste apparurent. Faite d'acier poli, la combinaison laissait paraître uniquement la moitié basse du visage : bouche et menton. D'un pas cadencé et sûr, les deux gardes avancèrent vers Sébastien.

- Tiens, voilà Robocop 1 et 2, dit-il tout bas. ALORS LES TARLOUZES, C'EST BAL MASQUÉ AUJOUR-D'HUI ? Cette fois plus haut.

Sans dire un mot, les deux gardes ne prirent pas de pincettes. Tandis que le premier claqua une droite des plus violentes sur la mâchoire de Sébastien, le deuxième lui balança un coup de pied dans les côtes. Plié en deux, se tenant le ventre, Sébastien faillit tomber avant d'être rattrapé par les deux gardes. Pris par chaque bras, Sébastien, haletant, moitié K.-O, fut traîné comme un sac de mauvais linge le long du couloir et balancé au fond de l'ascenseur. Les deux gardes, froids, métalliques, inexpressifs, restèrent statiques devant la porte. Sébastien les vit à peine, cerné d'étoiles.

Les deux battants métalliques coulissèrent et la machine continua à s'enfoncer.

V

INTERMÈDE : LE CACHOT DES INNOCENTS

Après une bonne trentaine de secondes de chute, l'ascenseur s'arrêta.

Ouverture.

Légèrement courbaturé par les deux gnons qu'il venait de prendre, Sébastien mit quelques instants avant de se relever et regarder où il se trouvait.

La pièce cette fois était claire, vide, et ressemblait à une salle de classe maternelle. Un sol tapissé de carrés plastiques, des jeux en vrac, des chaises et des tables basses aux couleurs criardes (jaune, vert, rouge, bleu), des étagères gorgées de livres de contes, d'aquariums, de dessins d'enfants faits à la peinture à l'eau, et des matelas mousse pour faire la sieste, rien n'y manquait.

Sébastien s'avança.

Aussitôt, sorti de nulle part, l'homme en noir, alias Adelphus, apparût.

Sifflant comme un épicier en train d'ouvrir son magasin de bon matin, Adelphus ignora, comme toujours dans un premier temps, Sébastien, et s'installa au bureau de ce qui pouvait être celui du maître de la classe. Il tapa un grand coup sur le pupitre, ce qui fit sauter en l'air un micro ; il le rattrapa au vol et commença un speech :

- Eh bien, Mesdames, Messieurs bonsoir ! Bienvenue dans ce show où nous allons pouvoir vous faire gagner, grâce à notre partenaire qui est ce soir - je vous le rappelle - Chococolala, nous allons pouvoir vous faire gagner un séjour dans les bas-fonds des laissés-pour-compte, des exclus et des oubliés.

« Oui, Mesdames, Messieurs, vous qui aviez cru ce soir que tous vos soucis allaient enfin trouver une fin heureuse ou une issue potable, oui, ce soir, un homme a décidé de repousser les limites de la bêtise et de l'inadaptation. Cet homme c'est notre candidat, notre plus sûr espoir de défaite, j'ai nommé : Sébastien Cossin, ou celui que nous appelons entre nous : "le meilleur du pire" !

A ces mots, Adelphus fit signe à Sébastien et des applaudissements enregistrés se répercutèrent dans la pièce, comme si tout se déroulait dans un vrai jeu télévisé.

Pour le moins irrité de la moquerie, Sébastien s'approcha sans se presser.

- Asseyez-vous, Matricule 45656-63-AZP, lança Adelphus en désignant un petit bureau face au pupitre.

Sébastien s'exécuta sans dire un mot.

- Eh bien, Mesdames, Messieurs, avant d'aller plus loin, vérifions tout de suite les scores de notre plus mauvais candidat de l'année ici présent. Attention, roulements de tambours... coups de cymbales...

PIECE N°1	PIECE N°2	PIECE N°3	PIECE N°4
00/20	02/20	02/20	00/20

« ...et badaboum final !

Constatant que Sébastien ne réagissait toujours pas, Adelphus posa son micro et vint s'asseoir face à lui. Puis, montrant le tableau d'affichage, lui dit :

- Alors, Monsieur Cossin ? Que pensez-vous de votre prestation ? Ces scores sont-ils vraiment dignes d'un soi-disant "winner", comme vous le prétendez si bien ? Hmm, expliquez-moi un peu cette débâcle ?

Prenant tout son temps, Sébastien répondit quand même:

- Ça vous amuse vraiment, votre histoire ? Vous y prenez vraiment plaisir à vous ridiculiser de la sorte ? Vous croyez que la vie est un jeu ? Mais vous êtes fêlé mon pauvre.

- "Fêlé" ? "Me ridiculiser", dis-tu !? Mais Sébastien, lequel de nous deux vient réellement de se couvrir de honte, toi ou moi ? Regarde ces scores de nases, Sébastien, et dis-moi vraiment qui est un perdant aujourd'hui ?

- Il est facile de donner le score que l'on veut quand on est juge et arbitre, et surtout quand on n'explique strictement aucune des règles du jeu avant de commencer la partie.

- "Les règles", dis-tu ? Mais les règles étaient très simples, elles s'affichaient devant toi une fois rentré dans chaque pièce. Les règles, tu les as parfaitement comprises. Le problème n'est toujours pas là, Sébastien. Cherche un peu et tu verras que tout était très clair, limpide comme de l'eau, et que le seul qui a failli ce soir : c'est toi, et personne d'autre.

- Les dés étaient truqués, vous le savez très bien.

- Non Sébastien, rien n'a été truqué.

Agacé, Sébastien tourna la tête, tapota des doigts sur la table, temporisa un instant, puis revint à l'assaut :

- Mais, Bon Dieu, comment voulez-vous que j'aide des gens que je ne connais pas ?

A cette phrase, le visage d'Adelphus s'illumina, sourire dents blanches en prime.

- Voilà, Sébastien ! *Ça* c'est la bonne question !

- Que voulez-vous dire ?

- Si tu avais pris la peine de savoir qui sont les gens que tu as rencontrés, peut-être que tu aurais fait un meilleur score. Voilà ce que je veux dire, Sébastien.

- Je... je n'avais pas assez de temps pour cela.

- Tu avais tout le temps nécessaire. Simplement, tu étais tellement obsédé par le fait de remporter l'épreuve, que tu en as oublié de considérer comme il se doit la personne qui devait la subir.

- Ça va, lâchez-moi un peu, je n'y peux rien s'ils avaient tous un petit pois dans la tête.

- Un petit pois ! Tu penses vraiment ce que tu dis, Sébastien ?

- Donnez-moi des gens capables et j'en ferai quelque chose, mais pas ces abrutis notoires. Arrêtez de me faire chier avec ça, maintenant.

Visiblement abasourdi, Adelphus se recala en arrière dans sa chaise, l'air sérieux.

- Puisque tu t'acharnes à ne pas réaliser ce qui s'est réellement passé, reprit Adelphus, laisses-moi te mettre les points sur les "i". Malgré toute ta pseudo-intelligence, je ne vois qu'une seule chose à l'arrivée Sébastien ; je ne vois qu'un bébé en train de mourir de faim, une petite fille qui restera à poil toute sa vie, un jeune garçon qui n'a rien appris de son professeur et une grand-mère qui va tomber malade parce qu'un infirmier débile n'a pas su lui donner ses médicaments.

« Je ne vois rien de glorieux à un tel bilan. Et tu vois, Sébastien, dans cette histoire, il n'y a rien d'autre que l'incapacité notoire d'un seul et même individu à vouloir s'adapter à chaque situation.

- Mais, Bon Dieu, que fallait-il faire alors ?!

- Tiens-tiens, le caïd de l'action en bourse admettrait-il une faille ? Y aurait-il quelque chose sur cette terre que, finalement, tu ne saches pas faire ?

Pris sur le fait, Sébastien ne sut répondre que par l'effronterie :

- Dans la vie, on ne peut aider que ceux qui ont la volonté et la capacité de s'en sortir. Si tous les "neuneus" ne veulent rien faire pour éviter de crever, ce n'est pas de ma faute.

- Ah bon, parce que, selon toi, si un bébé d'à peine six mois refuse de manger, c'est parce qu'il met de la mauvaise volonté ? Tu réalises ce que tu viens de dire Sébastien ?

- Un bébé généralement ça ne pense qu'à manger et dormir, mais pas celui-là. Alors que voulez-vous que je vous dise ! J'ai tout essayé, il me semble.

- Oui, Sébastien, tu as tout essayé, sauf de comprendre.

- Comprendre quoi ?

- Comprendre que cet enfant était atteint d'une maladie rare l'empêchant d'avoir de l'appétit, ce qui fait qu'il n'a jamais faim et refuse toute nourriture.

- Mais, vous êtes fou ? Comment vouliez-vous que je le sache ?

- Savoir la raison profonde de ce dégoût alimentaire, tu ne pouvais pas le savoir, effectivement. Mais tu aurais pu, au moins, essayer de chercher un moyen pour faire avaler quelque chose à ce bébé, notamment par le jeu. Tu n'as jamais fait l'avion avec une cuillère, Sébastien ?

- Je... je...

- Tu ne t'es jamais vraiment occupé d'un enfant, n'est-ce pas, Sébastien ? C'est ça ?

Devant l'allusion d'Adephus sur le manque d'intérêt de Sébastien pour l'éducation de sa fille, ce dernier se referma sur lui-même.

- Oui, l'éducation ce n'est pas non plus ton fort, Sébastien, poursuivit Adelphus. Mieux vaut rester condescendant au possible et tout ira pour le mieux. Tout comme pour cette petite fille de quatre ans qui devra rester toute sa vie en petite tenue à se geler, plutôt que d'être habillée normalement. Mais, soyons honnêtes, elle ne l'a pas volé cette grosse gamine, elle est tellement laide qu'on ne va pas l'habiller chic quand même ! Ce serait du gâchis, n'est-ce pas ?

- Je n'ai jamais dit une chose pareille.

- Non tu ne l'as pas dit, mais tu l'as pensé. Et c'est déjà largement suffisant.

Sébastien prit peur l'espace d'une seconde, car, si même dans ses pensées il n'était pas à l'abri, le test risquait de devenir certainement infranchissable pour lui.

- Laisse-moi seulement te préciser une chose sur ce laideron miniature que tu exècres, Sébastien. Suite à un problème de rétention d'eau, cette enfant doit subir un traitement à la cortisone dont les effets secondaires la font grossir ; s'ensuit un autre effet psychologique : elle refuse sa propre image quand elle se voit dans un miroir. C'est pourquoi, si personne ne la rassure sur sa propre image avant de l'habiller, elle refusera toute proposition. Mais réconforter, même une enfant, ou mettre en valeur les autres, ce n'est pas ta tasse de thé, n'est-ce pas Sébastien ?

- Vous... vous êtes fou !

- Oui, certainement. Si tu me vois ainsi, y'a pas de problème. Mais laisse-moi te parler d'un autre fou. Laisse-moi te parler d'un professeur qui commence une formation sans savoir quel genre d'élève il a face à lui : un jeune handicapé atteint d'une paraplégie et ayant des problèmes de tension, du mal à s'exprimer et qui réfléchit à son rythme, c'est-à-dire très lentement. Que penses-tu de ce professeur exigeant, obstiné dans l'avancée de son cours au détriment de la qualité de son enseignement ? Que penses-tu de cette manière d'apprendre, sinon qu'elle est purement sélective et donc discriminatoire ?

- Y'en a marre ! Premièrement, je ne suis pas professeur. Et deuxièmement, si cet enfant a un rythme réduit d'assimilation, le temps imparti pour que je lui apprenne quelque chose était nettement insuffisant.

- Non. Si tu l'avais écouté, le temps nécessaire aurait été nettement suffisant. Tu aurais pu lui apprendre à manier un calendrier électronique, c'est tout ce qu'il voulait et c'est tout ce que tu avais à faire.

- Ce n'est pas de ma faute, ce n'est pas mon boulot, merde à la fin !

- Certes. Mais ce n'est pas sa faute non plus. Il aurait préféré être comme tous les enfants de son âge, tu sais. Dommage qu'il ait eu cet accident de voiture il y a trois ans.

Oui, dommage, cela lui aurait évité de se faire engueuler par un prof aussi minable que toi.

Sébastien ne sut que dire. Inquiet que la discussion ne bascule sur les accidents de voiture, ce qui n'était pas à son avantage vu les circonstances qui l'avaient amené jusqu'ici, c'est-à-dire en ce lieu et face à cet homme en noir étrange, il décida de ne pas contredire.

- Ton silence signifie-t-il que tu admets tes défaillances, Sébastien ?

Un temps.

Pas de réponse.

Petit sourire en coin d'Adelphus et reprise :

- Non. Bien sûr que non. Tu es un dur, Sébastien. On ne te convainc pas comme cela. Même la plus âgée des vieilles dames à qui tu dois respect et écoute, vu son âge, ne réussira pas à te faire changer. Elle est légèrement gâteuse, oublie certaines choses, perd la notion du temps, mais qu'est-ce que tu en as à faire ! Peu importe. Aujourd'hui elle ne suivra pas son traitement et elle n'ira pas jusqu'à son quatre-vingt-quatrième printemps. Non, elle n'ira pas plus loin dans son existence, tout cela parce que tu as décidé que tu ne te mettrais pas à son écoute, à sa portée. Tout ça parce que tu te crois le meilleur des meilleurs, tout ça parce que rien ne t'a jamais intéressé dans la vie, à part toi et ta petite personne, n'est-ce pas Sébastien ?

- Et alors, qu'est-ce que ça peut vous foutre ? Vous vous intéressez aux autres peut-être ?

- Allons, allons, ne sois pas grossier.

- Combien ?

- Combien quoi ?

- Combien vous voulez ? J'en ai assez de votre laboratoire pour cobayes débiles profonds et de votre étude psychologique pour médecin en première année de fac. On arrête les bêtises maintenant. Vous m'avez sorti du commissariat, ok, sympa. Alors à partir de maintenant, plutôt que de rester votre otage et de subir vos épreuves à la mord-moi-le-noeud, dites-moi plutôt combien vous voulez pour me laisser partir et stopper tout ce bazar ?

- Aaaaah... l'excuse de l'argent ! On ne me l'avait pas faite celle-là ! Attends voir... houlà, cela fait bien, allez, trois heures qu'on ne m'avait pas proposé de l'argent. Pfff, espèce de minable, tu aurais pu faire mieux quand même, Sébastien ! Ce n'est pas digne de toi.

« Dis-moi un peu, Sébastien, la rançon des gens que tu as croisés tout à l'heure et que tu as enfermés, à combien est-ce que tu l'estimes ? Hein, dis-moi ? Car quand on ignore une personne au point de jouer avec sa vie, n'est-ce pas quelque part comme l'enfermer dans un cachot pour innocents?! N'est-ce-pas, finalement, injuste et... cruel ?

- Grâce à moi des centaines de personnes ont un job et peuvent faire vivre leur famille et vous me traiter d'indifférent. Qui êtes vous pour me juger ? En avez-vous fait autant?

A cette question, Sébastien s'était levé et s'était écarté du petit bureau.

- QUI ÊTES-VOUS ? cria-t-il. Vous n'avez aucun droit sur moi. Je ne suis pas un animal, j'ai des droits et vous finirez en cabane comme la racaille que vous êtes.

- Sébastien, Sébastien, calme-toi voyons...

- La ferme ! Je ne veux plus vous parler à vous. Vous n'êtes qu'une langue de vipère. Appelez votre responsable tout de suite, j'exige de lui parler !

- Sébastien, Sébastien, il n'y a aucun responsable ici. Tu es seul face à ta conscience et si tu veux t'en sortir il faut te battre ; mais avant de te battre, il faut que tu admettes comment tu es, et c'est la raison de ce début d'épreuve.

- Laissez-moi partir. Je veux partir.

- Partir pour où, mon cher matricule 45656-63-AZP ?

- Je veux repartir. Et tant pis pour la prison.

- Sébastien, je croyais avoir été clair là-dessus, tu ne peux pas partir... pas avant la fin des épreuves. C'est impossible.

- Pourquoi faites-vous ça ?

- C'est à toi de trouver la réponse à cette question. Pas à moi.

Devant l'air dépité de Sébastien, Adelphus se releva, mit ses mains dans les poches de son pantalon, fit un signe du menton et dit :

- Allez, moussaillon, veuillez embarquer !

La porte de l'ascenseur s'ouvrit aussitôt.

- Que va-t-il se passer, maintenant ? questionna Sébastien, moins sûr de lui.

- Si je te le disais, où serait la surprise, Sébastien ?

- Qu'attendez-vous de moi ?

- Nous en discuterons après l'épreuve, si tu le veux bien.

- Si je le veux bien... vous en avez de bonnes, vous, rétorqua Sébastien, moqueur devant le peu de marge de manœuvre en sa possession.

Adelphus fixa deux secondes Sébastien, lui sourit légèrement pendant le même temps, puis fit demi-tour et disparut derrière une porte dérobée.

Resté seul au milieu de la salle de classe, Sébastien ne sut quoi dire. Il fit le tour de la pièce et, ne trouvant bien sûr aucune issue praticable, se réfugia vers le seul grand placard hydraulique et mobile existant.

Il prit place dans l'ascenseur.

Les portes coulissèrent.

« Ding ! »

Top départ, vers d'autres tunnels de l'esprit.

VI
GLOBE ARCTIQUE

La descente fut toujours aussi longue.

Puis la cabine stoppa.

« Ding ! »

Les portes s'ouvrirent sur un couloir fermé d'environ cinq mètres de longueur. Sébastien s'avança dans cet espace de poche. Sur les murs, accrochés à des portemanteaux, divers vêtements étaient pendus : salopettes de ski, anorak, gros pull, doudoune et polaire ; sur des petits bancs étaient posés moufles, foulards, gants, lunettes de soleil et, plus bas, des après-ski, boots fourrés et raquettes.

Qu'est-ce que c'est que ce bazar, ils ne vont tout de même pas me faire faire l'ascension de l'Everest, s'inquiéta Sébastien. Mais très vite, la situation devint plus précise, car, en même temps que l'ascenseur se refermait d'un côté, à l'autre bout du petit couloir, le pan de mur tomba lourdement sur le sol, ce qui libéra un vent glacial et infernal.

Sébastien mit un bras devant ses yeux tellement la lumière extérieure était intense. Fouetté sur tout le corps par un blizzard d'au moins -30°, Sébastien s'habilla à la vitesse de l'éclair, un peu à tâtons, vu le paquet de neige qui pénétrait dans le couloir étroit. Conscient que sa position faisait un effet tunnel et que s'il ne s'abritait pas il allait bientôt être frigorifié sur place, Sébastien, enfin équipé, sortit vers l'issue brillante, en plein blizzard.

Sébastien se trouva dans un environnement extérieur des plus hostiles. En à peine cinquante mètres d'avancée, il sentit déjà que son corps avait subi un choc. Il avait des palpitations et des suées terribles. A chacun de ses pas, il s'enfonçait jusqu'au genou dans la neige et un vent latéral d'une force inouïe le frappait et le perforait de multiples têtes d'épingles glacées ; ses vêtements battaient comme un drapeau de navire sur sa hampe. On n'y voyait strictement rien, à peine deux-trois mètres devant soi. L'horizon se confondait avec le ciel.

Bref, si c'était un test, Sébastien sentait déjà qu'il était sur la corde raide. Ses sports à lui, c'étaient la plupart du temps des sports de club : badminton, piscine, thalasso, cocktails, bains turcs, massages, cave à vins, call-girl. Alors enjamber des monticules de neige et se faire tétaniser à chaque mouvement par un tourbillon de pointes de diamant chauffées à blanc, cela n'était pas son trip.

Pour lui, le calvaire commençait.

100 mètres : première pause. Il s'enfonçait moins, le sol devenait plus dur, plus gelé. Il respirait comme un papy de 80 ans.

150 mètres : à travers les stries du vent, une lueur apparut.

200 mètres : nouvelle pause. Il était au bord de l'asphyxie. Le vent commençait à souffler moins fort. Une Minute. Reprise.

250 mètres : à la place du sifflement strident et cinglant du vent, Sébastien put enfin discerner le bruit de son propre souffle ainsi que le crissement de ses pas dans la neige.

300 mètres : le blizzard se résumait à quelques longueurs aériennes de cheveux cotonneux et ondulants. Le ciel bleu profitait de quelques trouées dans la perspective pour s'engouffrer.

325 mètres : encore une pause. Quelques nuages de poussière soufflaient au niveau du sol, sans grande force. Enfin livré à la chaleur du soleil, Sébastien fit des mouvements de bras, tapa du pied, frotta ses membres gelés histoire de ramener sa température corporelle dans des zones plus acceptables.

400 mètres : plus aucune agitation. Sébastien, épuisé par cet effort intense, s'effondra sur le sol de tout son long. Il

devait récupérer. Mais très vite, la température négative du sol l'obligea, comme une brûlure, à se relever. Sébastien put alors contempler le spectacle.

Le soleil brillait au milieu d'un ciel bleu intense, un vrai temps de carte postale ramenée des Seychelles. Pas un nuage. Sur sa gauche, s'étendait à perte de vue le désert Arctique dans sa plus grande simplicité. Au loin, sur sa droite, à peu près à un ou deux kilomètres, se dressait une falaise haute d'au moins mille mètres.

Sébastien fit un tour sur lui-même, il était bel et bien seul. Il avait beau chercher, il ne voyait plus l'endroit d'où il était parti. Et même s'il avait eu la moindre intention de revenir en arrière, il avait l'intime conviction que le blizzard puissant se souviendrait de lui.

Maintenant, où aller ? Que faire ?

Persuadé que le tableau lumineux suspendu dans l'air allait réapparaître pour lui donner des instructions, il patienta. Une minute. Deux. Trois. Quatre. Que devait-il faire ? Qu'attendait-on de lui?

- Et alors ? interrogea-t-il dans le vide en écartant les bras.

Finalement, rien de plus. Toujours le silence et un désert d'inactivité.

A moins que...

Oui...

Là !

Quel était ce léger bruit ?

On aurait dit le bruit d'un morceau de sucre un peu humide que l'on croque.

D'abord lointain, cela devenait plus diffus ; cela ressemblait à des plaques de polystyrène que l'on frotte. Puis émergea le son d'un ressort que l'on tend, d'une plaque de métal que l'on plie.

D'où venait ce bruit ?

Sébastien tournait et virait dans tous les sens, mais il ne voyait rien, comme s'il était cerné de fantômes qui faisaient des borborygmes matériels autour de ses tympans.

Cela s'intensifia : le bruit d'un verre qui se fend, des billes de fer jetées par terre, un couteau qui tranche une meringue bien dure. Puis il y eut les craquements d'une forêt de planches de sapin qui arrivèrent de tous les côtés. C'est alors que Sébastien se retourna, terrifié : loin à l'horizon, tout un pan de la falaise se détachait du sommet.

Percutant le sol bien avant que le son de l'explosion ne parvienne jusqu'à Sébastien, le bloc arraché à la falaise s'écrasa à la manière d'un météore. Pourtant largement distant de l'impact, Sébastien s'estima loin d'être en sécurité. Le sol tremblait. Elevée dans les airs comme l'éruption d'un volcan, la vague de blocs glacés entraînés par le choc avançait en un rideau compact à la force vertigineuse. C'était un rouleau compresseur qui avançait lentement et écrasait tout sur son passage. Une avalanche.

En dépit une petite parcelle de sang froid et de conscience mêlée qui lui disaient de fuir à toutes enjambées, Sébastien ne put malheureusement pas amorcer le moindre geste, tétanisé comme une statue de cristal face aux forces de la nature. Heureusement, le nuage s'affaissa petit à petit sur son approche finale, jusqu'à atterrir calmement à une cinquantaine de mètres de Sébastien, telle une écume de morceaux de lait caillé ; quelques petites plaques de glace fusèrent, un brouillard de flocons traversa l'espace, puis plus rien.

A moins que...

Oui...

Là !

Quel était encore ce bruit ?

Oui, c'était le bruit d'un bloc de glace qui se fend, qui éclate en une multitude de morceaux d'étoiles sous le coup d'une pression terrible et trop longtemps contenue.

Sébastien vit alors, inexorablement impuissant, une fissure dans le sol s'étendre depuis les résidus de l'iceberg jusqu'à lui. Large en moyenne d'une trentaine de centimètres, elle passa en zigzag entre ses jambes et s'arrêta un peu plus loin derrière lui. Déséquilibré, il tomba sur le côté et s'éloigna de la brèche en rampant.

Vous voulez me faire peur, bande d'idiots ! Je ne sais pas comment vous faites tous ces trucages, c'est vachement chiadé, mais vous perdez votre temps, rien ne peut altérer ma force intérieure. La peur ne sert à rien, la peur n'est que pour les faibles, la peur n'est qu'une perte de temps.

A ces pensées, un grondement se fit entendre.

Quelques mètres devant, sur la trajectoire de la fissure, ce qu'on aurait pu prendre pour une dune, se mit à se soulever. Dans un geyser de sucre froid et de galets congelés, un ours polaire cambré sur ses pattes arrière apparut.

- GRRRRR !!!

Le grognement de l'ours fut des plus tonitruants.

Du haut de ses quatre mètres et fier de ses six cents kilos, le réveil de la bête fut des plus impressionnant pour Sébastien, situé lui à quelques mètres.

Dérangé dans son hibernation par les événements, l'ours fit comprendre rapidement qu'il n'était pas d'humeur et qu'en général on ne le dérangeait pas pour rien. Retombé sur ses pattes antérieures, l'animal dégagea les parois non encore effondrées de son terrier, râlant au possible. La percussion de ses pattes sur les arêtes de glace provoquait des déflagrations sourdes qui laissaient deviner toute l'ampleur de sa puissance musculaire.

Conscient qu'il risquait de devenir le bouc émissaire de tout ce bouleversement écologique, Sébastien, toujours à terre, rampa en arrière pour s'éloigner, mais en vain.

Sorti de son repaire, l'ours, fourrure luisante et beige bien arborée, marchait vers lui.

- GRRRRR ! gronda l'ours à l'attention de Sébastien.

Un moment rassuré par le rempart qu'était la fissure, Sébastien déchanta rapidement quand il vit l'ours polaire sauter par-dessus avec détermination. Peu au courant d'un vieil adage disant qu'il est déjà trop tard pour fuir un ours qui avait décidé de vous attraper, Sébastien commença à accélérer son retrait, largement effrayé.

Comme pour accentuer son assurance, l'ours avança vers lui en biais, regardant sa proie de travers à la manière d'un fauve. Il savait déjà que sa proie fuyait vers une issue impossible. Ce territoire était le sien, celui de l'animal et non celui du citadin embourgeoisé. Ce territoire, c'était celui où régnait une loi et une seule : celle du plus fort. Et aujourd'hui, le plus fort intellectuellement ne risquait pas de remporter la partie.

Les choses lui échappant, pris de panique, Sébastien voulut alors se retourner pour fuir à toutes enjambées, et c'est à cet instant très précis que l'animal frappa. Une patte à fourrure surmontée de cinq griffes aiguisées comme des rasoirs vint se planter dans le pantalon de Sébastien.

- AAAAAAaaaaahhhh !!!

Bien que transpercé partiellement par une seule des griffes au mollet, le point de douleur fut des plus virulents. Sébastien s'étala à nouveau sur le sol, le nez dans la neige, la jambe droite bloquée par un harpon vivant de six cents kilos de pression. Sans savoir comment, Sébastien se retourna sur le côté et se retrouva face à face avec le museau humide et ultra perfectionné de la bête.

- GRRRRRRRR... GRRRRRRR...

L'ours lui gueula littéralement dessus avec ferveur, crachant particules de salive et relents de poissons.

- AAAAAAAAAHHHHHHHHH ! ! ! ! ! !

Fermant les yeux, cachant son visage sous son bras droit, Sébastien criait sa douleur, hurlait sa frayeur. Lui, petit être humain habitué aux dîners en ville dans des palaces luxueux, aujourd'hui il n'était que l'amuse-gueule avarié d'un ours polaire déterminé à reclasser comme il se doit les maillons de la chaîne alimentaire. Pris au piège, Sébastien attendit le coup de grâce. Le souffle rauque de l'ours était de plus en plus chaud, de plus en plus proche. Il y eut comme un ronronnement et, soudain, Sébastien émit un « Woooh ! » lorsque la griffe sortit de la plaie.

L'animal avait libéré sa prise.

Assis sur le sol, jambes tendues, Sébastien se pencha instinctivement sur son mollet blessé.

Après les quelques secondes nécessaires pour se remettre du choc, Sébastien réalisa enfin qu'il était encore en vie et ouvrit les yeux.

Face à lui, cette fois calme comme un moine du Tibet, l'ours s'était reculé d'un mètre et le regardait. Alors qu'il était à sa pogne, alors qu'il aurait pu n'en faire qu'une bouchée, l'animal l'avait épargné, comme par enchantement. Et il le regardait, fixement.

Ce petit jeu d'intimidation, où le plus fort des deux n'était plus à démontrer, dura une dizaine de secondes environ ; puis, visiblement las, l'ours polaire tourna la tête vers le soleil à l'horizon, revint vers Sébastien, poussa un léger grondement puis tourna à nouveau la tête dans la même direction avant de s'en aller, doucement, en dodelinant de l'arrière-train.

Remué, bouleversé, Sébastien s'étala sur le dos. Un rayon glacial d'électricité lui parcourut le dos, mais pas à cause de sa posture sur la banquise. Non. Ce fluide glacial n'était que l'éjaculation d'adrénaline consécutive à la plus grande peur qu'il avait eue de toute sa vie.

Il avait envie de pleurer, d'uriner, de "morver".... d'évacuer... mais tout son corps était sec.

Il n'était plus qu'un bloc de granit poreux, face à un océan solide et réfrigéré.

Le temps passa, secondes et minutes.

Malgré le risque d'être entièrement gelé, Sébastien resta allongé relativement longtemps.

Le temps s'arrêta pour Sébastien ; plus rien n'avait d'importance à ses yeux vu qu'il venait d'échapper à la mort. Il ne pensait même plus à cette rencontre improbable avec un homme en gris qui l'avait mené dans ce manège hallucinant.

Il ne pouvait plus penser, juste se contenter d'être vivant, toujours en un seul morceau, et non déchiqueté sous les coups de mâchoire d'un ursidé mal léché.

Oui, il aurait pu rester très très longtemps dans cette posture de gisant naïf, mais une bonne claque surprise arriva sur sa joue.

Aussitôt relevé pour faire face à un nouveau danger, Sébastien vit son agresseur : un phoque.

D'environ trois mètres, trois-quatre cents kilos au bas mot, robe grise tachetée, l'animal regardait, ou plutôt dévisageait Sébastien.

Bien qu'un peu rassuré par une taille d'adversaire plus raisonnable comparée à l'ours, Sébastien resta sur ses gardes, à bonne distance. Après tout, c'était un animal sauvage, et si les geôliers de l'expérience semblaient avoir tout prévu, ceci au plus grand étonnement de Sébastien, il valait mieux rester prudent et prêt à toutes les rebuffades.

- Honk-honk ! fit le phoque.

Sans comprendre pourquoi, l'animal semblait lui aussi remonté, faisant sentir à Sébastien, cet humain mal endimanché, qu'il n'avait rien à faire ici.

- Honk-honk !

Le phoque s'approcha de Sébastien en sautant sur ses nageoires avant. Sébastien recula, maintenant l'écart.

L'animal montrait les dents, les sourcils plissé, les moustaches relevées ; il était réellement fâché.

- Qu'est-ce que tu m'veux, toi ! gueula Sébastien en guise d'intimidation.

- Honk-honk ! Honk-honk ! et pas d'autres commentaires ne vinrent.

Avec ça on ne va pas aller loin, se dit Sébastien.

A un moment, il pensa stopper sa retraite. Vu qu'on l'avait épargné jusqu'ici, qu'avait-il à craindre d'un animal de cirque mal dressé ? Cela dit, la douleur contenue par le froid dans son mollet droit lui interdisait de tenter le diable, la bête avait de bonnes dents, les carapaces de crabes et de crustacés étaient son lot.

Cependant, malgré lui, sa marche arrière fut soudain compromise car...

- Aïe !

...quelque chose venait de lui piquer les fesses. Avant de se retourner, une autre...

- Aïe !

...piqûre le saisit à la cuisse.

Puis il vit son second agresseur : un manchot.

Du haut de son mètre, le bec pointé vers le ciel, le manchot lâcha des couinements :

- Rouiiik-rouiiik !

Cette fois cerné, ne pouvant ni avancer ni reculer, Sébastien était piégé. Persuadé qu'à la moindre violence de sa part, il allait en payer le prix, que pouvait-il faire ? Sur ce terrain glissant, comment pouvait-il fuir? Et surtout, où ?

La gent animale ne lui laissa pas le temps d'y penser plus sérieusement. Piquant ses arrières à souhait, le manchot fit comprendre à Sébastien qu'il fallait avancer. Le phoque devant fit demi-tour et s'éloigna doucement, montrant la voie à suivre.

- Honk-Honk ! appela le phoque.

- Rouiiik-Rouiiik ! ordonna le manchot en pointant du bec les jambes de Sébastien.

Contraint, harcelé, sous la menace d'un pic ailé et de dents affûtées, Sébastien capitula sans broncher et suivit le guide.

Un cortège des plus énigmatiques et insolite traversa alors la banquise statique : un phoque avançait par petits bonds, un homme un peu boiteux marchait en traînant les pieds, et un manchot se balançait à droite et à gauche comme un métronome.

Ils marchèrent ainsi, quelques minutes, passèrent une crête et arrivèrent au bord d'un grand trou, presqu'un lac, percé dans la glace. Sur la berge, le phoque contourna ce qui ressemblait aux yeux de Sébastien à une petite bosse. Puis, en s'approchant, ce dernier constata que la bosse en question était en fait un animal.

- Honk-Honk ! ponctua le phoque en toisant Sébastien de plus belle.

Caché jusqu'ici derrière l'humain, le manchot s'avança doucement près de la petite masse étalée sur le sol et Sébastien vit alors de quoi il s'agissait.

Sous une fine pellicule de glace gisait le petit corps rond et sans vie d'un bébé manchot.

Penché sur lui, l'adulte poussa du bec le bébé, frotta son front et ses joues affectueusement, comme si un espoir était toujours possible. Mais il n'y avait rien à faire, c'était trop tard, depuis bien longtemps.

Sébastien ne dit rien. Pour lui, c'était la loi de la nature, et, même si cette loi avait bien failli lui coûter la vie il y a quelques minutes, en quoi devait-il se sentir responsable ?

- Honk !

Perdu dans ses pensées, le phoque rappela à l'ordre l'homme. Sébastien regarda plus attentivement la scène : celle d'un père pleurant son petit ; ce petit pour qui il avait donné tant de forces et d'amour, ce petit qui, pourtant à l'aurore de son existence, connaissait déjà le crépuscule.

Le grand manchot regarda enfin Sébastien, des larmes perlaient son pelage, le front baissé, comme pour faire culpabiliser l'homme.

Je n'y peux rien si ton petit est mort, bon sang ! Alors qu'est-ce que tu as à me casser les coui...

Aussi hargneux soit-il, Sébastien stoppa aussitôt ses pensées médisantes en constatant enfin précisément ce que lui montrait le manchot.

- Honk-Honk !

Nouvelle ponctuation de la part du phoque, histoire d'accentuer encore plus le drame. En effet, utilisant son bec effilé comme une pince à épiler, le grand manchot extirpa petit à petit du gosier du bébé des morceaux de sac plastifié. Sébastien se rendit donc à l'évidence, le bébé était mort d'asphyxie, avalant une poche plastique au gré de ses sorties sous-marines.

- Aïe !

Le manchot adulte devint alors agressif...

- Aïe ! Aïe !

...piquant et piquant encore.

Sébastien s'écarta, mais maladroit comme pas un, il glissa, tomba en arrière sur les reins et le phoque s'y mit lui aussi :

- Honk-Honk !

Des claques sifflèrent aux oreilles de Sébastien.

- Aïe ! Hou... arrêtez... arrêtez !

- Honk !

- Rouiiik-Rouiiik !

- Pitié ! Non... non, non, non !

La déferlante de coups et de piques se calma, elle n'avait duré que dix secondes, mais cela avait été une véritable éternité pour Sébastien. Assis, la tête dans les genoux et les bras en forme de protection, Sébastien refit surface. Le phoque et le manchot le regardèrent, fixement, silencieusement. Sébastien ne sut que dire. Que devait-il faire pour ne pas se prendre un coup ? Diminué, abattu, l'homme regarda les animaux, implorant. Le phoque et le manchot tournèrent alors la tête vers le soleil, revinrent d'un commun accord vers Sébastien, poussèrent un...

- Honk-Honk !

…et un...

- Rouiiik-Rouiiik !

…en guise de dernières paroles, puis ils se retournèrent doucement vers le soleil et partirent dans cette même direction.

Sans qu'il pût réellement les suivre jusqu'au bout, Sébastien vit un phoque sautillant et un manchot dodelinant disparaître vers le couchant.

Comme toujours après une rencontre, Sébastien put souffler.

En dehors d'un trou au mollet, maintenant, il pouvait s'enorgueillir de multiples bleus aux jambes et de deux joues couleur écrevisse.

Si tout ceci n'était qu'un rêve, pourquoi avait-il si mal ?

Si tout ceci n'était que délire paranoïaque, pourquoi tous les faits et les individus rencontrés lui donnaient tort ?

Comment allait-il pouvoir se sortir de ce guêpier? C'était dur à admettre pour lui, mais quelque chose de très profond, comme une voix sourde qu'il n'avait pas entendue depuis des années, lui disait dans un murmure qu'il avait besoin d'aide. Cette idée, ridicule à ses yeux, était à peine en train d'émerger à travers les méandres de son cerveau, qu'un bruit de raquettes se rapprocha de lui. Des mains puissantes le saisirent, le redressant comme un fétu de paille, et Sébastien sortit aussitôt de sa léthargie.

Un Inuit de deux mètres de haut, facile cent kilos, secoua Sébastien et se mit aussitôt à l'invectiver dans un dialecte incompréhensible.

Cherchant à se dégager de l'emprise, Sébastien tapa des poings sur les épaules de l'esquimau. Ses petites frappes faisant apparemment peu d'effet, Sébastien sentit cette fois la colère monter en lui et tenta de jouer du pied. Toujours aussi peu touché malgré les efforts de Sébastien, l'Inuit engueula comme pas un ce dernier, lui saisit un bras avec la puissance d'une tenaille et partit en le traînant derrière lui sur la glace.

Pire qu'une bête, l'Inuit traîna Sébastien sur plus de trente mètres avant de le balancer juste à côté de la berge. Toujours parlant comme une pipelette, et surtout comme si Sébastien était sensé parler la même langue, l'Inuit s'approcha de l'eau et tira sur une corde. Sébastien se redressa, péniblement, conscient de l'attention que réclamait l'autochtone, et il constata, une fois de plus, l'origine de cette hargne. En remontant son filet de pêche, l'Inuit arracha des profondeurs de l'océan un bidon d'huile usagée, des traces coagulées de nappes de fioul et un poisson mort. Prenant le poisson mort à la main, l'Inuit s'approcha de Sébastien, lui tendit le résultat de sa pêche et Sébastien faillit vomir. L'œil jaune et vitreux, des branchies déchiquetées et suintantes d'un liquide jaunâtre, des écailles rayées de traits bleus, le poisson semblait tout droit sorti d'un bassin de produits chimiques.

- Attendez... ce n'est pas ma faute, se défendit Sébastien. J'y suis pour rien si c'est pollué par ici. Pourquoi vous en prenez-vous à moi ?

L'Inuit n'écoutait pas. Il continuait sa ritournelle. Sa colère ne baissait pas. Après avoir menacé Sébastien de son poisson purulent, il le jeta finalement par terre, fouilla dans la poche de son manteau en peau de bête, et en sortit un morceau de papier. L'esquimau dressa devant les yeux de Sébastien une photo jaunie et baragouina un mot qui voulait dire « regarde ». Le cliché représentait la famille de l'Inuit: sa femme, ses deux enfants, ses chiens de traîneaux.

- Tu me gonfles ! C'est clair ça ! commenta Sébastien, largement agacé d'être pris à parti.

L'Inuit était un colosse, il aurait pu tenir en respect Sébastien d'un seul geste, mais il n'en fit rien. Il rangea sa photographie calmement, lâcha un dernier reproche dans sa langue inconnue à l'égard de Sébastien, puis regarda vers le soleil couchant.

Il se faisait tard, et, à cette heure, des reflets rouges accentuaient la couleur de peau du visage rond de l'Inuit. Ce dernier posa encore un regard sur Sébastien, fit signe de la tête pour aller avec lui vers le soleil, puis s'engagea illico dans cette direction.

Toujours allongé sur le sol - à croire qu'il ne pouvait tenir debout plus d'une minute sur la glace de l'arctique -, Sébastien souffla à nouveau et se dit qu'il fallait réfléchir vite ; vite, avant qu'une nouvelle bestiole ne lui tombe dessus et ne s'acharne sur lui.

En réfléchissant bien à la proposition de l'Inuit de le suivre, Sébastien se souvint soudain que le phoque, le manchot et l'ours étaient également partis dans cette direction.

Que pouvait-il bien y avoir là-bas, vers le soleil ? Où se réfugiaient-ils donc tous ?

L'intrigue était complète.

Il devait savoir.

Péniblement, Sébastien se releva, arracha un...

- Waouh !

...cri de douleur à son corps, et s'en alla, droit vers le soleil.

Il marcha difficilement sur au moins cinq cents mètres, puis arriva au pied d'une dune relativement imposante. A bien y regarder, cette dune ressemblait à une sorte de volcan miniature. Ne souhaitant pour rien au monde rester dans l'ombre de ce volcan, Sébastien commença à le gravir. Le volcan étant d'abord cerclé d'un faux plat, Sébastien faillit glisser et se retrouver en bas à trois reprises ; il aborda ensuite une véritable escalade sur environ quinze mètres de haut. Dans la précipitation de son départ, il n'avait pris ni pic ni chaussures cloutées et il le regrettait amèrement.

A l'issue d'un effort surhumain, gelé, essoufflé par l'altitude, Sébastien arriva sur la crête du volcan. Le spectacle qui s'offrit à lui dépassa alors l'entendement. Réunis sur l'hémicycle naturel que constituait le pourtour intérieur du volcan, oiseaux, manchots, phoques, morses, ours et peuplades Inuits regardaient tous vers un même endroit : le centre du cratère.

Personne ne disait mot, ni animaux, ni humains. Pas un geste, juste une légère brise en suspension. Régulièrement espacé, chaque individu semblait en prière, en paix et ne se souciait guère d'autre chose que du centre du volcan.

Intimidé par l'atmosphère, Sébastien préféra ne rien dire lui aussi. A cause d'un contre-jour, il ne voyait pas bien le cœur de l'édifice, c'est pourquoi, doucement, il commença à se rapprocher.

Comme s'il descendait en escalier et de côté, Sébastien prit son temps, regardant bien où il posait les pieds. Quand, soudain, il vit enfin l'objet de cette méditation générale.

La sphère était imposante, au moins quatre mètres de diamètre. Un globe de glace gigantesque scintillait au centre de la cuvette du volcan. Taillée à sa surface de reliefs simples et précis, cette boule de neige compacte représentait la planète Terre.

D'une grâce pure et simple, d'un blanc immaculé, cette mappemonde était d'une beauté extraordinaire.

On devinait, grâce à certains jeux d'ombres et de lumières, la sculpture délicate des continents, le bossellement de la Cordillère des Andes et de l'Himalaya, le serpentement du Nil et de l'Amazone, le creux de certains golfes et de certaines mers intérieures. On aurait pu la croquer tellement elle était appétissante, on aurait pu l'admirer à l'infini tellement son aura rayonnait... c'était une œuvre d'art somptueuse.

Pris lui aussi par cette vision magique, Sébastien resta béat d'admiration quelques instants. La vie pouvait bien s'arrêter, le temps également, qu'importe, il avait vu cette jolie chose, cette perle cristalline couleur de lait.

Il aurait pu rester comme cela des heures, reposé face à ce bijou glacé taillé à la serpe d'or.

Mais il n'en fut rien.

Illusions perdues.

Drame obligé.

Causes et effets.

Au départ, cela aurait pu être une ombre de plus dans un tableau clair-obscur, mais le mal avait bel et bien pris forme : depuis le haut de la sphère, entre chaque continent, des traînées de pétrole noir se mirent à couler lentement, telles des larmes gluantes et indissolubles. Puis, comme la coque abîmée d'un œuf dur, les parties les plus lisses commencèrent à s'écailler. Vinrent les fissures microscopiques, de petites coupes de scalpel de rien du tout, multiples et profondes ; suivirent logiquement des canyons entiers qui se creusent, des côtes entières qui s'écroulent, des mers rejoignant d'autres mers.

Sébastien sentit une légère vibration, un roulement dans l'air.

Le battement devint plus précis, plus intense, plus inévitable.

Au sommet du globe gelé, une faille très profonde fit gicler des confettis de neige. La cassure s'avéra fatale.

Un tremblement de terre modifia la perspective. Sébastien se mit à danser, les animaux à surfer, les Inuits à smurfer. Il n'y avait plus de repères cardinaux, tout s'écroulait, le sol se dérobait par endroits, des blocs roulaient et percutaient la sphère. C'était un véritable séisme, comme pendant les pires moments de la création.

La sphère se brisa violemment en deux parties. Retombant sur le sol, les deux blocs entraînèrent avec eux tout ce qui vivait dans l'hémicycle du volcan. Puis, dans un tourbillon de glace, de rocailles et de poudres blanches, Sébastien fut ballotté comme un drap dans une machine en plein essorage.

La chute, l'écrasement, la souffrance durèrent une éternité.

Un courant de glace entraîna Sébastien dans des profondeurs noires et abyssales et, apparemment, rien ne pouvait l'en sortir.

…

A moins que...

Oui...

Là !

Une lueur !

Etait-ce le bout du tunnel ?

Comment savoir ?

Sébastien était semi-inconscient.

La lueur se rapprocha au fil de la descente et, au bout de quelques secondes, le corps de Sébastien retomba comme par enchantement dans l'habitacle sombre et tamisé de l'ascenseur.

Quatre-vingt kilos de chair et de sang et autant de neige s'étalèrent sur la moquette rouge de la cabine. La machine commença aussitôt sa descente, cette fois en suivant la voie verticale des rails de guidage.

Sébastien était tétanisé par le froid ; la descente qu'il avait effectuée dans le cratère de glace était comparable à celle d'un glaçon dans un freezer, tous ses membres étaient devenus raides et son cerveau demeurait en hibernation constante.

Il fallut attendre le...

« Ding ! »

...de l'appareil, pour qu'enfin Sébastien daigne bouger les paupières.

VII

Quand la porte de l'ascenseur s'ouvrit, le corps frigorifié de Sébastien déboula aussitôt comme pierre qui roule.

La salle ressemblait au cabinet d'un médecin. Il y avait un lit d'auscultation, une balance digitale, une table couverte d'instruments médicaux, une perfusion, un électrocardiogramme, un projecteur puissant avec loupe intégrée, et enfin un bureau de bois précieux.

Adelphus, toujours vêtu de noir, déboula à son tour, caché derrière un paravent, et s'approcha de Sébastien.

- Houlà ! Mais c'est qu'on a oublié sa petite laine, dirait-on ; très dangereux par -40° Celsius ! s'exclama Adelphus en regardant le corps inerte de Sébastien.

Adelphus déroula un store mural situé juste à côté de la momie arctique du jour. Sur ce store, l'image d'un feu de cheminée était dessinée. Adelphus claqua des doigts et les flammes crépitèrent dans la foulée, aussi animées qu'une danse orientale.

L'onde de chaleur fut immédiate et efficace. Sans dire un mot de plus, pendant que Sébastien se réchauffait, ou plutôt décongelait, Adelphus lui fit une piqûre, enleva les vêtements trempés et pansa sa plaie au mollet droit. Une fois sa tâche accomplie, il repartit vers le bureau et fouilla dans un grand tiroir.

Sébastien se décontracta petit à petit, réchauffant tous ses membres endoloris par le froid et les coups de becs qu'il avait subis. Ses fonctions cérébrales reprirent le dessus quand l'homme en noir sortit de son tiroir une grande enveloppe. Bien qu'observant du coin de l'œil, Sébastien vit Adelphus allumer une console murale, extirper deux grandes radiographies de l'enveloppe et les coincer sur la surface de visionnage.

La première radio représentait une photo scanner de la terre. Centrée sur l'océan atlantique et les côtes limitrophes, plusieurs vagues et points de couleurs striaient la carte. Après un temps de silence, Adelphus croisa les bras et commença le diagnostic, plus sérieux que jamais :

- Hmm... ce n'est pas bien beau, tout ça. Quand on pense qu'il a fallu des milliers d'années pour créer cette merveille, à l'allure où l'écorce se ronge, dans un siècle vous aurez transformé les vertes plaines et les océans bleus en désert rocailleux martiens.

« Regarde-moi ça un peu, dit Adelphus en ponctuant du doigt son décryptage. Regarde-moi tous ces points rouges où sont stockés des déchets radioactifs dont on ne sait que faire ! Et là, tous ces sous-marins nucléaires abandonnés, à la casse et livrés à l'air salin et à la corrosion, que donneront-ils à la longue ? Oh, mais ce n'est pas tout, que de points noirs sur l'Océan, Sébastien ! Des nappes entières dérivent, elles s'accrochent de temps à autre aux fonds marins et s'échouent sur les côtes sauvages et sur les élevages marins. Du pétrole, du fioul lourd, du goudron, rien qu'une chiasse indissoluble et nocive, Sébastien. Rien que ça ! Te rends-tu comptes ?

« Oh, et là ! Là Sébastien ! Tu vois tous ces petits traits, on dirait de tous petits cils à l'échelle de la planète, mais qu'est-ce qu'ils sont nombreux, une vraie varicelle ! Tu ne croyais pas qu'il y en avait autant, hein ?... autant d'usines qui déversent leurs résidus chimiques dans les fleuves, les lacs et les rivières sur cette partie du globe ; et ceci le plus impunément du monde. Franchement, quelle fâcheuse manie vous pouvez bien avoir de scier constamment la branche sur laquelle vous êtes assis. Si des extra-terrestres vous voyaient, ils se diraient : "Mais qui sont ces porcs qui vivent dans leurs propres déjections au point de s'en rendre malades?". Que trouverais-tu à leur répondre, Sébastien, à ces êtres venus d'ailleurs ? Si tu devais leur expliquer toutes les abominations écologiques dont sont responsables les exploitants pétrochimiques, que trouverais-tu pour les convaincre que ceci a une logique purement économique et qu'il n'y a pas d'autres choix. Hein, que dirais-tu ? Dis-moi un peu, Sébastien ?

Dans son coin, le destinataire des propos rigolait intérieurement. Ainsi, tout ce ramdam, toute cette fumisterie, c'était pour le faire culpabiliser. Lui, le patron de multinationale, lui le caïd de l'exploitation des hydrocarbures, on voulait lui faire porter le chapeau de tous les déchets issus de l'exploitation industrielle. Dire que c'était toujours le même discours hypocrite - il avait vécu cela toute sa vie professionnelle -, toujours une critique basée sur des dérapages sans voir les avantages et l'apport général ; toujours le petit bout de la lorgnette et des raisonnements à l'emporte-pièce. Qui connaissait-il de plus naïfs que les écolos, tous aussi insipides que les légumes verts dont ils se repaissent quotidiennement.

- Pour répondre à votre question, dit Sébastien, je dirais tout simplement que le confort a un prix. Il ne faut pas oublier également que toute évolution technologique est forcément, au départ, liée à un désir humain. Ce désir n'est pas toujours maîtrisé, et il est parfois même dénaturé, au fil du temps. Mais si les raffineries ou les centrales ont été inventées, ce n'est pas pour rien, et je ne vois pas pourquoi je serais tenu pour responsable des orientations prises par nos aïeux lors des différentes révolutions industrielles.

Ce fut au tour d'Adelphus de sourire, très légèrement. Il semblait satisfait de la réponse de Sébastien, mais dans quel sens? Avait-il prévu cette réponse, ou bien respectait-il l'à-propos de la réflexion?

- Je ne te parle pas du passé, Sébastien, relança l'homme en noir. Je te parle de ce qui se passe aujourd'hui et de toutes ces zones d'ombres qui entament la survie de notre écosystème. Je te parle aussi de toi. Oui, toi, le patron d'une multinationale pétrochimique, toi dont la politique commerciale conditionne l'avenir de tous tes concitoyens.

- Faites-moi un procès !

- Ça viendra Sébastien. Ça viendra, crois-moi.

Sur le coup, Sébastien ne sut que répondre. Comment devait-il interpréter cette affirmation ? Dans cet endroit où tout était possible, où des situations paranormales prenaient facilement vie, que pouvait-il donc bien se passer s'il rétorquait "chiche" à son interlocuteur ? Par conséquent, prudence. Il préférait ne rien dire.

- Que veux-tu Sébastien, je ne vais pas t'applaudir. Tu sais comme moi que l'investissement général en matière de dépollution s'aligne sur les exigences des bureaux de contrôles et les réglementations en vigueur. Admets-le un instant, et tu verras que si des nappes de pétrole entachent les plages bretonnes, ce n'est pas par hasard. Alors je sais ce que tu vas me dire : "c'est la loi du marché, on ne peut - encore - rien y faire !". Tu sais quoi, elle a bon dos ta loi du marché! Mais le plus étonnant dans cette formulation c'est ce qu'elle ne dit pas... tu sais ce qu'elle ne dit pas, Sébastien?

Adelphus attendit quelques secondes une interactivité de la part de Sébastien, en vain. Il s'en fichait, visiblement.

- Ce qu'elle ne dit pas, continua quand même Adelphus sans plus attendre, c'est que ce sont des êtres humains qui font cette loi, et non des machines. Les rédacteurs de cette loi, ce sont des gens comme toi, Sébastien. Et au lieu de la faire évoluer dans une perspective d'ouverture aux autres, tu réagis comme eux, seulement en gestionnaire. Où est passée ta volonté de créer un monde meilleur Sébastien ? Où est passée ta notion de partage ? Où est passée ton envie d'être un visionnaire ?

- Blablabla et blablablère, joli rêve bucolique d'écolo à la noix! Quand vous vous serez gelé de froid pendant tout un hiver par manque d'électricité, quand vous crèverez de la grippe par manque de médicaments, peut-être que vous chanterez moins fort. Si les gestionnaires comme moi n'existaient pas, primo, quelqu'un d'autre le ferait à leur place, et deusio, vous n'auriez pas la chance d'avoir une énergie à la portée de tout le monde et de toutes les bourses aussi facilement. Je fais mon boulot, rien de plus.

- En 1943, Eichmann faisait aussi son boulot, sauf que son boulot consistait à bien organiser les convois de prisonniers Juifs en partance pour les camps de la mort.

- Je ne fais de mal à personne que je sache ! Personne n'a jamais poursuivi ma société pour empoisonnement, alors qu'est-ce que vous me bassiner avec vos camps de la mort ? Vous perdez les pédales, mon vieux, faut vous faire soigner.

- Me faire soigner, dis-tu ? C'est une idée intéressante. Sauf que celui qui est malade ici, je ne crois pas que ce soit moi.

- Je vois bien où vous voulez en venir, mais vous n'arriverez pas à me convaincre. Alors oubliez, cela vaudrait mieux pour vous. Je joue par obligation à vos petits jeux de crétins pré-pubères, mais ne me demandez rien de plus, de toute façon je n'y participerai pas.

- Ainsi, Sébastien, tu refuses que je t'ausculte ?

- Je ne jouerai pas au cobaye avec vous, ça c'est certain.

Adelphus sourit de plus belle.

Cette fois Sébastien s'en rendait bien compte : il était manipulé. Il savait pertinemment que ce moraliste d'opérette l'emmenait où il voulait et comme il le voulait avec une facilité déconcertante. Pourtant, Sébastien avait encore la sensation qu'il maîtrisait ses convictions et ses principes. Restait à savoir pour combien de temps encore ?

Comme une fatalité inévitable, cette idée sur l'homme en noir fut vérifiée sur-le-champ quand ce dernier tourna les talons et se mit à diagnostiquer la deuxième radiographie.

- Hmm... dans ce cas, voyons un peu.

A la manière d'un professeur Nimbus, Adelphus chaussa des lorgnons et poussa un long soupir. La radio représentait le scanner d'un corps humain. Là aussi, en guise d'indications, divers points de couleurs parlaient au praticien du jour :

- L'avenir n'est pas non plus très glorieux sur ce territoire-ci. Néanmoins, ce n'est pas possible autrement, tu dois déjà posséder certains symptômes... (Adelphus se retourna vers Sébastien :)... ne me dis pas que tu ne t'es rendu compte de rien, que tu n'as rien ressenti ? Non, pas cette fois !

Agacé mais interloqué, Sébastien se rapprocha. Quand il vit le corps transparent qu'Adelphus était en train de visionner, son cœur ne fit qu'un bond :

- Qu'est-ce que c'est qu'ça ? Qu'est-ce que vous faites ?

- Ça ? Mais c'est toi, Sébastien.

- Arrêtez vos conneries, je n'ai jamais passé de scanner, alors ça suffit maintenant !

- Si ce n'est pas toi, de quoi as-tu peur alors ? A moins que... (Adelphus croisa le regard inquiet de Sébastien)... oui, je vois... tu as remarqué cette vieille cassure à l'épaule gauche, vestige d'un vieux match de foot qui a tourné au cauchemar. Oui... c'est ça... tu sais que c'est toi !

Sébastien ne sut que dire. Etait-ce un montage photo ? Etait-ce vraiment lui ? Jusqu'ici, à chaque fois qu'il avançait une théorie, on le prenait continuellement à contre-pied. Alors, que faire... à part laisser dire, une nouvelle fois :

- Depuis combien de temps as-tu des maux de têtes, Sébastien? Hmm, dis-moi ? Comment ça se passe pour toi ? D'abord des nausées, des étourdissements, des sueurs froides, puis des migraines qui durent des heures ? En es-tu arrivé à des vomissements ? En es-tu arrivé à un stade où tu ne peux plus rien avaler certains jours ?... (Adelphus se retourna une nouvelle fois :)... où en es-tu dans ta vie, Sébastien ? Le sais-tu ?

- Que... qu'est-ce que j'ai ? parvint-il à balbutier, le visage sombre.

- Depuis combien de temps cela dure, Sébastien ?

- Euh... quoi ? Combien quoi ?

- Depuis combien de temps est-ce que tu as des migraines ? Dis-moi un peu ?

- Je... je dirais... deux ans.

- Deux ans ! Et tu sais pourquoi Sébastien ?

Sébastien ne savait plus où il était, la pression devenait trop forte. Depuis deux années interminables, il était perclus de migraines atroces. Il avait vu une ribambelle de médecins, tous plus nuls et inefficaces les uns que les autres, avec toujours les mêmes réponses bidons à la clé : stress, alcool, peine conjugale, fatigue... rien que des réponses de style QCM pour jeux télévisés. Alors que pouvait bien lui asséner de révélateur ce docteur aliéné vêtu de noir ?

- Sais-tu pourquoi tu as mal, Sébastien ? relança sans détour Adelphus.

- Hmm... non.

- Tu es allergique, Sébastien.

- Allergique ! A quoi ? questionna le patient, se sentant partiellement rassuré.

- Au sulfite, mon cher.

- Le sulfite ! Mais... mais c'est impossible ! C'est un dérivé de l'acide sulfurique, un acide violent et corrosif.

- Comme tu dis, Sébastien. C'est violent.

- Comment est-ce possible ? Comment puis-je être allergique à cette merde ?

- A cause du faible pourcentage contenu dans les aliments que tu ingurgites.

- Hein ?

- Le sulfite est couramment utilisé dans la composition d'engrais et dans les colorants, mais surtout, il est utilisé comme conservateur. Et des conservateurs, cher Monsieur, on en trouve partout dans les maillons de la grande distribution alimentaire.

- Ah.

- Tu ne croyais pas que c'était possible, n'est-ce pas ? Pourtant, ton organisme, lui, le savait.

- Que... que dois-je faire ?

- Tu me demandes un conseil peut-être ?

Désireux de bien faire comprendre la situation à Sébastien, Adelphus releva un sourcil et temporisa, laissant Sébastien seul face avec cette question en suspens.

- Oui, répondit Sébastien à la plus grande satisfaction de son thérapeute.

- Il faut manger du bio, mon cher. Du sans conservateur, du frais, de l'arrivage. Tu n'as pas le choix.

- C'est dingue.

- Oui, c'est dingue. Mais ce n'est pas le plus alarmant.

Cette nouvelle remarque replongea aussitôt Sébastien dans un stress immense. Adelphus savait que le matricule était à point et il se régalait. Sans répondre dans un premier temps, il se retourna vers la radiographie, réajusta ses lorgnons et commenta ensuite :

- Oui... tu ne dois pas vraiment en ressentir les effets pour le moment, pourtant c'est bien là.

- Quoi ? Qu'est-ce qu'il y a encore ? Que... que voyez-vous ?

- Ne t'es-tu jamais retrouvé quelque peu essoufflé après avoir monté un escalier ? N'as-tu jamais ressenti une suffocation en marchant dans une rue étroite jalonnée de véhicules à l'arrêt et ayant le moteur en marche ? Hein... dis-moi un peu ?

- Comment savez-vous tout cela, je n'en ai parlé à personne ? Depuis combien de temps vous me suivez ? Vous avez monté un dossier sur moi ? Vous avez pris ce scanner en m'endormant, sans que je sois au courant ? Comment savez-vous tout cela sur moi ?

- Je ne sais rien de particulier, Sébastien. J'interprète les symptômes et j'analyse les résultats, rien de plus.

- Que... que se passe-t-il alors ? Dites-moi.

- Je vois des alvéoles pulmonaires à 50% de leurs capacités et des bronches encombrées, preuves d'un asthme à l'empreinte de plus en plus présente.

- On peut devenir asthmatique même si on ne l'est pas de naissance ?

- Oui. Il suffit pour cela d'absorber régulièrement les effluves pollués rejetés par des industries qui obéissent à la loi du marché.

Fier de son effet, Adelphus se retourna vers Sébastien avec son perpétuel rictus narquois.

- Très drôle, qualifia Sébastien.

- Quand on y pense, tout ce qui t'arrive, ce n'est vraiment pas de chance. Dire que si l'industrie agro-alimentaire se penchait un peu plus sur des systèmes de conservateurs naturels, dire que si toutes les industries polluantes retraitaient convenablement leurs déchets avant de les évacuer, il n'y aurait pas de problèmes ! Quelque part, l'équilibre vital cela tient à très peu de choses au final. C'est révoltant, tu ne trouves pas ?

Un temps.

Silence.

- Non, bien sûr, poursuivit Adelphus, suis-je bête ! En tant que patron tu n'es pas responsable, alors qui pourrais-tu attaquer en tant que victime toi-même ? Oui, ce n'est pas de chance, c'est tout. Aaaah, quelle misère...

Histoire de ponctuer son hypocrisie apparente, Adelphus se tut et mima un profond recueillement.

- C'est un jeu pour vous, hein ? interrogea Sébastien, sentant une certaine irritation l'envahir.

- Un jeu, dis-tu ?

- Oui, c'est un jeu d'accuser le premier venu et de le rendre responsable de tous les maux de la Société. J'ai commis une erreur alors on doit me faire la morale sur tous les fronts, c'est ça ? De toute manière, qu'importe, je l'ai bien mérité, n'est-ce pas ?

- Je ne sais pas, c'est à toi de voir. Tu penses l'avoir bien mérité, Sébastien ?

- Vous n'avez pas idée du nombre de gens que j'ai épargnés alors qu'ils avaient commis des erreurs monumentales. Mais moi je me plante une fois, et c'est l'occasion de faire la grande cuisine à tous les patrons libéraux de la terre.

- A tous les patrons ? Non, Sébastien. Seulement à toi. Et quand on parle d'erreur, n'oublie pas qu'il s'agit dans ton cas de plusieurs meurtres involontaires dus à un accident de voiture et que cela n'a rien d'une erreur de commande ou de facturation dans une usine de fabrication. Tu saisis la nuance ?

- Vous ne me faites pas peur.

- Sébastien... ne dis pas des choses ridicules.

- Vous ne m'aurez pas.

- Oui... tu auras peur. Je t'en fais le serment : tu auras peur! Et je dirais même : une peur panique.

- Je n'ai pas besoin de vous et de vos mises en scènes minables pour m'en sortir. Je me débrouillerai seul à présent, laissez-moi partir.

- Oui, tu es un dur de dur, j'avais oublié, une section "rouge". Tu n'as jamais eu besoin de personne, n'est-ce pas? Tu ne t'es jamais intéressé qu'à toi-même, n'est-ce pas ? Ne t'inquiète pas, plus le temps passe et plus tu commences à comprendre qui tu es réellement et, une fois ce bilan établi, on te bousculera les tripes pour que tu changes, on te fera peur au point que tu réclameras à genoux l'aide des autres. Mais avant cela, il convient de pousser ces portes ouvertes que tu t'es toujours refusé à voir, alors à Dieu va, Sébastien... andiamo !

Sur ces mots, Adelphus tourna les talons et passa derrière le paravent d'où il était venu. Caché derrière la paroi de tissu, Sébastien ne voyait plus l'homme en noir. Sébastien s'approcha et tira aussitôt sur les panneaux repliés en accordéon : personne. En regardant de plus près l'espace, Sébastien ne vit aucune porte dérobée, aucune trappe. Adelphus s'était envolé par un tour de passe-passe dont il avait le secret.

A l'autre bout de la pièce...

« Ding ! »

…le manège reprit de plus belle.

Sébastien remit ses vêtements séchés, prit quelques pansements pour son mollet, puis monta à bord de l'ascenseur.

VIII
BARRIÈRES INVISIBLES

La chute fut cette fois différente.

La cabine de l'ascenseur ne bougea pas, mais le sol se déroba. Une trappe fit tomber Sébastien dans un genre de conduit incliné. Prenant une vitesse vertigineuse, il se mit à glisser sur un toboggan avant de ressortir dans une grande salle.

En se relevant de sa glissade, Sébastien constata que la pièce faisait facilement cinquante mètres de côté et dix de hauteur. Sur la paroi d'où il était ressorti et sur les deux retours, des issues avec, semble-t-il, le même plan incliné étaient perforées environ tous les quinze mètres. Les trois parois étaient faites d'un métal partiellement réfléchissant et sans aucune aspérité. Résonnant comme un cas particulier, le mur du fond restait, quant à lui, sombre et fermé.

Intrigué par ce mur noir, Sébastien fut attiré et voulut s'approcher, mais il n'en eut pas le temps matériel. Un bruit particulier le stoppa dans sa marche. C'était comme un sifflement strident qui s'intensifiait, se rapprochait ; puis le sifflement devint plus précisément celui d'un vêtement que l'on frotte sur une toile cirée, jusqu'à ce qu'il se termine par la roulade fracassante et rapide d'un individu. Vu de la place de Sébastien, l'arrivée de ce nouvel élément ressemblait au dérapage contrôlé d'un pilote de moto professionnel désarçonné par sa machine.

Sébastien voulut rejoindre logiquement ce nouvel arrivant, mais il fut une nouvelle fois pris de court ; car, de la même manière, par les différents tunnels des parois, d'autres personnes débarquèrent et se suivirent une par une comme des boules de flippers.

Ne sachant plus où donner de la tête, Sébastien fut dans un premier temps abasourdi. Immobile, il préféra attendre que les huit nouveaux arrivants viennent vers lui et se regroupent. Après quelques secondes de remise en état et d'observation, des silhouettes s'avancèrent ; le plus évident fut un grand homme, cadavérique et filiforme, d'au moins deux mètres de haut. Les autres, de taille plus modeste, décrivaient un panel allant du petit gringalet au "maousse-costaud", ceci en passant par l'homme banal, de base et sans options, comme l'était Sébastien.

- Qui êtes-vous ? balança un des membres à l'attention de tous les autres.

- Vous aussi vous faites parti du test ? enchaîna un second.

A ces deux premières questions dépourvues des politesses d'usage, tous se regardèrent en chien de faïence. Chacun connaissait la réponse, mais personne n'osait la dire. Heureusement, le salut de l'assemblée vint d'une autre personne :

- Bienvenue dans cette nouvelle épreuve, Messieurs !

Soudain, le mur jusqu'ici sombre du fond s'éclaira, laissant paraître le relief définitif d'une pièce qui était finalement encore plus profonde de trente bons mètres. Au centre de cette partie de la salle, Adelphus était planté debout, les mains croisées dans le dos, et semblait attendre.

Attirés comme des mouches par du vinaigre, les neufs "Messieurs" avancèrent lentement vers celui qui avait parlé. Peu impressionné par cette procession qui avançait vers lui, l'homme en noir souriait en coin, comme il savait si bien le faire, sûr de lui. Cette impression trouva vite son explication quand un des hommes déclencha une gerbe d'étincelles. Devant cet effet pyrotechnique surprenant, tout le groupe stoppa immédiatement sa marche. On ne le voyait pas du premier coup d'œil, mais, à l'ancienne limite du mur sombre, se dressait une paroi en verre d'environ deux mètres cinquante de hauteur. Cette barrière séparait donc Adelphus des neuf sujets présents.

- A votre place, Messieurs, dit Adelphus, j'éviterai de toucher le mur de verre qui nous sépare, le courant électrique de forte puissance qui le parcourt pourrait en griller plus d'un sur place, voyez-vous.

Les neuf éléments avertis s'approchèrent doucement, presque en ligne, un autre...

« Waouhhh !... Putain ! »

...fit les frais d'un sondage d'espace trop téméraire, puis ce fut l'avalanche logique de reproches et d'insultes variés :

- Qu'est-ce que tu veux, vieil enfoiré !

- Ouais, c'est quoi ton petit jeu cette fois ? Le mur d'escalade de la 7ème compagnie ?

- Ouais, rien à faire de tes conseils !

- Tu peux te les mettre ou je pense.

- On va te faire la peau.

- Tu vois ça ? (: question ponctuée d'un majeur dressé).

Si tout le monde ne s'exprima pas concrètement, tous approuvèrent. Cette unanimité permit de faire comprendre à tous qu'ils faisaient finalement partie de la même expérience. Tout comme Sébastien, chaque homme présent du même côté du mur de verre avait jusqu'ici subi des épreuves, vécu des galères et pactisé avec un diablotin accoutré de noir.

- Je vous demande d'être attentifs, Messieurs, car je ne répéterai pas, relança Adelphus sans commenter les insultes précédentes. Votre épreuve ici présente est simple : vous devez tous, et je dis bien tous sans exception, franchir ce mur. Vous avez le droit d'utiliser toutes les méthodes possibles, mais vous ne devrez en aucun cas vous faire de mal, de quelque manière que ce soit.

- Vous êtes fou ! dit un des hommes.

- Mais c'est impossible ! dit un autre.

- Moi je ne ferai rien, hors de question. Je ne vais pas tenter de me rompre le cou pour vous faire plaisir.

- Oui, on ne bougera pas !

- Y'en a marre de vos conneries maintenant.

- Et pourquoi pas creuser un tunnel jusqu'en Chine aussi?

- Enflure !

- Salaud !

La vive réaction de l'assemblée se mua en un brouhaha inaudible.

Toujours aussi peu impressionné, Adelphus attendit patiemment que la révolte se calme d'elle-même.

- Vieux sac à bouses !

- On va te saigner, chien !

Quand le silence...

- On ne marchera jamais dans ta combine.

…fut peu à peu...

- Rat !

…complet et l'atmosphère...

- Viens te battre si t'es un homme.

…moins hargneuse,...

- Ouais, reste ou tu es, gonzesse !

…Adelphus put reprendre son annonce :

- Puisque vous me le demandez si gentiment, laissez-moi vous donner un unique et dernier conseil : malgré tout votre scepticisme actuel, la solution à votre problème existe, et elle est simple. Mais, pour la trouver, il va falloir chercher au fin fond de chacun d'entre vous.

- Et si on échoue ? interrogea vivement quelqu'un avant tout le monde.

- Vous n'avez pas d'autre choix, vous n'avez pas d'autre issue, répondit aussitôt Adelphus. Franchissez ce mur ou cette pièce demeurera à jamais votre tombeau.

Sans laisser aux neuf cadavres en sursis le temps de répondre, l'homme en noir s'enfonça dans le sol grâce à une trappe qui se referma par la suite.

- La vache, on n'est pas dans la mouise, commenta un des protagonistes.

Après avoir fixé désespérément l'espace vide derrière la vitre, les neuf hommes du test se retournèrent petit à petit les uns vers les autres.

- Vous êtes sûrs qu'ils peuvent nous laisser indéfiniment ici ?

- Désolé de briser vos espoirs, mais je crois qu'ils sont assez tarés dans cette taule pour nous laisser crever sur place.

- Oui, j'en suis persuadé.

Assez vite, tout le monde sembla acquiescer d'un hochement de tête.

Un silence.

Une certaine tension liée à l'angoisse de leur situation et à leur ignorance mutuelle s'installa. C'est pourquoi, afin de casser partiellement ces craintes, certains s'engagèrent logiquement dans des curiosités d'usage :

- Il serait peut-être bien de se présenter. Je m'appelle John, architecte de Lyon.

- Ok. Moi c'est Rémy, nantais, menuisier.

- Moi c'est Philippe, Brest, 37 ans, marié.

- Didier, toulousain, responsable PME.

- Arthur, corse, gendarme.

- Jean, près de Limoges

- Vous faites quoi à Limoges ? questionna John.

- Heu... je suis...

- Pardonnez-moi, mais on s'en fout de savoir qui est qui, coupa violemment Sébastien. On devrait plutôt se concentrer sur le problème actuel.

- Hé doucement, mon vieux, on est dans la même galère, répondit John.

- Je ne suis pas votre vieux.

- Vous êtes ce qui me semblera quand il me semblera, ok ! surenchérit John en se rapprochant de Sébastien.

- Tiens, tiens, j'aimerais bien voir ça. Vous croyez que vous me faites peur malgré votre taille? lança Sébastien en regardant droit dans les yeux la grande gigue face à lui.

- Ça suffit, Messieurs, coupa à son tour Arthur, exténué. Vous n'allez pas commencer à jouer aux petits chefs. Cherchons plutôt un moyen de sortir d'ici.

- Oui, c'est vrai, arrêtez quoi !

Pris sur le fait d'une représentation ostentatoire de leurs egos respectifs, John et Sébastien se tournèrent vers l'assemblée sans dire un mot et s'écartèrent lentement l'un de l'autre. S'ensuivirent quelques minutes où chacun contempla avec une certaine maladresse le bout de ses chaussures.

Mêlé à une gêne évidente, tout le monde commença à réfléchir à une solution. Certains firent les cent pas, d'autres se grattèrent la tête ou croisèrent les bras, et encore d'autres s'adossèrent à une paroi métallique, les mains dans les poches.

Une odeur de pure matière grise en ébullition enveloppa assez vite l'endroit. Malgré beaucoup d'hésitations, au bout de quelques minutes, quelqu'un se lança :

- On pourrait faire un genre de courte échelle à deux ou plusieurs afin de faire sauter celui qui doit franchir le mur ?

- Oui, ou alors, pourquoi on ne constituerait pas un genre d'escalier où chacun se met à différentes hauteurs pour faire passer les autres ?

- C'est très bien toutes vos théories, répondit John après ces deux premières propositions. Mais une fois passés certains éléments, que ferez-vous des autres ?

- Oui, Adelphus a bien dit que l'épreuve concernait tout le monde.

- Tout le monde doit passer, confirma Arthur.

- Et puis, ce mur fait au moins deux mètres cinquante, si vous balancez quelqu'un par-dessus à l'aide d'une courte échelle, je vous dis pas l'état de la réception...

- Oui, il va y avoir des plaies et des bosses...

- Et Adelphus a bien dit qu'il fallait ne pas se faire mal, re-confirma Arthur.

- "Adelphus a dit", "Adelphus conseille", vous m'énervez grave avec les directives de cet enculé ! beugla Sébastien. Il sait très bien qu'il nous a jeté dans une impasse et, à l'heure qu'il est, il se fout de nous et se marre bien à nous voir ramer comme des cons.

- Oui, je suis d'accord, il essaie de nous avoir. Il ne faut pas écouter l'homme en noir.

- Très bien, bande de grands malins, râla John, vous avez une meilleure idée ?

A la grande satisfaction de celui qui venait de poser la question, un silence peinturluré d'échec s'étala entre les neuf hommes.

Puis, un qui jusqu'ici n'avait pas dit grand chose et s'appelait Didier s'avança nerveusement :

- Oui, moi je sais ce qu'il faut faire. Mais pour cela j'ai besoin de quelques vêtements.

- Qu'est-ce que vous comptez faire ? questionna John.

- Il faut simplement que quelqu'un passe et puis nous ferons grimper chacun grâce à une corde faite de vêtements.

- Et le courant électrique, vous l'oubliez ?

- Le tissu n'est pas conducteur que je sache. Ce qu'il faut, c'est ne pas toucher la paroi avec les mains.

- Ouais, pas con, on peut la tenter.

- Je suis d'accord.

- Ok !

- Très bien, dans ce cas, filez-moi vos vêtements, conclua Didier.

Tout le monde s'exécuta. Vestes, pulls, chemises, tout y passa, sauf les pantalons et les chaussures. Une corde fut donc constituée très vite. Didier enroula alors deux chemises autour de ses mains, comme des moufles, puis s'approcha de la paroi à escalader.

- Est-ce que quelqu'un peut m'aider à grimper jusqu'au sommet, pour que je m'accroche, s'il vous plaît ? implora d'un ton de reproche Didier en voyant que personne ne se précipitait.

Deux hommes vinrent finalement vers lui et soulevèrent chaque pied de Didier d'une courte échelle. Hissé de plus d'un bon mètre, Didier étala une veste sur la tranche épaisse de la paroi et s'accrocha. Pendant que les deux aides du bas poussaient tant qu'ils pouvaient le grimpeur, ce dernier tira sur ses bras comme un forcené.

Dans l'assistance, tout le monde contemplait attentivement l'ascension, même si elle n'avait rien de fantasmagorique. L'issue de l'épreuve était liée à cet homme accroché à une barrière de verre.

Cependant, tout bascula très vite dans le drame. Des points de chaleur traversèrent d'abord les vêtements très rapidement, un peu comme peut le faire la conductivité thermique dans une barre d'aluminium posée sur une plaque électrique. Puis, dans la foulée, l'ensemble des morceaux de tissus prirent feu. Deux torchères remplacèrent aussitôt les mains de Didier. La pointe de ses genoux en léger contact avec la paroi commencèrent à grésiller et à fumer.

- Waaaah !

La douleur fut si forte qu'il lâcha immédiatement prise. Sa chute fut amortie par les deux hommes qui l'avaient aidé à monter il n'y a pas si longtemps. Une panique générale repoussa certains, immobilisa d'autres, mais heureusement deux personnes se précipitèrent pour éteindre l'incendie.

- Ah bon Dieu, ça s'était une bonne idée, je vous le dis, se sentit obligé de commenter un des intervenants.

- La ferme, vous étiez d'accord, comme tout le monde, rétorqua John.

- Comment un courant électrique a pu mettre le feu ainsi?

- Ce n'est pas l'électricité, crétin. C'est un matériau conducteur de la chaleur, voilà tout.

- Mais quand j'approche ma main je ne sens rien, je ne comprends pas.

- Vous essayez de trouver une réponse logique aux propriétés de cette barrière, mais rien n'est logique ici! Le fait même d'être là dans cet endroit en train de se parler n'est pas logique !

- Il a raison.

- Ouais.

- De toute façon c'était trop facile. Il fallait bien qu'ils nous baisent d'une manière ou d'une autre.

- Ils veulent nous décourager, c'est certain.

- Ils nous testent.

- Vous oubliez une chose, Adelphus nous avait dit de ne pas toucher la paroi et nous avons désobéi.

- Ecoutez-moi bien, les ordres de cette tapette, vous pouvez vous les caler au train.

- Répétez un peu, pour voir !

- Je dis que vous n'êtes qu'un mouton imbécile à vouloir obéir à ce dément. Il ne cherche qu'à nous humilier, vous et moi, vous n'avez pas encore compris ça ? Sortez un peu la tête de votre poubelle, cela vous fera du bien.

- Je vais te faire voir un truc humiliant moi !

Les deux hommes se rentrèrent dedans, comme deux gamins dans une cours d'école. Ils s'accrochèrent d'abord, avec des rapports de forces à peu près similaires, puis devinrent plus virils.

- Arrêtez bon sang !

- Séparez-les, cria Didier en soufflant sur ses mains heureusement très légèrement touchées.

Un coup de poing partit dans une figure, une gifle répliqua, puis l'essentiel du groupe parvint à éloigner les deux agités l'un de l'autre.

- Sale con !

- Carpette !

Les deux effrontés continuèrent à s'invectiver, cette fois de part et d'autre d'une barrière humaine, jusqu'à ce qu'un panneau d'affichage lumineux n'apparaisse sur la surface lisse du verre :

```
AUTONOMIE D'AIR RESTANTE :
30:00 MINUTES
```

Même si certains s'attendaient à ce que les choses aillent de mal en pis, la nouvelle d'un chronomètre au-dessus de leur tête rabaissa encore plus le moral du groupe.

- Alors maintenant on arrête les conneries et on avance, ok ?! hurla John, largement exténué.

- S'ils veulent vraiment notre peau, eh bien qu'ils la prennent !

- Désolé, mais je ne suis pas d'un naturel défaitiste. J'ai envie de sortir d'ici, moi, vous comprenez ?

- Oui, allez Messieurs, reprenons-nous ! Nous pouvons y arriver, j'en suis sûr !

- Enfin une attitude positive, cela fait plaisir, dit John pour tenter d'entraîner les autres.

- Comment allez-vous Didier ? demanda Rémy en redressant ce dernier.

- Ça va, ça va. Plus de peur que de mal, répondit l'intéressé.

- Bon, et maintenant, qu'est-ce qu'on fait ? demanda Philippe.

- Prier me semble une bonne chose.

- Je ne suis pas croyant

- C'est une expression.

- Moi, je ne ferai rien. Pas question.

- Quel bordel !

- Messieurs, Messieurs, intervint John en haussant quelque peu le ton, je vous en prie, par pitié, cessons de nous quereller. Réfléchissons, bon sang ! Chacun de vous possède des compétences professionnelles et des talents qui peuvent nous aider à passer ce mur. Alors, s'il vous plaît, réfléchissez. Faites parler vos neurones et épatez-nous plutôt que de baisser les bras et de râler.

- Ok,ok !

- Bien.

- Pffff...

Le calme revint dans l'assistance, ce qui fut un bien inespéré pour le corps et l'esprit de chacun.

Quelques secondes passèrent, tout le monde souffla profondément, et au bout de ce brainstorming destiné à combattre la mort par asphyxie, l'horizon d'une éclaircie commença enfin à pointer le bout de son nez:

- Pardonnez-moi par avance de citer quelqu'un que nous n'apprécions pas trop ici, et je le comprends, dit Arthur ; mais vous êtes d'accord pour admettre qu'Adelphus nous a dit que la solution existait au fin fond de chacun d'entre nous.

- Euh... oui, acquiesça John.

- Je pense qu'en disant cela il voulait dire précisément que c'est tous les neufs que nous réussirons, chacun devant intervenir à un niveau ou à un autre de l'épreuve.

- Très bien, Einstein, critiqua Sébastien, et cela nous apporte quoi de savoir ça ?

- Du calme. Vous n'êtes pas capable de discuter posément? dit John à l'attention de Sébastien.

- Bon, ok, admettons. Alors maintenant ? Qu'est-ce qui se passe ?

- Je crois que...

Tout le monde se tourna vers celui qui s'était arrêté dans sa proposition. C'était un de ceux qui, également, n'avait pratiquement rien dit jusqu'ici, très discret et très calme. Il s'appelait Adam.

- Vous croyez que quoi ? questionna Sébastien, impatient.

- Je crois qu'il faut...

- Qu'il faut quoi, bon sang !?

- Je crois qu'il faut fabriquer une grue.

- Hein ?

- Plaît-il ?

- Qu'est-c'qui-dit ?

- Attendez, attendez, Messieurs, laissez-le parler, intervint encore John. Allez-y cher ami, exposez votre idée.

Après avoir jeté un coup d'œil circulaire à l'assemblée, Adam fit quelques pas, histoire de réfléchir sur la meilleure démonstration possible, puis il se lança :

- Enchanté, Messieurs, comme vous ne me connaissez pas, je me présente : je m'appelle Adam et j'habite Grenoble.

- La belle affaire.

- Chuuut ! coupa John en fronçant les sourcils. Continuez mon cher.

- Bon. Merci. Ce qui est important de savoir, Messieurs, continua Adam, c'est que je suis charpentier de formation et que je manipule régulièrement des grues.

- Ah !

- Vous êtes d'accord sur le fait que, ne pouvant toucher cette paroi de verre, nous devons agir de l'extérieur.

- Oui, tout à fait.

- Et vous êtes conscients aussi que, ne pouvant lancer quelqu'un sous peine de lui rompre le cou, nous devons soulever les gens et les faire passer un par un.

- Hmm-hmm.

- Donc, en d'autres termes, il faut que nous fabriquions avec ce qui nous sert de corps une grue, voire plusieurs.

- Vous parlez d'une grue humaine, donc ?

- Tout à fait.

- Foutaise.

- Connerie.

- Comment allez-vous faire ? C'est n'importe quoi.

- Pourquoi vous gueulez ? Vous avez une meilleure idée peut-être?

- Moi pas, ça c'est sûr.

- Vous êtes vraiment sûr de vous, Monsieur... Adam ?

- Oui... je pense. Nous sommes assez nombreux, cela devrait marcher.

L'assistance se tut. Certains pouffèrent nerveusement en considérant la proposition comme absurde, certains cachèrent leurs angoisses derrière un sourire et une motivation de façade, quant aux autres, ils témoignèrent une neutralité à toutes épreuves, placides et figés. Visiblement, tout le monde attendait un ordre.

- Bon, Tout le monde est d'accord pour suivre les indications de Monsieur Adam ? questionna John.

- Faute de mieux...

- Bon, d'accord.

- C'est bon pour moi.

- Ok.

- Yes.

Les deux restants firent "oui" d'un signe de tête, ce qui boucla le vote.

- Très bien, mon cher. Nous nous en remettons à vous.

- Bon. Très bien. On y va ! lança Adam en guise de déclenchement de sa stratégie.

Bien qu'assez obscurs au début, les intentions et les actes d'Adam se précisèrent relativement vite, ce qui était plutôt important vu le délai imparti.

Tout d'abord, après avoir questionné succinctement tout le monde, il fit quatre groupes ; triant les individus par capacités et par tailles, il détermina donc deux hommes petits et légers, Philippe et Paul, deux hommes moyens et costauds, Arthur et Jean, quatre hommes globalement moyens, Didier, Sébastien, Rémy et lui-même, et enfin, même s'il ne constituait pas un groupe en soit, un individu de très grande taille en la personne de John. Ensuite, il constitua naturellement les grues dont il avait parlé. Dans son esprit, la conception de ces dernières était fort simple : deux individus moyens servant de pilier devaient soutenir un individu plus puissant "musculairement", ce dernier représentant à son tour le bras de la grue. Ainsi, Adam plaça deux grues l'une en face de l'autre près du mur en verre. Grâce à ce mécanisme humain, les deux hommes plus petits et légers purent passer en premier, ainsi que John.

Bien que disproportionnée physiquement, une grue constituée de John au sommet et soutenue par Philippe et Paul s'assembla de l'autre côté de la barrière ; parallèlement, une des grues intérieures se désossa. Poussé par deux hommes moyens en même temps que d'être tiré, un des individus costauds passa ; les deux hommes moyens, restés inutiles de l'autre côté, suivirent dans la foulée, en utilisant toujours notamment la courte échelle proposée par un des piliers toujours valide. Se retrouvant de l'autre côté du mur de verre, à trois - un costaud plus deux moyens -, une deuxième grue extérieure fut constituée. Le dernier homme fort et puissant passé, il remplaça aussitôt le grand John au sommet de son édifice et, à son tour, repassa John du mauvais côté de la barrière. Grâce à ce nouveau transvasement, la "courte" échelle de John aida les deux moyens à passer également, tant bien que mal. Enfin, pour la récupération du grand et filiforme John, ce dernier ponctua son élévation d'un saut avec élan afin de donner l'impulsion nécessaire à la bonne tenue structurelle des grues extérieures. Cet élan fut tel que l'atterrissage de John entraîna dans son sillage une bonne partie des protagonistes et dégomma dans la foulée les hommes de réception. C'est donc étalé par terre, les quatre fers en l'air et courbaturé comme pas un, que la grande équipe des neufs au complet fut réunie une nouvelle fois du bon côté du mur électrique et transparent.

Il n'y a pas si longtemps de cela, normalement, la bévue de John aurait déclenché une bagarre générale et un multi-débat houleux et vulgaire. Mais il n'en fut rien. Les neufs avaient réussi leur épreuve. Les vieilles querelles, les problèmes d'egos, le découragement, la haine, tout cela n'étaient plus que de vieux souvenirs. Restait la satisfaction d'avoir accompli quelque chose de beau, de grand, d'unique.

Malgré quelques bosses et quelques douleurs au niveau des tendons, malgré des bleus pour l'instant timides et des épaules écrasées, malgré un souffle difficile à apaiser, malgré un épuisement physique légitime, le groupe des neufs se sentit assez fort pour se lever d'un seul homme. Ils se congratulèrent et se remercièrent mutuellement, tous avec le sourire. Cette liesse aurait pu durer des heures, mais le compte à rebours aidant, neuf portes d'ascenseurs se mirent soudain à sonner et à clignoter en même temps.

Fin des effusions de joie.

- C'est dingue, on n'a même pas eu le temps de discuter de ce qui nous arrive, constata Sébastien, dépité.

- Qu'est-ce que vous croyez, c'est volontaire, répondit Rémy.

- Oui, tout est calculé. Nous ne sommes que des pions dans cette histoire, confirma John.

- C'est bien ce qui me fait peur, où veulent-ils en venir ?

- Je ne sais pas, mais ne traînons pas, il reste à peine une minute au compteur.

- Oui, allons-y.

- Ok.

- Andiamo !

Le groupe, compact, soudé par l'épreuve, se déplaça vers les élévateurs. Ils passèrent chacun à tour de rôle devant un capteur et la porte associée au bon destinataire s'ouvrit en conséquence. La première et la plus proche fut celle de Rémy. Les autres s'écartèrent, dirent au revoir, la cabine se referma, Rémy disparut et ils passèrent à la suivante. Le deuxième oeil électronique accueillit favorablement John, et ainsi de suite jusqu'à ce qu'il ne reste plus que Sébastien, le der des ders de la bande.

Comme pour essayer de narguer l'autorité de l'homme en noir ou des maîtres des lieux, Sébastien Cossin ne broncha pas malgré...

00:00

...l'affichage nul sur le mur de verre.

Passé quelques secondes dans la pièce, ses inspirations nasales devinrent plus rugueuses, plus pénibles ; sa gorge commença à se resserrer, un peu comme si on lui avait passé une corde autour du cou. Rapidement, il dut ouvrir la bouche pour gober le peu d'air disponible et, finalement, au premier signe d'étourdissement, n'insista plus.

Il monta à bord de la machine.

Clignotement,

« Ding! »,

et cette fois : pas de trappe dérobée...

juste un enlisement profond dans la déraison, vers une liste de jeux pervers.

IX

INTERMÈDE : HUMANISME MÉCANIQUE

« Ding ! »

L'ascenseur s'ouvrit sur une grande pièce très sombre.

A peine remis de son mini-évanouissement, Sébastien se retrouva face à l'inconnu, encore et encore. Un inconnu inquiétant et immensément froid.

Après deux-trois minutes, le temps que ses yeux s'habituent à la semi-noirceur de la pièce, Sébastien avança de deux-trois pas.

Le « Ding ! » de refermeture se fit entendre.

Le noir cette fois fut quasi complet, sauf, une pâle lueur, au loin, à environ cinquante bons mètres.

N'ayant pas d'autres repères, il se dirigea lentement vers la lumière. Quand soudain...

- Wah !

...il poussa un cri ; quelque chose venait de le frôler.

Il stoppa. Sur le qui-vive. Le cœur battant.

Sébastien sentit un vent léger passer près de lui. Il bougea les bras dans le vide dans l'espoir de toucher cette présence fantomatique, mais malgré sa frénésie évidente il demeura seul avec sa peur.

- Ah !

La deuxième fois il sautilla...

- Bon sang, qui êtes-vous ?!

…et commença à s'énerver.

C'est alors que la lumière fut.

Des néons par centaines, ultra puissants, s'allumèrent en même temps. Logiquement, Sébastien fut ébloui et des flashs stroboscopiques rétiniens lui barrèrent la vue.

Tâtonnant cette fois dans le "vide" de la lumière, Sébastien erra quelque temps jusqu'à ce qu'il...

- Hé, qu'est-ce que c'est que ça ?

…touche un squelette froid et lisse.

Naturellement, Sébastien s'écarta ; mais aussitôt, en reculant, il buta dans un autre genre de squelette. Passées quelques secondes pour que sa vue s'améliore enfin, Sébastien comprit l'origine de ses surprises. La salle était immense et ressemblait à un grand hangar d'aviation. Sur toute la surface, des dizaines et des dizaines de robots de forme humaine s'affairaient. Certains faisaient des calculs, d'autres jouaient au foot, d'autres assemblaient des pièces mécaniques pour construire des voitures, d'autres sculptaient des morceaux de bois et d'autres marchaient vers on ne sait où.

Sur le moment, Sébastien se demanda s'il était en train de rêver. La motricité, la souplesse et la finition des machines étaient impressionnantes, du travail d'orfèvre ; la preuve de cette précision était qu'elles faisaient très peu de bruit, nettement moins qu'un groupe d'hommes accomplissant les mêmes tâches.

- Ha la la, c'est pas vrai ! Mais qu'est-ce que tu fais? Ça se loupe pas ça !

Devant ce cri incongru, Sébastien se tourna de tous les côtés, cherchant son origine. Puis, au bout de quelque temps d'errance, il aperçut à trente pas le dos d'un poste de télévision. Il se rapprocha. Derrière le poste, il y avait un canapé sur lequel était installé le plus simplement du monde Adelphus.

Parvenu à sa hauteur, Sébastien tourna la tête vers l'écran et constata...

- Oui. C'est ça ! Passe la balle, allez, vas-y, passe la balle !

...que l'homme en noir regardait un match de foot. Sébastien hésita à le croire vraiment sincère, mais Adelphus donnait vraiment l'impression de vivre la rencontre, réagissant à chaque action, commentant chaque résultat.

- Waaah, tu as vu ça, Matricule 45656-63-AZP ? Tu as vu ce coup franc ! Nom de Zeus, c'est passé à ça de la lucarne ! Ce joueur, quel pro !

Malgré cette tentative, Adelphus remarqua que le visage de Sébastien témoignait une indignation notoire.

- Mais assieds-toi, cher ami, insista-t-il en montrant la place à côté de lui. Demi-finale de la coupe de l'UEFA, Madrid-Bayern, ça se laisse regarder, n'est-ce pas !

Sébastien resta de marbre, fixant un moment l'homme en noir. Puis il répondit, manifestement courroucé :

- Mais qu'est-ce que j'en ai à branler de votre foot à la noix ! Vous allez me faire suer longtemps avec votre humour à deux euros ?! Vous avez quel âge, dites-moi?

Devant cette réaction, Adelphus claqua des doigts et le poste s'éteignit. Il se releva et avança lentement vers Sébastien sans le quitter des yeux. Puis, toujours sans dire un mot, il claqua une deuxième fois des doigts et tous les robots en action du hangar stoppèrent aussitôt leurs jeux respectifs.

Estomaqué, Sébastien regarda furtivement autour de lui ce spectacle "pompéien" d'androïdes statiques, puis tomba sur les yeux marron très profonds de l'homme en noir, qui lui dit :

- Pour ta gouverne, Sébastien, sache que je n'ai pas d'âge. Je suis bien plus vieux que si je t'avais enterré trois fois, et je suis bien plus jeune que la soupe de particules primitives ayant réussi à créer ce monde. Et si tu comprenais, ne serait-ce qu'une seconde, à quel point tout ceci n'a rien à voir avec de l'humour, peut-être que tu serais un peu plus respectueux. Mais ça, Matricule 45656-63-AZP... (Adelphus se rapprocha à quelques centimètres du visage de Sébastien, regard hypnotique)... ça, vois-tu, c'est une chose que tu es incapable de comprendre.

Le souvenir des coups que lui avait infligés Adelphus à leur première rencontre obligea Sébastien à se contenir. Pourtant, ce n'est pas l'envie qui lui manquait de tordre le sale cou de cet emmanché.

- Maintenant, puisqu'il faut te mettre à nouveau les points sur les "i" et t'expliquer tout de A à Z, eh bien, allons-y !

Adelphus partit aussitôt vers la masse de robots qui avait joué jusqu'ici au football.

- Eh bien, qu'est-ce que tu attends ? dit sèchement Adelphus à l'attention de Sébastien. On n'a pas que ça à faire, dépêche-toi un peu!

L'air réservé, Sébastien rejoignit Adelphus.

- Bon, dis-moi un peu Sébastien, toi qui sais tout sur tout et qui sait reconnaître ce qui est drôle ou sérieux, dis-moi ce qu'il y a d'étrange dans ces deux équipes qui jouent au ballon ?

Poursuivant dans son rôle de professeur strict et inflexible, Adelphus attendit quelques secondes une réponse de son élève, bras croisés et un index sur la bouche.

Ne voyant rien venir, il claqua des doigts...

- Bon, puisque tu n'arrives à rien, je vais t'aider un peu.

…et les joueurs se remirent en mouvement. Cinq minutes passèrent, chaque robot faisant son affaire à la perfection. Puis l'homme en noir restoppa le manège et reposa, sur un ton exténué, sa question :

- Alors ? Que remarques-tu, Sébastien, je t'écoute ?

- Je...

- Comment ? Je n'entends pas !

- Je ne sais pas moi... euh.

- Mais réfléchis, tisane de tisane ! Fais marcher la boîte à fusible, nom d'une pipe !

- Je ne vois rien de particulier... ils jouent super-bien au ballon, c'est tout.

- Y'a pas à dire, tu as vraiment de la boue dans les yeux. Tu sais quoi, je me demande si, finalement, nous ne perdons pas notre temps avec toi.

- Mais qu'est-ce que vous voulez me montrer à la fin ! Accouchez !

Adelphus regarda fixement Sébastien, droit dans les yeux et répondit :

- Tu vas comprendre, Sébastien, Tu vas comprendre. Mais avant tout, nous allons vérifier jusqu'à quel point tu peux être aveugle et bête.

Adelphus claqua des doigts et aussitôt, sortis de nulle part, deux robots s'emparèrent de Sébastien, saisissant puissamment ce dernier par chaque bras. Sébastien se débattit quelque peu mais la pression hydraulique des robots l'empêcha de se contracter davantage sous peine de se faire encore plus de mal.

Adelphus avança vers le groupe de robots en train de faire de la mécanique.

Contraint par ses deux gardiens, Sébastien suivit la marche.

Autour de trois véhicules, une bonne trentaine de robots s'agitaient. Certains soudaient, certains vissaient, perçaient ; d'autres fouillaient, triaient des pièces détachées dans un monticule de vieilles carcasses de voitures. Tous avançaient comme un seul homme et semblaient savoir ce qu'ils avaient à faire.

Adelphus attendit cinq minutes que Sébastien observe bien la chaîne de montage, puis il lui demanda, un peu comme s'il connaissait déjà la réponse :

- Alors, Sébastien ? Toujours rien de remarquable ? Ton intelligence supérieure n'a-t-elle rien à dire ?

- J'en sais rien ! Dites à ces deux macaques de me lâcher!

- Bon. La suite Messieurs ! dit en s'adressant aux deux robots Adelphus.

Adelphus en tête, le groupe continua sa visite des stands.

Ils arrivèrent devant cinq robots en train de sculpter un tronc d'arbre énorme. Coups de tronçonneuses, ciseaux à bois, ponceuses et maillets.

Même temps d'attente et d'observation de la situation, puis Adelphus reposa la question destinée à enfoncer encore plus un clou du spectacle désormais rouillé :

- Eh bien ? Cette fois, vois-tu ce qui cloche ? Ne trouves-tu rien de choquant à cette scène ?

Peut-être partiellement à cause de la pression psychologique de l'homme en noir et de la pression des robots sur ses bras, Sébastien répondit totalement à côté de la plaque:

- Ils... euh... ils travaillent plus vite que si c'étaient de vrais sculpteurs.

- Aïe, aïe, aïe... le sol argileux de la crétinerie vient de s'enfoncer de quelques lieues grâce à toi ! Tu es en train de battre des records historiques, Sébastien.

- Cela peut durer longtemps ce dialogue de sourd. Si vous me disiez plutôt ce que je dois chercher, vieille baderne, cela irait peut-être plus vite.

Adelphus ne répondit rien. Il regarda de côté, puis il frappa cette fois dans ses mains. Instantanément, tous les robots vinrent se mettre en colonne par deux, même ceux à côté de Sébastien. Une porte s'ouvrit et tous marchèrent d'une même cadence vers la sortie.

Sébastien et Adelphus se retrouvèrent seuls, à quelques mètres l'un de l'autre. Silencieux. Face à face.

Adelphus resta quelques secondes le regard dans le vide, comme si la consternation immense que lui procurait Sébastien nécessitait qu'il reprenne son souffle.

- Alors, qu'est-ce qu'on fait maintenant ? relança Sébastien Cossin. On joue à la marelle ? A la corde à sauter ? Je croyais que vous étiez pressé ?

Cette relance plutôt culottée de Sébastien ramena aussitôt le regard marron et clair de l'homme en noir sur son élève. Sentant ce dernier consécutivement moins rassuré, moins sûr de lui, Adelphus ressortit son sourire narquois bien connu et se rapprocha lentement. Comme auparavant, Adelphus ne stoppa qu'en se trouvant à vingt centimètres du visage de Sébastien, puis déclara :

- Si j'essaie d'illustrer la plupart du temps les choses de manière amusante ou symbolique, c'est afin de mieux te faire accepter certaines choses sur toi, Sébastien. En apparence, c'est peut-être un jeu. Mais, dans le fond, c'est la plus grande remise en question de toute ta vie. Et c'est aussi ta dernière chance. Alors tu as intérêt à être de meilleure volonté et à mieux réfléchir, à l'avenir.

- C'est bizarre, mais j'estime avoir été plus que clément face à vos enfantillages. Soyez adulte et vous verrez combien je peux être logique et censé.

- Censé, je n'irais pas jusque-là Sébastien. Quant à ton aspect logique, ça oui, tu l'es, désespérément !

- Je vous emmerde, c'est clair ça ! fulmina Sébastien.

- "La vulgarité est la défense des faibles", et voilà bien une réponse peu intelligente pour quelqu'un de censé.

- Vous aimez bien faire de l'esprit, n'est-ce pas ? Vous vous croyez supérieur grâce à ces petites phrases, ces petites niaiseries entre guillemets, mais en quoi ces clichés vous ont rendu service ? Tout ça, ce n'est que du vent !

- Avoir de l'esprit me permet d'avoir les idées claires, tout simplement. Et si tu y réfléchissais suffisamment, tu te rendrais compte que ton mauvais langage ressort essentiellement quand tu n'as pas de réponse à une question ou à une situation donnée.

- Balivernes ! Je n'ai pas eu besoin de vous jusqu'ici et je m'en suis toujours très bien sorti, alors ne me faites pas rire.

- Ah oui ?

- Oui, parfaitement.

- Tu es toujours le meilleur et tu as toujours le dernier mot, n'est-ce pas ?

- Oui, parfaitement.

- Tu n'as jamais eu besoin de personne pour réussir, n'est-ce pas ?

- Oui, parf...

Sébastien s'arrêta illico, prenant conscience qu'une nouvelle fois Adelphus semblait l'emmener exactement où il voulait. Paralysé par ce flash, il questionna, inquiet :

- Quoi ? Oui, je ne dois ma réussite qu'à mon travail et mon talent, alors qu'est-ce qu'il y a ?

- Dis-moi, Sébastien, à ton avis, si l'univers était uniquement peuplé de gens comme toi, ne serait-il pas meilleur? Après tout, une perfection comme la tienne, cela ne vaudrait-il le coup de l'inoculer aux autres ?

- Je n'ai jamais dit ça.

- Certes. Mais tu le penses, non ?

- Oui. Vous êtes content ?

- Malheureusement non, Sébastien. Mais quand je vois comment tu peux être sale intérieurement, cela ne m'étonne pas d'être affligé.

- Vraiment ravi de vous décevoir, très flatté.

Adelphus temporisa un moment. Il regarda de côté, évitant l'être dégoûtant dont il avait parlé. Sébastien pensa un instant qu'il avait réussi à rabattre le caquet de ce mentor lugubre, mais ce grand espoir momentané n'eut d'égal que le lamentable constat qui suivit :

- Dis-moi un peu, Sébastien, dit Adelphus en fixant son interlocuteur de plus belle, si la Terre était uniquement peuplée de gens comme toi, comment aurais-tu fait pour franchir cette barrière de verre électrique ?

- Que voulez-vous dire ? répondit sans comprendre Sébastien.

- Je vais formuler ma question différemment, puisqu'elle te pose problème. A ton humble avis, est-ce que neuf clones de Sébastien Cossin, des clones humains identiques en tous points, seraient parvenus à franchir le mur de verre de l'épreuve précédente ?

- Mais... (Sébastien réfléchit un instant)... oui, bien sûr. Nous aurions réussi à venir à bout de cette barrière.

- Je suis désolé, mais c'est faux. Tu te trompes.

- Bah, non ! Nous aurions fait la même chose.

- Non. Ce n'est pas possible.

- Ah... et pourquoi donc ?

- Vous n'avez pas franchi ce mur parce que vous étiez tous intelligents, Sébastien, mais parce que vous étiez tous différents.

Un silence mêlé d'incompréhension et de consternation envahit l'atmosphère entre les deux hommes. Sébastien ne captait toujours pas le message et Adelphus mesurait la bêtise de son client.

- Puisque tu ne vois pas la morale de cette épreuve, continua Adelphus en rompant le silence, laisse-moi t'éclairer comme il se doit. Si les deux personnes au sommet des deux grues humaines que vous avez constituées n'avaient pas été plus costaudes que la moyenne, les premiers passants n'auraient jamais pu être soulevés. De même, si l'un de ces premiers passants n'avait pas été un individu de taille plus grande que les autres, il n'aurait jamais pu se réceptionner seul à deux reprises sans se faire du mal, et il n'aurait pas pu tirer facilement les premiers passants plus imposants par-dessus la barrière. Tu saisis cette fois où je veux en venir, Sébastien ? Cela commence-t-il à devenir limpide?

Devant le mutisme approbateur de l'intéressé, Adelphus poursuivit :

- Quant à tous ces robots, ces fameux robots coulés dans le même moule et programmés suivant le même logiciel, ne trouves-tu pas que tout ce qu'ils font et produisent reste désespérant ? Ils ont beau s'affronter les uns contre les autres pendant des heures dans un match de foot, ils terminent toujours par un match nul; quand ils construisent une voiture, c'est toujours la même ; et quand ils sculptent une pièce de bois, c'est également toujours la même, qui plus est avec une froideur mécanique et un dégoût des plus notoires. Mon Dieu, que te dire, Sébastien ! Sinon que la différence permet de passer des barrières infranchissables et que, même toi, du haut de ta perfection et de ta grandeur, tu as besoin des autres pour avancer. Seulement, encore faut-il en prendre réellement conscience.

La finalité de toutes ces mises en scène robotiques aurait pu sauter aux yeux de certains, mais pas aux yeux de Sébastien. C'est pourquoi, quelque part, le choc en fut d'autant plus grand.

Certes, pas imposant au point qu'il admette son aveuglement. Ça non, il n'en était pas encore rendu aux aveux. Mais ce constat sur ce qu'il est, quelqu'un d'indifférent, et sur ce qu'il a vécu, être sauvé par la différence des autres, il risquait de s'en souvenir, cette fois pour de bon.

Remis à peine de cette critique psychologique, Sébastien parvint à balbutier quelques mots :

– Vous... vous pensez que je suis indifférent ? Vraiment?

– Je ne sais pas. Qu'en penses-tu, Sébastien ? répliqua Adelphus d'un ton très doux.

– Je... je... je suis patron d'une multinationale quand même, j'ai des centaines d'employés sous mes ordres. Euh... j'ai une femme, ..., une fille..., et vous pensez que je suis indifférent, moi ?!

– Oui, Sébastien. Tu as beaucoup de monde sous ton contrôle, mais tu les méprises tous sans exception, comme tu l'as toujours fait tout au long de ta vie.

– Ce... ce n'est pas vrai !

– Si.

- Non.

- Mais si.

- Vous n'êtes qu'un beau parleur, un petit manipulateur de merde qui veut me rendre fou. Mais j'ai les pieds sur terre moi, mon petit Monsieur, alors croyez ce que vous voulez mais je m'en bats les couilles de votre avis. C'est clair ça !

- Ce qui est très clair, comme je te le disais il n'y a pas si longtemps, c'est que ton langage de charretier ressort toujours quand tu es pris sur le vif. Mais je ne t'en veux pas, vois-tu, c'est une réaction normale. Il faut seulement y aller par étapes, c'est tout.

- C'est ça, faites-vous votre film tout seul et tout ira bien. Si vous alliez voir les deux hommes en blouse blanche qui vous ont amené ici, ça vous ferait peut-être du bien, et puis ça me ferait des vacances par la même occasion.

- Bon sang, mais tu fais de l'humour, Sébastien. Etonnant de la part de quelqu'un de sérieux comme toi. Cependant, tu as raison, nous avons besoin de distance l'un et l'autre. Alors je vais te laisser...

- C'est ça, à plus tard. Et ne vous croyez surtout pas obligé de revenir, on se débrouillera très bien sans vous.

- ...et je te dis : « à tout à l'heure ».

Sur ces mots, Adelphus adressa un salut de la tête discret à l'égard de Sébastien, puis tourna les talons et sortit par la porte où étaient passés les robots.

Les néons du plafond s'éteignirent et Sébastien se retrouva dans le noir.

Bien que soulagé par le départ d'Adelphus, Sébastien ressentit une certaine angoisse à se retrouver seul dans cet immense hangar. Allait-on l'abandonner ici pendant des heures, voire des jours ? Allait-on recommencer ces contacts fantomatiques qu'avaient perpétués quelques temps auparavant les robots étranges ?

Sébastien aurait pu délirer des heures, mais la lueur découverte par les portes de l'ascenseur en train de s'ouvrir derrière lui coupa court à toute autre réflexion. Pour la première fois rassuré par l'engin, Sébastien se précipita et fut même heureux quand il entendit le « ding! » annonçant la descente.

X
LE GRAND MAGASIN DE L'UTOPIE

La chute.

Toujours la chute.

Longue,

immense,

interminable,

omniprésente.

Omniprésente comme s'il s'agissait d'appuyer la thèse d'Adelphus sur la médiocrité de Sébastien, comme s'il s'agissait d'enfoncer, de rabaisser, d'avilir afin de susciter une réaction.

Quand allait-il enfin pouvoir remonter ?

Combien de temps allait-il encore rester dans cette cage, cette prison psychologique ?

« Ding ! »

La cabine s'arrêta quand même.

Les portes s'ouvrirent.

Sébastien avança dans un genre de petit hall. Face à lui, une autre porte d'ascenseur. Elle était fermée et surmontée d'un petit panneau lumineux sur lequel était écrit "SORTIE". Sur le côté, il y avait un guichet avec un préposé à l'intérieur. Sébastien s'approcha pour voir un peu plus distinctement la frimousse de l'agent, mais soudain, un écran s'éclaira sous la paroi vitrée du parloir :

> VOUS DEVEZ REMETTRE
> QUELQUE CHOSE DE VALEUR
> AU GUICHETIER POUR SORTIR

Telle était la mission.

Sébastien releva les yeux vers le guichetier en question, Une vague envie de taper comme un "casseur à capuche" sur la paroi en verre lui traversa l'esprit, cependant, une grande lassitude l'envahit et il laissa choir le concept aussitôt.

Bien que ne discernant presque rien du visage du préposé, caché dans un clair-obscur de vitrages réfléchissants et d'éclairages jaunes tamisés, Sébastien se mit face à l'hygiaphone et articula :

- Excusez-moi, mais je n'ai rien de valeur sur moi, je n'ai que ma carte bancaire... vous acceptez les cartes ? C'est combien le billet ?

Aussitôt, avec une voix d'outre-tombe des plus moqueuses, le guichetier s'embarqua dans un rire rocailleux et hystérique.

- Je ne vois pas ce qu'il y a de drôle, connard ! intervint sans ménagement Sébastien.

L'écran sous le guichet changea alors de message afin de calmer les nerfs à vif de Sébastien :

> VOUS DEVEZ ACHETER
> L'OBJET PERMETTANT
> VOTRE PASSAGE DANS
> "LE GRAND MAGASIN"

Perplexe, Sébastien fut prêt à s'emballer de nouveau, quand tout à coup, le mur sur sa droite se releva vers le haut comme une porte de garage. L'espace ouvert dévoila le couloir interminable et de grande dimension d'une galerie marchande.

Ainsi je vais devoir faire des courses. Ils veulent savoir si j'ai bon goût peut-être ? Qui sait ? Je n'en reviens toujours pas qu'ils soient allés jusqu'à reproduire une vraie galerie de supermarché ! Z'ont vraiment de l'argent à foutre en l'air ! Je me demande qui finance tout ça ? S'ils croient que je vais rester les bras ballants une fois sorti de cette expérience, ils se fourrent le doigt dans l'œil! Je dénoncerai ce scandale, cet argent du contribuable que l'on détourne, cette torture, cette folie issue d'énarques mal lunés ! Oui, ils vont m'entendre !

Sébastien arrêta le flot de ses pensées nauséabondes. Laissant derrière lui le guichetier et les ascenseurs aux portes closes, il s'approcha d'une première vitrine.

C'était un magasin d'objets et de vêtements en cuir. Sacs à main, sacs de voyage, ceintures, coffres à bijoux, portefeuilles, vestes, pantalons, tout n'était que peaux de bêtes retournées et toiles bien cirées. Personnellement, Sébastien n'aimait pas particulièrement le cuir, à part pour les chaussures, et il ne vit rien de transcendant.

Il poursuivit.

Sébastien se posta devant un magasin qui ressemblait à un concessionnaire automobile. L'enseigne n'indiquait pas de quelle marque il s'agissait, mais Sébastien voyait au loin les voitures de luxe rangées les unes à côté des autres. Attiré comme un ours par du miel, il entra.

Dans cette grande salle lumineuse au sol plastifié et à la décoration épurée, Sébastien eut très vite l'impression de visiter le musée de l'automobile. Aston Martin, Lamborgini, Ferrari, Chrysler, Porsche, toutes les marques de prestige étaient représentées, et le modèle Baccara côtoyait la F40 avec une simplicité déconcertante. Largement en train de se rincer l'œil et de prendre son pied, Sébastien monta à l'intérieur de plusieurs véhicules, tourna autour, se pencha et huma l'odeur du neuf émanant des sièges baquets jusqu'à s'en rendre ivre. L'espace d'un instant, il oublia qu'il avait une tâche à accomplir. Mais, heureusement pour lui, un gérant de magasin le sortit de son rêve assez rapidement.

- Bonjour Monsieur, ce modèle vous intéresse ? questionna le vendeur.

Sébastien s'extirpa aussitôt d'une Ferrari Testarossa et fut quelque peu surpris. Habillé d'un jean, d'un polo vert et d'un gilet sans manche rouge sur lequel était épinglé "Gédéon à votre service", l'individu ressemblait aux yeux de Sébastien plus à un vendeur de Discount qu'à un concessionnaire en voitures de sport.

- Heu, oui..., qui ne serait pas intéressé ? répondit Sébastien. On se sent un peu comme Magnum dans ce genre de bagnole.

- Magnum ?

- Ben oui, Magnum : le détective privé d'Hawaii.

- Hawaii ?

- Mais oui ! Vous ne vous souvenez pas ? C'est Tom Selleck qui jouait le rôle dans la série télé. La moustache, Higgins, Zeus et Apollon, ça ne vous dit rien ?

Moue perplexe du vendeur.

- Vous ne regardez jamais la télévision ? interrogea Sébastien, surpris.

- Oui, je sais, je devrais la regarder plus souvent, mais vous savez ce que c'est : la femme, les enfants, les réunions philosophiques, les salons de lecture, l'engagement naturel en tant que pompier bénévole… ça ne me laisse pas beaucoup de temps pour le reste.

- Ben dites donc ! En effet, avec toutes vos activités, je comprends que vous n'ayez pas de temps.

- Oui, j'aimerais faire plus, mais les nuits sont si courtes et ma famille a besoin de moi, vous comprenez.

« Sinon, que fait-on avec cette Ferrari, vous préférez y réfléchir ? Vous la prenez maintenant ? Nous pouvons vous la livrer gratuitement et "discrètement" si vous voulez.

- Ho-ho, vous êtes gentil, j'ai un bon revenu, mais c'est trop cher pour moi.

- Je sais, j'ai conscience que c'est cher pour ce que c'est, mais, d'un autre côté, il y a des parties de cette voiture qui sont faites par des mécaniciens passionnés. Ce n'est pas artisanal, mais presque. On ne peut pas être insensible à cela.

Sébastien jeta un coup d'œil sur l'écriteau pendu au rétroviseur de la voiture indiquant les caractéristiques techniques du modèle ainsi que le prix résumé en un chiffre : 270.

- Vous m'excuserez mais je n'ai pas 270.000 euros à mettre dans une voiture, ceci aussi "artisanale" soit-elle.

Instantanément, un peu comme le guichetier de tout à l'heure, Gédéon se mit à rire aux éclats, ceci à la plus grande surprise et la plus grande incompréhension de Sébastien. Ce dernier s'indigna :

- Hé-ho, ça vous prend souvent ici, de vous marrer comme une baleine ?! Surtout quand il n'y a rien de drôle ! 270.000 euros ce n'est peut-être rien pour vous, mais c'est beaucoup d'argent pour moi, vous m'excuserez.

- Non, ah-ah, non-non... ce n'est pas ça, 270.000 euros, c'est beaucoup d'argent, on est d'accord là-dessus, Monsieur, reprit le vendeur en guise d'apaisement. Non, ce qu'il y a de drôle c'est cette idée.

- Quelle idée ?

- Cette idée qu'une voiture peut valoir 270.000 euros. C'est ridicule au point que je n'ai pas pu m'empêcher d'en rire. Vous êtes un vrai comique, vous !

- Mais, je ne vous permets pas ! Et puis d'abord, il existe bien des voitures nettement plus chères que 270.000 euros.

Le concessionnaire se retint in extremis de repartir dans un fou rire, puis articula entre ses dents, la main devant la bouche:

- Aaaaafff, y'a pas à dire, vous êtes un malin. Vous trouvez qu'elle vaut moins cette voiture et vous essayez de me faire baisser le prix. Ok, soit, cela fait plus de trois mois que je traîne cette voiture dans mon magasin, cela vaut bien un petit effort. Allez, je vous la fait à... euh... disons... 250 euros ! Et je vous la livre, incognito, ça marche ?

- Je... je vous demande pardon ? interrogea Sébastien en faisant des yeux ronds comme des soucoupes au vendeur.

- Allez quoi, 250 euros c'est pas du vol quand même. D'accord ce n'est qu'un objet mais ça les vaut, non ?

- Hein ! Vous faites une Ferrari Testarossa à 250 euros Ttc ?

- Bon ok, 240, mais c'est mon dernier prix.

- Vous êtes fêlé !

- Non-non, n'insistez pas, Monsieur. Je n'irai pas plus bas.

- Vous ne pouvez pas me vendre une voiture de luxe à ce prix-là, c'est du délire.

- De luxe ?! Vous n'êtes pas bien, non ? Bon, vous la prenez : oui ou non ?

- Euh, oui... c'est d'accord.

Sébastien était en plein rêve. Il se disait bien qu'il y avait une entourloupette quelque part, mais quel plaisir c'était de se sentir propriétaire d'une voiture qui en jette, le genre de voiture sur laquelle tout le monde se retourne sur votre passage, où les filles en minijupes vous abordent aux feux rouges et où les femmes mûres se font raccompagner sans se faire prier. Un aspirateur à gonzesses, voilà ce que c'était cette caisse, alors quel homme n'aurait pas rêvé d'en posséder une, un instant dans sa vie.

- Vous payez comment ? demanda le vendeur en coupant Sébastien dans son orgasme routier.

- Euh... par carte, répondit Sébastien, comme en apesanteur tout en tendant sa "visa".

- Très bien.

Le vendeur saisit la carte bancaire, la passa dans la fente magnétique d'une machine, un ticket de caisse sortit aussitôt, il l'arracha et le donna à Sébastien en lui rendant son moyen de paiement.

- Parfait, vous préférez qu'on vous la livre ? demanda toujours Gédéon comme si de rien n'était.

- C'est... c'est un test, n'est-ce pas ?

- Hmm ? Je vous demande pardon…?

- Vous analysez toutes mes réponses, n'est-ce pas ?

- Je ne... saisis pas bien, Monsieur.

- Il faut que j'achète cette voiture pour sortir, c'est ça le jeu ? Et après vous analyserez tout ce qui a été dit, ma manière de négocier, comment je suis tombé en extase en m'annonçant qu'avec 240 euros je pouvais l'acheter ? Vous disséquerez tout de A à Z ?

- Je suis désolé, je ne vois pas ce que vous voulez dire, nous analyserons quoi, Monsieur ?

- Vous jouez super bien la comédie, cher ami Gédéon. J'espère qu'ils vous payent cher pour cette performance, vous le méritez.

A ce compliment, Gédéon explosa de rire une nouvelle fois, toujours au plus grand étonnement de Sébastien.

- Ha, ha, ha, ha... me payer cher pour du travail, moi ! Non, mais y'a pas à dire, vous êtes à pisser de rire. On ne me l'avait encore jamais faite celle-là !

- Bon, donnez-moi la facture et basta, lança Sébastien, désireux d'en finir.

- Ok, je vais même faire mieux, je vous donne les clés, vous serez livré demain-matin-première-heure.

« Au revoir, Monsieur !

Gédéon s'éclipsa à la vitesse grand "V".

Sans chercher plus loin à comprendre, car il n'avait pas envie de s'énerver pour rien une fois de plus, Sébastien sortit du magasin, repassa la vitrine du "tout cuir" et se dirigea vers les ascenseurs.

Parvenu devant le guichet, Sébastien leva sa main droite et fit balancer les clés de la Ferrari quelques secondes, histoire de narguer le préposé...

- C'est pour qui ça ?

…puis il déposa le trousseau dans un genre de tiroir-caisse.

« Clic-clac! »

Le guichetier, cerbère de la porte, examina les clés, puis, derrière sa vitre fumée, comme si cela était totalement normal, fit « non » de la tête.

- Non ! commenta Sébastien en levant les bras vers le ciel. Non ? Une Ferrari Testarossa ce n'est pas suffisant ? Monsieur exige plus encore ? C'est que Monsieur Le Guichetier a des goûts très particuliers, c'est ça ? Et bien sûr je vais devoir me casser la nénette pour trouver ce qu'il veut le coincé du bulbe !

La vulgarité de Sébastien et son agressivité ne touchèrent pas l'intéressé le moins du monde. Caché par un drap d'ombres, on ne pouvait voir que partiellement le bas de son visage, mais il n'avait pas bronché. Pas une contraction musculaire, pas un tic nerveux.

Sébastien observa quelques minutes le bonhomme derrière sa vitre, histoire de voir si sa colère allait augmenter. Mais, finalement, il se résigna : Sébastien tourna la tête, les talons et repartit à l'assaut de l'objet introuvable qui allait lui permettre de s'échapper.

De retour devant les vitrines, Sébastien décida désormais d'éviter de s'emballer comme il avait pu s'emballer pour la voiture et préféra plutôt tout visiter au préalable.

Successivement, il passa en revue magasins de bijoux, de fringues, de parfums et d'électro-ménagers-hifi. Il arpenta les vitrines d'arts et de décorations de la table, les salons de l'ameublement et les expositions de luminaires. Mais au bout du cinquantième magasin, et alors que la galerie semblait interminable, il en avait plein les bottes et ne savait toujours pas quoi choisir. Comme aucun élément ne ressortait en particulier, il céda par pure fatigue à son envie d'avancer et acheta au hasard une vingtaine d'objets et ustensiles divers qu'il réunit dans un immense cabas. Fixé sur ses achats, il retourna vers les ascenseurs, encore.

- Maintenant, je pense que nous allons nous mettre d'accord, lança Sébastien, optimiste, tout en brandissant son sac aux trophées.

Malheureusement, à chaque objet présenté, le guichetier fit invariablement le même « non » de la tête. Sébastien avait marché plusieurs heures, acheté facile pour 2.000 euros de présents normalement hyper chers mais pourtant, ici, à des prix dérisoires, et un profond sentiment d'échec l'irrita copieusement.

- Espèce de perroquet, sais-tu dire seulement autre chose que "non"! cria Sébastien en frappant la vitre avec son cabas. Mais tu veux quoi à la fin, espèce de grosse larve? Une pute, mon pied dans ta gueule ? C'est quoi ton problème, hein ?

En dépit des vociférations, le préposé ne dit pas un mot, statique, position "pause".

Usé, fatigué, Sébastien tourna le dos au guichetier et s'assit en se laissant glisser le long du mur. Là, il essaya de calmer petit à petit ses nerfs mis à rude épreuve et il se reposa. L'espace d'un instant, il se demanda comment les femmes pouvaient généralement demeurer infatigables quand elles faisaient les magasins ; il avait mal dans les jambes et il soupçonnait que deux à trois ampoules s'étaient formées sous ses pieds en compote. Quand les tumultes de son organisme furent enfin atténués, Sébastien tenta de repenser à sa situation. Que devait-il faire pour satisfaire ce guichetier capricieux et négatif ? Qu'entendait-on par "quelque chose de valeur" en ce lieu ? Il avait scruté des dizaines de magasins, tous aussi richement décorés les uns que les autres, et il n'avait rien vu d'original en particulier, car tout pouvait être qualifié d'objets rares et précieux dans cette galerie. Alors que pouvait-on qualifier comme "de valeur" en de telles circonstances ?

Ce dont Sébastien se rendit compte, c'est qu'il avait besoin de conseils, sinon il risquait d'errer encore longtemps avant de trouver l'objet désiré. Qui pouvait le conseiller dans cette galerie ? Les gérants de magasins faisaient mine de ne rien comprendre à ses allusions sur l'expérience en cours, alors qui restait-il?

Soudain, une chose particulière vint à l'esprit de Sébastien, une enseigne logique dans un centre commercial, mais étonnante ici. Sébastien était passé devant une banque. Se disant très vite que cette piste devait être explorée, il se mit aussitôt en chemin.

Après dix minutes de marche, il se retrouva face à l'Agence. Il n'y avait pas de vitrine cette fois, juste une porte pleine en aluminium noir et, au-dessus, les six néons à gaz du mot "BANQUE". L'endroit était peu attrayant, pas de distributeur de billets ou de publicité.

Sébastien sonna. Un « Bzzz » électrique libéra la porte et il put entrer.

Le bureau était sombre. Deux parois vitrées à droite et à gauche étaient opacifiées par des stores vénitiens. Pas de fenêtres, juste deux spots jaunâtres allumaient la présence floue d'une réceptionniste dans le fond.

- Vous désirez, Monsieur ? questionna cette dernière, impatiente comme si elle était littéralement débordée.

Timidement, Sébastien s'approcha :

- Euh... salut.

- Bonjour, que puis-je pour vous ?

- Je souhaiterais parler à un conseiller.

- Très bien, j'appelle Monsieur Gourdon.

La réceptionniste appela un numéro interne, exposa le cas, puis raccrocha et désigna le bureau de droite où le conseiller l'attendait.

- Bonjour Monsieur, dit Gourdon en se relevant pour tendre la main à Sébastien. Mais je vous en prie, asseyez-vous.

Sébastien ne releva pas et s'installa en silence.

- Euh... excusez-moi, à qui ai-je l'honneur ? relança le banquier.

- Comme si vous ne le saviez pas, répondit Sébastien d'un ton caustique.

- Pardon ?

- Ok, jouons le jeu : je m'appelle Sébastien Cossin.

- Euh... vous avez un numéro de compte Monsieur Cossin ?

Sébastien tendit machinalement sa carte bancaire, le banquier entra des numéros dans son ordinateur puis tapa sur "Entré". Quand le fichier Cossin s'afficha sur l'écran, Gourdon exposa un air de surprise, puis eut un sourire.

L'espace d'un instant, Sébastien pensa que celui-ci allait s'esclaffer comme Gédéon ou le guichetier, mais cela n'alla pas plus loin. Après avoir lu le dossier de Sébastien, le conseiller se recala au fond de son fauteuil, haussa les sourcils puis dit en regardant d'un air dépité son interlocuteur :

- Laissez-moi deviner, Monsieur Cossin, vous êtes quelque peu perdu dans notre "Grand Magasin", je me trompe ?

- Oui, pour ne rien vous cacher, c'est exact, répondit Sébastien, partiellement soulagé.

- Cela est bien normal quand on arrive de l'autre monde, comme vous !

- L'autre monde ? De quoi parlez-vous ? Où sommes-nous ici?

- Du calme, voyons. Je ne suis là que pour vous aider, alors calmez-vous s'il vous plaît.

- Je suis très calme. Répondez à la question.

- Ah la la, vous savez, des gens comme vous, ce n'est pas la premier que je vois débarquer ici. Et chaque fois c'est la même histoire : ils tombent de haut !

- Comment ça : "comme moi" ?

- Comment vous dire ? Disons tout d'abord que, vous et moi, nous n'avons pas les mêmes valeurs.

- Ah oui, vous vous êtes supérieur, bien sûr. Et moi, je ne suis qu'un petit rat de laboratoire que l'on doit traîner dans un labyrinthe et à qui l'on tente d'inoculer tel ou tel remède jusqu'à ce qu'il guérisse. C'est ça votre conception de ma valeur par rapport à la vôtre, n'est-ce pas ?

- Non, non-non. Vous vous méprenez. Je ne parle pas d'une chose pareille...

- Ben allons donc !

- Ce que je veux dire c'est : qu'entre votre univers et le nôtre, il y a une différence d'appréciation.

- Bon sang, de quoi parlez-vous ?

- Heu, bon... Eh bien, disons que, pour faire simple, ici la seule vraie richesse qui existe demeure celle de l'esprit, et que toute accumulation de biens matériels est considérée comme un signe de pauvreté intellectuelle. Vous saisissez ?

- Non, pas très bien.

- Oui, c'est normal, vous n'êtes pas habitué. Pourtant, si vous souhaitez rejoindre votre monde et partir d'ici, vous devez inévitablement comprendre celui où vous êtes enfermé actuellement, vous n'avez pas d'autre choix.

- Vous venez de prouver par votre réflexion que vous êtes impliqué dans cette expérience. Vous venez de vous trahir !

- Quelle expérience ?

- Vous venez de dire que je suis enfermé, comment pouviez-vous le savoir ?

- Mais... je viens de vous dire que des gens comme vous j'en ai vu débarquer plusieurs, et à chaque fois c'était la même histoire : empêtrés dans la logique matérialiste de leur monde, ils n'arrivaient pas à retrouver la sortie. Je ne vous ai rien dit de plus.

- Ainsi, ici, la société de consommation est proscrite, c'est bien ce que vous essayez de me faire comprendre.

- Proscrite non ! Elle existe, mais elle n'est pas primordiale.

- Expliquez.

- Chaque individu ici travaille pour la construction de biens de consommation : meubles, nourriture, accessoires et autres… ça, ça ne change pas. Mais ce qui compte, ce n'est pas de s'enrichir avec de tels objets, le but c'est de travailler pour le bien de la communauté.

« Voyez-vous, posséder une belle voiture n'est pas d'un intérêt capital si cette voiture a autant de valeur qu'un grille-pain. C'est pourquoi, ici, vu que tout le monde peut tout posséder très facilement, seules les valeurs intellectuelles prennent inévitablement de l'intérêt.

- Vous êtes fou.

- Aaaah, ça j'aimerais bien ! s'exclama pensivement le banquier. Cela voudrait dire que j'ai du génie. Mais n'y pensons plus, la création pure n'est pas mon lot, alors je fais avec ce que le Bon Dieu m'a donné.

Sébastien baissa la tête, apparemment accablé.

Dans cet univers où la raison semblait illégitime, sa propre conscience devenait de plus en plus incertaine, impalpable, voire informe. Jusqu'ici, l'abstrait, la métaphysique et l'imaginaire étaient des domaines qu'il n'explorait et ne côtoyait jamais. Et maintenant que sa survie l'obligeait à en arpenter les méandres vaporeuses, son esprit cartésien lui faisait sentir qu'il perdait quelque peu les pédales et, surtout, combien il était inadapté à ce genre d'exercice.

La mort dans l'âme, après quelques dizaines de secondes de silence, il relança quand même la machine :

- Expliquez-moi quand même une chose : comment faites-vous pour estimer que des bases intellectuelles ont pris ou non de la valeur ? Hein, dites-moi un peu ?

- Aïe ! Ce n'est pas simple à expliquer. Vous risquez de décrocher.

- Vous savez, au point où j'en suis ! Allez, dites-le, je suis sûr que ça va me faire marrer.

- L'humour est un atout, il permet d'ouvrir des portes secrètes avec une extrême facilité, vous savez ? Il ne faut jamais l'oublier.

- Ok. La suite.

- Bon, comme vous voulez. Pour tout vous dire, sachez déjà que, dans notre monde, nous parvenons à capter les ondes cérébrales.

- Ça commence fort !

- Oui et non. C'est la stricte vérité et, après tout, je vous avais prévenu, alors que voulez-vous de plus ?

- Ne vous fâchez pas.

- Je ne me fâche pas, Monsieur Cossin. Je souligne seulement le fait que votre cerveau est très loin d'être prêt. Et, au regard de votre vie passée, ce n'est pas étonnant. Je fais mon travail de conseiller à votre demande, alors si vous voulez arrêter, c'est vous qui voyez.

- Non-non-non. Pas de problème, je suis tout ouïe. Continuez.

- Bon, merci. Reprenons. Je sais bien que cela vous fait sourire, mais, que cela vous plaise ou non, l'évolution de notre société nous a permis de capter avec précision et discernement ce qu'on appelle l'aura humaine. Ainsi, chaque idée, chaque création artistique, chaque bonne action est captée, triée, évaluée et transformée en Valeur Boursière Intellectuelle. Chaque individu, au même titre que les comptes bancaires que vous connaissez, possède un Compte Spirituel dont le solde est exprimé en chiffres. Et chacun peut acheter des idées, en revendre ou investir dans des concepts de création pure à sa guise.

- J'ai mal au crâne.

- Vous vous croyez malin, mais il faut savoir que la dérision est un sentiment difficile à évaluer généralement. A la fois drôle et moqueur, sa cote devient la plupart du temps négative ou positive en fonction du caractère du sujet qui la profère.

- Et dans mon cas, vu que je suis le "grand méchant loup" issu d'un monde matérialiste, je ne risque pas de m'enrichir en ce lieu, c'est ça ?

- A votre avis ? questionna le banquier en posant ses deux index joints sur sa bouche.

- Vous voulez me faire culpabiliser, mais c'est râpé. Si votre "système" existait dans mon quotidien je serais multimillionnaire.

- Ha bon ? Et pourquoi ?

- Même si vous faites semblant de ne pas le savoir, je suis patron d'une multinationale. Alors des idées j'en ai des dizaines à la seconde. Dans mon métier, soit on invente, soit on meurt. Alors si le positivisme était coté en bourse, mes actions au sens large du terme vaudraient de l'or.

Gourdon recula légèrement son fauteuil, croisa les jambes et s'appuya maladroitement sur l'accoudoir gauche. Son regard paraissait perdu dans le vide. Silencieux, le banquier semblait à la recherche d'un second souffle; ce qu'avait affirmé Sébastien l'avait visiblement perturbé.

- Eh bien... je... hof... parvint enfin à émettre de manière hasardeuse Gourdon.

- Eh bien quoi !? pesta Sébastien devant l'hésitation du banquier.

- Comment vous dire ? Ne le prenez pas mal, mais vous êtes totalement hors sujet.

- Merci, c'est agréable.

- Ne le prenez pas mal. Encore une fois, je suis là pour vous aider et je ne fais que mon travail.

- Ok brother. Je t'écoute.

- De quoi parlons-nous depuis le début, Monsieur Cossin? Malgré tous les "pseudo-bienfaits" dont vous vous vantez dans votre monde, depuis le début, je ne vous parle pas d'idées qui permettent d'enrichir pécuniairement les membres de votre Conseil d'Administration ! Je ne vous parle pas de "créations" qui se font au détriment d'emplois ou d'écrasements de sociétés concurrentes. Je ne vous parle pas de gestion de capitaux en vase clos perpétuel. Je vous parle de fraternité, d'élan du cœur. Je vous parle d'idées positives non pas pour soi, mais pour les autres. Je vous parle d'enrichissement spirituel, enrichissement n'ayant de valeur qu'au travers non pas de vous et de votre nombril, mais au travers du regard des autres, c'est-à-dire vos concitoyens, vos frères ! Alors qui croyez-vous impressionner, Monsieur Cossin ? Je suis désolé, mais tous vos "exploits" n'ont aucun cours ici.

- Vous êtes dur. C'est indigne, c'est irrespectueux. Je viens quand même d'un pays où la devise est "liberté, égalité, fraternité". Ce n'est pas rien quand même !

- Certes, encore faut-il l'appliquer. Aujourd'hui, chez vous, la liberté de l'un n'a plutôt d'égalité que le manque de fraternité de l'autre, vous ne trouvez pas ?

- Que voulez-vous dire ?

- Je veux dire toujours la même chose : vous ne pensez globalement qu'à vous ! Et, la plupart du temps, votre orgueil vous empêche de voir qu'il y a autre chose que votre propre confort personnel.

- C'est illogique. Si ce que vous dites était vrai, notre société ne fonctionnerait pas, elle s'écroulerait ! C'est élémentaire, évident!

- Vous avez raison. Mais cet équilibre précaire tient seulement à la bonne volonté de quelques-uns, une poignée d'hommes justes et généreux qui arrivent à regarder au-delà des lieux communs établis par la Société dans laquelle ils vivent. Ces hommes sont d'ailleurs les seuls de votre monde à venir nous voir régulièrement et à échanger des valeurs.

- Ah, ils ont un compte chez vous, eux ?

- Nous gérons les comptes spirituels de tout le monde, Monsieur Cossin. Il n'y a pas de frontière entre votre monde et le nôtre.

- Quoi ? J'ai aussi un compte chez vous, moi ?

- Eh bien oui ! Si je vous ai demandé une carte bancaire au début de notre entretien, ce n'est pas pour faire beau.

- Et alors, comment se portent mes actions ?

- Si vous parlez de vos actions "Vivagel" et "Esso" cotées en bourse, elles se portent malheureusement à merveille.

- Mais non, je vous parle de mes actions en tant qu'activité en ce lieu. Est-ce que je possède des choses ou des pensées qui ont ici une valeur quelconque ?

- Euh... (Gourdon se frotta le menton, visiblement embarrassé par la demande de Sébastien)... comment vous dire?... je... euh... ah, pas facile...

- Quoi ? Qu'est-ce qu'il y a ? Crachez le morceau, bordel de Zeus !

- Houlà, s'il vous plaît, pas de grossièreté, vous voulez bien.

- J'attends !

- Bon, eh bien, pour faire simple : vous êtes à découvert.

- Ah oui, bien sûr. Toujours cette théorie du "Grand Méchant Loup".

- Cela n'a rien à voir.

- Et si je souhaite quitter votre société idéale, maintenant, comment puis-je faire pour payer mon billet de départ? Comment obtenir ici un compte positif ? Vous le savez, vous ?

- Ouvrir son cœur aux autres n'a rien à voir avec de la bidouille, Monsieur Cossin. Tout ce que je peux vous dire c'est que, si vous souhaitez remettre à flot votre compte, vous risquez de devoir rembourser des "Emprunts Miserere" jusqu'à la fin de votre vie.

- Des emprunts quoi ?

- On ne rachète pas un passé d'ignorance, de débauche, de mépris et d'indifférence d'un coup de baguette magique, Monsieur Cossin. Face à toutes les exactions qui ont plombé jusqu'ici votre compte, vous ne pouvez espérer redevenir "crédible" qu'à partir du moment où la société vous pardonne. Et pour qu'elle vous pardonne, vous allez devoir rembourser, traite après traite, des emprunts moraux que l'on nomme généralement "Emprunts Miserere".

- N'importe quoi, comme toujours ! Cela dit, pourquoi y aurait-il plusieurs emprunts et non pas un seul global ?

- Parce que vos dettes sont de multiples natures.

- C'est-à-dire ?

- Certaines sont issues d'insultes comme celle que vous avez faites il n'y a pas si longtemps. D'autres proviennent de médisances chroniques sur une personne, d'autres encore de violences physiques ou...

- C'est bon, c'est bon. Ta gueule !

- Merci d'appuyer mes dires par ces paroles, mais cela ne vous aidera pas pour autant.

- Moralité, je suis coincé ici. A moins de faire pénitence jusqu'à la fin de mon existence.

- J'en ai bien peur, Monsieur Cossin.

- Ça n'aurait pas été plus simple de dire : "vous êtes foutu et au revoir !" Cela aurait évité de perdre un temps monstrueux, vous ne croyez pas ?

- Je ne fais que mon...

- Oui, vous ne faites que votre travail, je sais. Putain, vous faites chi… suer à la fin !

Sébastien se releva de son siège, se tourna face à la cloison vitrée du bureau, puis mit ses mains sur les hanches. Non seulement le côté immatériel des choses qu'on exigeait de lui pour sortir d'ici, de cette épreuve, l'exaspérait, mais en plus, ce fou furieux de banquier fantoche venait de lui dire qu'il était cette fois coincé à tout jamais. Et là, vraiment, c'en était trop ! Il préférait tourner le dos à cet abruti de gestionnaire plutôt que de continuer à écouter ses sornettes.

Passé un silence tendu de plusieurs dizaines de secondes, Sébastien s'apprêtait à quitter le bureau, quand soudain, Gourdon murmura quelque chose :

- A moins que...

Sébastien se retourna et questionna aussitôt :

- Vous dites ?

- Euh... Non, rien.

Cette fois, un coup de sang fit exploser Sébastien, il saisit à deux mains la chaise devant lui et la balança dans la baie vitrée qui explosa en un millier d'éclats coupants et virevoltants.

- ALORS TU LA CRACHES TON IDEE LUMINEUSE ! hurla comme un veau Sébastien.

Illico alertée, la réceptionniste pointa sa silhouette devant le cadre meurtri de la cloison et lança, affolée :

- Mais qu'est-ce qui se passe, Monsieur Gourdon ? Vous n'êtes pas blessé ?

- Toi la pétasse, tu ravales ton string et tu vas voir chez les ploucs si j'y suis ! Compris ? cria Sébastien en fixant méchamment cette dernière.

- OH !

Offusquée, la réceptionniste tourna les talons aussitôt et s'éloigna.

Désormais seuls, Sébastien repointa ses yeux revolvers sur le conseiller blafard et dit plus posément:

- Alors ?! Où en étions-nous, machin-truc ? Tu avais une idée à proposer, je crois, hmm ?

- Euh... (Gourdon ravala sa salive)... oui mais... je ne pense pas que cela donne quelque chose... (il essuya son front, perlé de sueur froide)... disons que vu votre compte...

je ne vois pas comment on pourrait y trouver une pensée... de... euh... de valeur quoi.

- De quoi parles-tu ?

- Je parle de votre coffre personnel.

- Un coffre ? Quel coffre ?

- Eh bien, chaque individu possède un coffre-fort personnel où on consigne toutes les bonnes intentions proférées dans sa vie.

- Et alors ? Quelle utilité cela peut bien avoir ?

- Eh bien, s'il en existe réellement, vous pourriez les échanger ou les vendre ! Mais seulement, après, elles ne vous appartiendront plus. C'est un moyen qu'utilisent certaines personnes pour racheter leurs fautes.

- Vous ne pouviez pas le dire plus tôt ? Allez, on y va !

Sans dire un mot, et surtout par peur de s'en prendre une, le banquier s'exécuta.

Sébastien et Gourdon passèrent devant la réceptionniste - en larmes derrière son comptoir -, puis arrivèrent dans le second bureau sur la gauche du hall.

- Veuillez prendre place, s'il vous plaît.

Amusé, Sébastien monta à côté de Gourdon, dans une sorte d'auto-tamponneuse. Le banquier ramena une barre de sécurité sur leurs genoux, appuya sur un bouton qui illumina la profondeur béante d'un tunnel face à eux, puis...

- Vous êtes prêt ?

...poussa...

- Oui.

...une manette à fond.

Le véhicule transportant Sébastien et le banquier partit à la vitesse d'un Mirage 2000 sur un porte-avions. Plaqué contre un siège fort inconfortable, Sébastien eut aussitôt le visage fouetté par un vent violent qui déforma ses joues. Tentant désespérément de maintenir ses bras accrochés à la barre de sécurité, tout son corps était crispé, tendu. Les lumières du tunnel tournoyaient comme la galerie multicolore d'un camion de pompiers. Ils passèrent des quais immenses où, de part et d'autre, des portes de coffres-forts s'étalaient. Le tunnel fit des virages dignes d'un circuit de bobsleigh et des chutes verticales dignes d'un tremplin de saut à ski. Heureusement, au bout de quelques minutes l'allure ralentit et l'auto-tamponneuse stoppa face à un coffre.

Sébastien sortit du véhicule en titubant quelque peu, légèrement tremblant, le cœur battant à cent-dix kilomètres heure. Gourdon le stabilisa un instant en le prenant par le bras gauche, puis...

- C'est bon, ça va !

…le relâcha à sa demande.

- Bon, ça y est, c'est ici, Monsieur Cossin, dit le banquier en montrant du doigt une grande porte en acier surmonté d'une sorte de barre de navire en ferraille.

Partiellement remis de ses émotions, Sébastien s'approcha du battant verrouillé et remarqua un petit clavier électronique sur la droite. Il se tourna vers Gourdon et demanda:

- C'est quoi le code ?

- Les huit chiffres de votre date de naissance.

Sébastien haussa les épaules, comme pour dire que ce code était une bêtise de plus dans cet univers de tarés, puis il composa. Il y eut un « clac » et la roue articulée sur le devant se mit à tourner lentement, dans le sens inverse des aiguilles d'une montre.

Chaque huitième de tour émettait un cliquetis correspondant à un barreau se rétractant et libérant petit à petit la porte. Finalement, le battant en acier trempé se décolla légèrement, il y eut un bruit de dépressurisation et il bascula sur le côté.

L'intérieur était noir. Sébastien avança de deux pas. Le banquier suivit et appuya sur un interrupteur. Une faible ampoule au plafond éclaira alors une petite pièce fermée de quatre mètres sur trois, totalement vide.

Sébastien avança encore de quelques centimètres dans la chambre, puis se retourna brutalement vers Gourdon, qui, lui, n'avait pas bougé de l'embrasure de la porte :

- Qu'est-ce que ça veut dire cette connerie ?

Mal à l'aise, le banquier justifia :

- C'est malheureusement ce que je pressentais: vous n'avez jamais eu d'attention pour qui que se soit sur cette terre. C'est pourquoi le coffre de vos richesses est désespérément vide.

- Vous vous foutez de moi ?

- Non. Oh non, Monsieur Cossin ! Je suis désolé. J'ai cru un moment que...

Le banquier stoppa sa phrase, intrigué par un petit truc qui sauta subrepticement à son regard. Gourdon se dirigea aussitôt vers l'objet, le mit délicatement dans la paume de sa main et le montra à Sébastien.

- Qu'est-ce que c'est ? demanda avec inquiétude et curiosité Sébastien.

- Elle est froissée, mais c'est une pensée. Une pensée oubliée depuis des lustres. Vous y êtes parvenu, Monsieur Cossin. Une et une seule fois dans votre vie. Il n'y a qu'elle, c'est incroyable !

Gourdon avait le visage émerveillé d'un gamin devant une vitrine pendant les fêtes de Noël. Dans sa main, il tenait une feuille de papier roulée en boule.

Inconsciemment, Sébastien avait légèrement reculé. A la fois impatient et anxieux, ce petit bout de papier l'intriguait. Il n'avait aucune idée de ce qu'il pouvait bien contenir.

- Me permettez-vous de le lire, Monsieur Cossin? questionna le banquier en regardant l'intéressé avec un regard de chien battu.

Incapable de prononcer un mot, gorge nouée, Sébastien fit « oui » de la tête en un mouvement bref et sec.

Gourdon déplia le morceau de papier, lut deux secondes et releva la tête :

- C'est daté du 19 mai 2002, à 23 h 16.

Sébastien sembla décontracter les muscles de son visage, Gourdon poursuivit sa lecture :

"Ma petite Laura, que la vie te soit douce et l'avenir prometteur. Tu es la merveille de ma vie et saches que je serai toujours là pour toi, jusqu'à la fin de mes jours.

Je t'aime infiniment.

PAPA. "

Le banquier des devises de l'esprit releva la tête à nouveau et demanda:

- Laura, c'est votre fille ?

Face à lui, Sébastien venait de subir un électrochoc et ne pouvait rien dire. Il inspira un bon coup et on sentit quelque chose de subtil dans cette inspiration : un peu comme de l'émotion. Pétrifié, il regardait fixement la feuille que venait de lire Gourdon et son corps tremblait.

Voyant l'émoi de son "interlocuteur", le banquier tendit calmement le papier à ce dernier.

Presqu'à l'aveugle tellement il était au bord des larmes, Sébastien saisit posément le billet doux.

- C'est... c'est votre monnaie d'échange, Monsieur Cossin, dit doucement Gourdon.

- Quoi ? souffla d'une voix rauque Sébastien.

- Au regard de notre univers, cette pensée est la seule pensée de valeur que vous n'ayez jamais eue, Monsieur Cossin. Si vous voulez rejoindre votre monde, vous n'avez pas le choix.

- Non… pas ça !

- A vous de voir. Mais il ne tient finalement qu'à vous que ce coffre ne se remplisse à nouveau. Alors si cette pensée peut vous aider à devenir plus riche dans le futur, à quoi bon ne pas l'utiliser ?

Abattu devant la triste réalité des faits, Sébastien baissa la tête, accablé.

- Voilà Monsieur Cossin, c'est tout ce que je peux faire pour vous.

Invité par le banquier, Sébastien sortit, silencieux.

Le coup était difficile à digérer.

Ils montèrent dans l'auto-tamponneuse, roulèrent quelques cent mètres de plus, puis revinrent à l'accueil de la banque.

Machinalement, Sébastien sortit de l'agence comme un automate, sans faire ne serait-ce qu'une seconde...

- Au revoir, Monsieur Cossin ! Et au hasard d'une prochaine rencontre.

...attention à la salutation de Monsieur Gourdon.

Après une marche interminable jusqu'au bout de la galerie du Grand Magasin, Sébastien se posta tel un mort-vivant devant le guichet près des ascenseurs. Le préposé, toujours moitié caché dans l'ombre, ne cilla pas.

Sébastien regarda la feuille de papier une dernière fois, puis déclara d'une voix grave :

- Regarde bien ce message, espèce d'abruti. Regarde-le bien ! Je vais te le remettre parce que je n'ai pas d'autre choix et que tu le sais très bien. Mais dis-toi bien que ce n'est que partie remise. Je viendrai te le reprendre un jour ou l'autre ce message. Et quand cela arrivera, à mon tour, je te prendrai quelque chose de précieux. Tiens le toi pour dit, je t'en fais le serment : je reviendrai !

Sébastien temporisa quelques secondes afin d'appuyer sa promesse, puis il glissa le morceau de papier dans le tiroir va-et-vient.

Le guichetier, seul derrière sa vitre noire, ramena à lui l'objet du délit, il y eut un silence, puis...

« Ding ! »

…les portes de l'ascenseur surmontées de l'écriteau lumineux "SORTIE" s'écartèrent.

Soulagé, Sébastien se mua lentement vers l'appareil sans un regard vers le guichetier.

« Ding ! »

Les poulies s'animèrent et l'engin continua à s'enfoncer, toujours un peu plus bas vers l'enfer et le désespoir.

Abandonné, seul à son poste, le préposé se pencha un peu plus vers la lumière.

Il relut le billet troqué par Sébastien contre sa libération et releva finalement la tête, laissant enfin entrevoir le marron très profond et subtilement cuivré de ses iris...

...des iris ressemblant vaguement à ceux de l'homme en noir.

XI
RELATIVITÉ LUBRIQUE

Les poulies ralentirent peu à peu leur révolution.

Freinage.

Tension.

Immobilisation.

Les portes s'ouvrirent sur une profondeur noire.

Pas de lumière.

Désormais habitué à marcher à l'aveugle, Sébastien s'avança sans trop hésiter.

Aussitôt, à environ dix mètres, une sorte de vitrine ressemblant un peu aux vitrines qu'il venait de voir dans le Grand Magasin s'illumina. La scène cette fois était beaucoup plus particulière. Sur une estrade d'environ un mètre de haut, un mannequin femme vêtu de cuir et d'un long boa noir autour du cou se tenait immobile.

Décidément, ses geôliers ne manquaient pas d'imagination, pensa Sébastien. *Vont-ils me présenter des tableaux grandeur nature sur les goûts vestimentaires féminins afin de me prouver à quel point j'ai des préjugés erronés sur ce point ? Que cachent-ils derrière cette scène ? Que suis-je censé faire ou penser de ça ?*

A peine commençait-il à être désorienté par ces questions, que Sébastien remarqua face à lui un petit pupitre avec, en son centre, une sorte de bouton de minuterie. Machinalement, il tourna le bouton.

Sur la scène, tout se mit en branle.

Tout d'abord, des spots et des projecteurs de couleurs se mirent à zébrer l'espace. Une musique techno émergea du sol et, contre toute attente, la femme que Sébastien avait prise au départ pour un mannequin se mit aussitôt à danser. Elle était belle et bien vivante. Ô combien vivante!

Très vite, elle se mit à tourner autour d'une perche verticale en acier. Habillée de cuissardes, d'un body en cuir, de gants, d'un boa et d'une perruque luxuriante, le tout en noir, elle commença à prendre des positions aguicheuses. Maniant la barre centrale en fer comme une verge interminable, elle frotta son entrejambe d'un mouvement violent de montée-descente. Fixant son unique spectateur avec avidité, elle appuya par la suite sa langue sur la barre et fit le même mouvement, comme si elle léchait une glace. Puis, elle lâcha sa perche et se mit à faire des mouvements de gymnastique sur le sol. Appuyée sur ses coudes et allongée sur le dos, elle fit revenir ses jambes à l'équerre puis les écarta, démontrant une souplesse extrême dans les positions les plus inconfortables. Elle pivota sur le ventre, exhibant un postérieur fort bien rebondi et très remonté par le serré du body. Alors qu'elle semblait cette fois nager sur le sol, Sébastien se prit facilement au jeu. Pour une fois qu'on lui montrait quelque chose d'agréable, une superbe créature en train de se trémousser, qu'y avait-il de mal à regarder ! En plus, la plastique généreuse de cette "supposée" brune éveillant chacun des sens animaux en lui ; arrivé-là, quelle voix intérieure de la raison pouvait-il espérer entendre ?

La musique devenait assourdissante, la danse enivrante.

Sébastien aurait bien volontiers bu un Martini-Dry ou du champagne.

Soudain, la musique emprunta un rythme plus lancinant, la danseuse se mit debout, face à son spectateur, et commença avec entrain et détermination à dérouler ses gants de velours noir. Elle les fit tournoyer comme les hélices d'un bimoteur, fit semblant de jouer à la corde à sauter, puis les balança à la russe derrière elle. S'approchant d'une chaise sur la gauche en décrivant des cercles, elle posa un pied dessus et baissa doucement la longue fermeture éclair de sa cuissarde. Ecartant des deux mains le cuir recouvrant la finesse de ses jambes épilées, elle balança, l'une après l'autre, ses bottes de la même manière et commença à jouer avec la chaise. Dossier devant elle, elle passa ses jambes nues d'un côté à l'autre, caressa l'armature comme s'il s'agissait d'un corps, puis se mit de dos. Tout en regardant du coin de l'œil, par-dessus son épaule, son unique spectateur, elle dégrafa délicatement ses boutons-pression sur le devant. Le privilégié de ce strip-tease sentit peu à peu ses reins bouillonner, la révélation finale étant à sa portée, d'ici quelques secondes. Dommage qu'il y avait cette vitre, il aurait bien sauté sur l'estrade, pour voir de plus près le spectacle, pour mieux voir les détails, sentir l'odeur de cette femme en pleine exhibition, excitation, sentir la sueur, le cuir, les sécrétions corporelles, la peau, les phéromones. Il l'aurait bien touchée. Après tout, on ne dévoilait pas son intimité sans raison, elle devait bien aimer, désirer, supplier au plus haut point qu'on la touche. Alors, bon Dieu, pourquoi cette satanée de vitre !

La jeune femme se releva. Le body tomba, dévoilant sa croupe généreuse. L'excitation devint une érection plus précise chez Sébastien. Qu'y avait-il de plus beau, de plus excitant pour un homme que la vue d'une femme nue, de dos ? Tout n'était que courbes, rondeurs, finesses et creux. Cet ensemble était le dessin clé de la jouissance masculine. La danseuse au corps de panthère se retourna et s'amusa quelques minutes en cachant ses parties intimes avec le long boa en plùmes noires ; elle se mit de côté, passa l'objet entre ses jambes, comme si elle voulait s'essuyer ou sentir quelque chose en cet endroit ; puis elle le fit tournoyer comme un ruban et le lança au-dessus de sa tête.

Quand le boa retomba, telle une brindille morte zigzagante dans l'air, la jeune femme se mit face à Sébastien, totalement nue, plia une jambe, se pencha légèrement, joignit ses mains sur une cuisse, bras tendus, fit un clin d'œil, puis la lumière s'éteignit subitement.

Fin de la minuterie.

Instinctivement, Sébastien tenta aussitôt de tourner à nouveau le bouton du pupitre, mais rien ne se produisit.

Fin du spectacle.

Un peu plus loin, alors qu'il n'était pas encore remis de son excitation du moment, une autre vitrine s'alluma à une dizaine de mètres.

Sébastien respira un bon coup et approcha.

Cette épreuve allait peut-être devenir plus difficile qu'il ne le pensait au départ.

La scène représentait deux femmes en petite tenue, assises à chaque bout d'une longue banquette de velours rouge. Bien conscient cette fois que les deux individus figés devaient être tout ce qu'il y a de plus réels, Sébastien tourna le bouton de commande de la minuterie à fond.

Une lumière tamisée s'installa. Une musique vaporeuse souffla dans les tympans. Très vite, la jeune femme blonde sur la droite de la banquette se tourna vers son homologue, rouquine pour sa part. Comme deux aimants attirés, les deux femmes se rapprochèrent et commencèrent à s'embrasser. Les lèvres se touchèrent, humides et rouges, les langues se lièrent, glissantes et douces, les dents se frottèrent, blanches et lisses. Les gestes étaient lents, crispés, comme si chaque contact des paumes sur le corps était une brûlure. Vinrent ensuite naturellement les caresses. D'abord timides, elles se firent rapidement exploratrices.

Installé devant ce peepshow géant et gratuit, Sébastien ne perdit pas une miette de l'action. D'ordinaire, il n'était pas porté sur l'homosexualité, cela ne l'attirait pas du tout ; mais bizarrement, en tant qu'homme, assister à ce spectacle lesbien ne le laissait pas indifférent; il trouvait même cela beau.

Sur le canapé du désir, peu à peu, les caresses féminines se transformèrent en frottements frénétiques. L'excitation gagnait en intensité. En intensité et en précision. Les mains savamment manucurées de la blonde s'animèrent sur la culotte de soie bleue de la rousse. A la surface du tissu azur, la jeune femme blonde pratiqua des massages divers et variés : petits cercles formés du bout des majeurs, pétrissages du bas ventre, pianotages redondants et précis. Soudain, la rouquine se cabra en arrière, lâchant un soupir de plaisir. Son amie aux cheveux d'or retira la culotte bleue ainsi que ses propres effets, puis repartit sans perdre une seconde à son affaire. Allongées, vice-versa, comme une longue chaîne humaine de la féminité, les lèvres horizontales de l'une rencontrèrent les lèvres verticales de l'autre. Concentrée sur les points sensibles, et largement expérimentée en tant que femme elle-même, la blonde s'évertuait à délivrer un maximum de plaisir en un minimum de temps à son amie. Puis, alors que les respirations commençaient à devenir plus saccadées, les peaux plus moites et les cris plus jouissifs, une chape de noirceur enveloppa les corps en extase.

- Ah, bon sang ! cria Sébastien dans le vide, frustré de n'avoir pu assister à la suite.

De rage, il tapa sur le pupitre, tenta à nouveau de tourner le bouton, mais en vain.

Comme toujours, Sébastien n'eut pas le temps de s'énerver davantage, un tableau vivant s'alluma sur sa gauche, au loin.

Malgré sa frustration, Sébastien sentit facilement qu'il allait peut-être pouvoir relancer son excitation personnelle en allant voir une autre phase de cet étalage impudique.

Il tourna le bouton.

Top chrono.

Cette fois, les acteurs étaient multiples, la scène plus large. Certains étaient vêtus, certains déjà nus. Visiblement, le temps des préliminaires était terminé. Il était temps de rentrer dans le vif du sujet. Trois couples étaient déjà en plein coït. Trois femmes se donnaient à plusieurs hommes, manipulées par d'innombrables mains et organes turgescents. Cinq, six hommes et femmes mataient, ceci en explorant leur propre intimité. Tout allait à une vitesse incroyable, et l'appartenance à quelqu'un de précis de tel ou tel membre semblait difficile. L'éclairage était cru, seuls quelques meubles et coussins masquaient partiellement cette orgie sexuelle des plus démesurées.

Sébastien ne savait plus où donner de la tête. Les hanches, les poitrines, les bouches… son regard se perdait. Sa concupiscence s'en donnait à cœur joie. Il devenait ivre. Ses reins gonflaient. S'il n'était pas certain d'être épié, il aurait bien rejoint le groupe, cela ne lui faisait pas peur. De plus, cette fois il n'y avait pas de vitre. Cette fois, il pouvait tout entendre et tout sentir. Les claquements de fesses et de langues, les cris et les râles de jouissance, les odeurs de sécrétions, tout ceci n'était plus du cinéma multidimensionnel, c'était du direct, du palpable, du vrai. L'instinct animal de Sébastien accaparait tous ses sens. Tous ces corps enchevêtrés, il les touchait des yeux, il faisait parti des ébats. Les hommes et femmes apparemment expérimentés variaient inlassablement les positions, défiant les lois de la gravité, testant chaque zone érogène avec un maximum d'acharnement.

Hébété par des visions de membres écartés, Sébastien regardait insatiablement ces zones de chairs informes quand, soudain, au détour de son errance visuelle et hystérique, il croisa une allure familière.

Persuadé sur le coup de faire erreur, il recala, par curiosité, son champ visuel sur le cliché, s'approcha un peu plus de l'estrade et, finalement…

Catastrophe !

…reçut avec un roulement de tonnerre dans son crâne le choc de sa vie.

Devant ses yeux effarés, l'une des femmes en train de s'adonner à des plaisirs charnels n'était autre que sa propre épouse : Manuella !

Un picotement violent lui glaça aussitôt le dos ; un coup de fouet sensoriel frappa son égo et son excitation se transforma instantanément en consternation, en dégoût, en rage, en haine :

- MANUELLA ! MANUELLA, ARRÊTE ! hurla Sébastien comme un fou.

Remarquant la présence du spectateur, Manuella stoppa aussitôt ses libations lubriques. Effrayée, elle arracha une robe de soie légère à un portemanteau et prit, au sens littéral du terme, ses jambes à son cou.

Alors que Manuella partait par une porte dérobée dans le fond de la scène, Sébastien sauta comme une furie sur l'estrade. Les hommes et femmes en train de baiser regardèrent faire sans dire un mot et continuèrent leurs "exercices".

Sébastien suivit le même chemin que Manuella derrière la porte.

Il arriva dans un immense couloir, très peu éclairé, et dont on ne voyait pas le bout. Distinguant à peine au loin la silhouette de sa femme,…

- Manuella ! Manuella, arrêtes-toi ! Je t'en prie, arrêtes ! Reviens !

…Sébastien tentait en vain d'endiguer cette fuite effrénée. La course dura plus de dix minutes, à une vitesse incroyable. Sébastien s'égosillait à se rompre les cordes vocales : « arrêtes ! arrêtes !», Manuella s'éloignait de plus belle, jusqu'à disparaître.

Au bout d'un moment, quand même, une porte apparut au bout du tunnel. Avec un certain retard, Sébastien passa la porte.

Contre toute attente, Sébastien se retrouva sur une plage.

Oui, il marchait sur du sable !

Le soleil se couchait, magnifique, et la marée descendait.

Une digue en pierre, quelques dunes, une estacade, des bungalows, de l'écume, des coquillages, des algues parsemées, l'odeur de la mer, le sel, le vent du large... il connaissait l'endroit. Il marcha quelques secondes, reprenant son souffle et encaissant sa surprise du lieu.

Au bout de quelques mètres, il aperçut enfin Manuella.

Il s'approcha.

Les pieds nus, vêtue de la robe de soie légère et fine, cheveux longs bouclés dans le vent, Manuella regardait debout, immobile et calme, l'astre solaire se baigner dans la mer d'huile.

Quand Sébastien parvint à sa hauteur, elle n'eut aucune attention pour lui. Elle plongeait ses yeux verts dans le bleu sombre du crépuscule et rien d'autre.

Légèrement moins énervé suite à sa course, Sébastien fit néanmoins part de son indignation :

- Ma... Manuella, mais qu'est-ce qui t'a pris ?! Comment est-ce que tu as pu ? C'est ignoble ! C'est dégueulasse ! Comment est-ce que tu as pu me tromper avec ces vautours aussi facilement ? C'est... c'est... c'est... Ah, y'a pas de mots pour le dire!

Manuella respirait profondément et ne disait mot, aspirée par le spectacle du couchant.

- Hé, Manuella ! Tu pourrais me répondre quand même ! Tu ne crois pas que j'ai droit à une explication? Tu ne faisais pas semblant, je l'ai bien vu. Alors comment as-tu pu te donner de la sorte à ces enfoirés? Tu n'es qu'une salope, oui, une putain de traînée !

En même temps que ses insultes, Sébastien agrippa par les épaules Manuella, la secoua comme une poupée de chiffons dans tous les sens, puis, n'ayant toujours pas de réaction, il la jeta par terre, comme un vulgaire sac.

- Haw !

En retombant sur le sol, Manuella émit un petit cri de douleur. Elle devait s'être foulé le poignet.

A son plus grand étonnement, Sébastien constata que c'était la première fois qu'il en venait à des violences physiques sur sa femme. Des violences verbales, ça, il était coutumier du fait, mais physiques, ça c'était une première. Toutes ces épreuves morales finalement lui avaient tapé sur les nerfs. Il ne se reconnaissait pas là. Sur le coup, il prit peur, recula d'un ou deux pas et se fit rassurant :

- Mon Dieu ! Pardonne-moi Manuella, je ne... je ne voulais pas te faire de mal. Excuse-moi...

Blessée, au bord des larmes, Manuella s'assit plus confortablement sur le sable, ramena sa robe sur ses jambes, réordonna ses cheveux, puis répondit dans un souffle :

- De quoi veux-tu que je t'excuse, Sébastien ? D'en venir aux mains avec moi ? Si tu savais comme c'est le cadet de mes soucis. Si tu savais à quel point aujourd'hui je n'ai plus rien à perdre et comme ton avis m'indiffère !

Fébrile, Sébastien tenta d'éclaircir :

- Mais de quoi parles-tu ? On est marié, tu es ma femme!

- Ta femme ? Mais de qui parles-tu vraiment ? répliqua aussitôt Manuella, reprenant du poil de la bête. Tu parles peut-être de cette épouse que tu as humiliée en public en de maintes occasions et que tu as rabaissée devant tes collègues par des blagues misogynes en comparant le mariage à une prison.

- Non, ce n'est pas vrai. Non...

- Menteur ! Tu n'es qu'un odieux menteur ! Et puis, qui es-tu pour me reprocher des liaisons extra-conjugales ? Ce n'est pas moi qui ai commencé à aller voir ailleurs. Ce n'est pas moi qui vais, deux à trois fois par semaine, dans des sex-shops, des bars à putes et j'en passe ! Tu crois que tes réunions nocturnes au bureau ont toujours eues lieues peut-être ? Tu crois que tes pseudo-meetings improvisés avec tes assistantes ont toujours été très productifs peut-être ?

- Qu'est-ce que tu racontes ? Jamais je...

- ARRETES DE ME PRENDRE POUR UNE CONNE ! JE NE PEUX PLUS LE SUPPORTER !

- Mais...

- NON, ÇA SUFFIT ! Cela fait deux ans maintenant que tu vis une nuit sur trois avec des traînées qui te pompent le dard et ton pognon et tu crois que je vais te permettre de me faire la leçon?!

- Ma... Manuella, je t'en prie...

- Non mais qu'est-ce que tu croyais ? Que j'allais rester comme cela : comme une bonniche cocue et stupide toute ma vie?! Comment peux-tu oser trouver indigne ce que tu viens de voir, quand toi, tu m'as insulté des centaines de fois avec d'autres femmes sans aucun remord, sans aucun scrupule ? Je ne suis pas ta chose, Sébastien, je ne suis pas ton souffre-douleur... j'étais ta femme... et je ne demandais... je ne demandais qu'à t'aimer.

Sébastien ne répondit pas.

Il encaissa le coup, comme souvent désormais.

A cet instant, il aurait pu contester ou faire la sourde oreille, comme il l'avait toujours fait avec sa femme en fin de compte. Mais il n'en fit rien. Car elle avait raison. Oui, que ce soit aussi bien en pensées qu'en actes, il l'avait trompée des milliards de fois. Certaines images lui revenaient maintenant : des actes sexuels sauvages sur des bureaux avec des collaboratrices, des rendez-vous à plusieurs, des clubs échangistes où il allait avec des prostituées, des chambres louées une heure, des drogues et des alcools illicites, des sévices proches du viol et toujours, à la fin, une excuse bidon pour sa femme et justifier son retard. Des clichés honteux de ce genre, il en avait à profusion en mémoire et il avait appris avec une certaine vacherie à jongler avec les éléments : son job, sa femme, ses vices.

Maintenant, que pouvait-il répondre ? Quels mots pouvaient contrer les effets de la vérité ?

Des larmes coulaient sur les joues de Manuella.

Un silence abominable enrobait ses derniers mots : « je ne demandais qu'à t'aimer ».

Que pouvait-il dire ?

Comment en était-il arrivé là ?

Pourquoi s'était-il marié, lui, Sébastien Cossin, si c'était pour en arriver là ?

Si sa vie n'avait été jusqu'ici que dépravation, pourquoi était-il choqué à la vue de sa femme aux prises avec d'autres hommes ?

Je ne demandais qu'à t'aimer... et lui, l'aimait-il toujours? Ou, plus précisément, l'avait-il aimée ne serait-ce qu'une seule fois ? Savait-il réellement ce que voulait dire le verbe *aimer* ? Oui, que pouvait-il dire, lui qui était pour le moins perdu, cerné de questions, de doutes et, surtout, de honte.

Passé quelques minutes de cogitation et d'assèchement de larmes, Manuella se releva doucement, fit quelques petits pas vers le bord de l'eau, puis s'exprima calmement :

- Tu te souviens, Sébastien ? Tu te souviens de notre première rencontre ?

Sébastien s'approcha un peu plus près de Manuella, regarda autour de lui afin de confirmer ce qu'il savait déjà, puis répondit :

- Oui... je m'en souviens. C'était ici. Sur cette plage, à la Bernerie-en-retz.

- Oui... j'étais en train de faire mon footing hebdomadaire, j'ai glissé et je me suis foulé la cheville. Tu venais d'acheter une maison sur la côte et tu étais venu te détendre. Je suis tombée non loin de toi et tu as accouru.

- Oui, je me souviens... une chute des plus heureuses.

- J'ai compris tout de suite, tu sais. D'un seul coup d'œil. Ta seule main posée sur ma cheville déjà enflée et tout en moi s'était apaisé. Tu étais celui que j'attendais. Tu as pris soin de moi.

- Tu souriais.

- On ne s'est plus quitté. C'était bien. Une rencontre comme elles devraient être toutes. Un rêve...

- Mon Dieu... qu'est-ce que j'ai fait ?!

- Oui, tout cela est tellement loin, inabordable... désuet... morne... difforme. Tout cela est si loin... si dépourvu du moindre sens aujourd'hui.

- Ne dis pas ça.

- Je me souviendrai toujours de cette première rencontre, tu sais. Mais le reste, je dois l'effacer désormais ; sinon, je vais devenir folle.

- Tu... tu n'es pas folle, Manuella. Pardonne-moi, je... je ne sais plus très bien où j'en suis.

- Tu sais, Sébastien, quand tu as commencé à aller voir ailleurs, j'ai pensé que c'était de ma faute. Je m'en suis énormément voulu de ne pas arriver à te garder. Je pensais que j'étais trop exigeante, que je ne pensais qu'à moi, que je faisais mal les choses...

- Non, Manuella, arrête, oublions tout...

- Mais à un moment, j'ai compris Sébastien. J'ai compris qu'il est dans ta propre nature de manipuler les gens pour ton seul intérêt et de les faire souffrir.

- Manuella...

- J'ai compris que tu méprisais copieusement les femmes, les hommes, la vie...

- Pitié, Manuella ! Arrête.

- Et moi qui ne demandais qu'à t'aimer, finalement, j'en demandais trop…

Le bruit des vagues supplanta les mots de Manuella.

Dans son coin, Sébastien semblait perdu ; on aurait dit un petit garçon ayant été pris sur le fait alors qu'il venait de piquer de l'argent dans le sac de sa mère.

Manuella était normalement quelqu'un de discrète. En société, elle n'avait pas de charisme particulier. Elle était à la fois belle et ordinaire. Elle n'était pas du genre à se plaindre et à chercher des noises à qui que ce soit. Alors, la voir s'exprimer de la sorte et s'énerver en de telles circonstances, ça n'avait fait qu'accabler encore plus Sébastien, si bien qu'il ne trouvât plus rien à dire.

Lui, le roi de l'excuse tirée par les cheveux, de la réplique avilissante et de la dérobade humiliante, lui le Grand Manitou qui prenait ce qu'il voulait à qui il voulait dans la vie, lui ne trouvait rien à redire.

- Ne t'en fais pas, Sébastien, reprit Manuella dans un souffle. Toutes ces coucheries, ce n'est pas grand-chose en fin de compte ; juste un peu de muscles et de peaux qui se tendent. Comme tu ne t'attaches à personne, cela sera facile pour toi de tout oublier. Mais moi, il va me falloir du temps. Nous n'avons plus rien à partager, à part le dégoût de l'autre et les illusions. Alors restons-en là. Nettoyons les traces du passé et laissons-nous dériver, on verra bien...

A la plus grande surprise d'un Sébastien paralysé, Manuella retira d'un geste souple et gracieux le voile fin de sa robe, puis, comme guidée par une voix intérieure, se mit à marcher vers l'océan.

La silhouette nue et délicate de Manuella se perdit vers le couchant, formant une ombre de plus sur le rideau "nuité" du ciel.

Sébastien s'avança bien de quelques pas, émergeant de son ahurissement et de sa tétanie, trempa son pantalon jusqu'à mi-mollet, tenta même machinalement...

« Manuella ! »

...un appel. Mais, en guise de réponse, seul...

« Splatch ! »

...un plongeon lui fit écho.

Manuella disparut entre les vagues et les remous écumeux. Définitivement.

Sébastien se retrouva seul au milieu de la plage. Abandonné. Désemparé. Oublié.

Il resta comme cela de longues minutes, les pieds dans l'eau, le regard fixe et les bras le long du corps.

Durant toutes ces années de débauche où il avait trompé sa femme sans scrupules, Sébastien savait qu'un jour ou l'autre il risquait de se faire prendre. Cependant, il n'avait jamais imaginé l'apprendre de cette manière : en la voyant entre les mains d'un autre homme. Et Dieu sait que cette image lui avait fait du mal. Enormément maaaaaal.

*

Bien des minutes plus tard, alors qu'il marchait le long de la plage, Sébastien fut tout d'un coup interpellé par une voix familière, ceci à son plus regret :

- Aaaaah, n'est-ce pas qu'elles sont magnifiques ?!

En relevant les yeux, Sébastien aperçut l'homme en noir allongé sur un transat. A côté de ce dernier, il y avait une petite table basse sur laquelle était posée une Pina Colada. Il regardait le ciel à travers une lunette astronomique.

- Dire qu'il y en a des milliards. Dire qu'elles sont toutes aussi magnifiques les unes que les autres. Ne trouves-tu pas cela merveilleux, Sébastien ? questionna Adelphus.

Sébastien ne répondit pas. Il regarda simplement dans la même direction que la lunette astronomique et comprit qu'Adelphus parlait en fait des étoiles.

- Elles sont à des milliers d'années-lumière, reprit l'homme en noir. Elles scintillent, elles clignotent, elles brillent et elles nous séduisent, nous émeuvent, nous enivrent... comme les femmes !... (Sébastien tourna nerveusement la tête vers Adelphus)... Aaaah, les femmes !... Oui, on aimerait toutes les posséder. Dès qu'une superbe créature nous fait un clin d'œil on s'imagine déjà en train d'expérimenter des nuits folles et magiques avec elle, et quand une autre passe à côté de vous en faisant voler sa robe légère, soudain l'attention se porte ailleurs

« Oui, elles sont toutes magnifiques ! Toutes aussi belles les unes que les autres ! Pourtant, Dieu seul sait comment, dans cette euphorie aphrodisiaque, notre cœur ne s'emballe généralement que pour une seule et même personne. C'est étrange, tu ne trouves pas ? Tant de beauté, et pourtant une seule qui reste essentielle, indispensable. Quelle étrangeté, n'est-ce pas cher Sébastien ?"

Comme toujours, Adelphus enfonçait le clou, histoire de bien faire comprendre la leçon. Ne sachant toujours pas quoi répondre sur le fond, Sébastien répondit instinctivement sur la forme :

- Comment... comment avez-vous pu impliquer ma femme dans votre délire ? N'y a-t-il donc rien de sacré à vos yeux ? Vous n'êtes qu'un pauvre… con ! J'aurai votre peau !

- Aaaah, Sébastien, toujours aussi objectif face à l'adversité, n'est-il pas vrai ? Et toujours aussi vulgaire !

- Va te faire foutre !

- Oui, ça je m'en doute bien. Mais je suis néanmoins heureux d'apprendre une merveilleuse nouvelle à ton sujet.

- Quoi ? Quelle nouvelle ? Vous êtes où là, de quoi parlez-vous ?

- Je parle du fait qu'il reste encore en ce bas monde quelque chose de sacré à tes yeux. Ça c'est un scoop, Sébastien !

- C'est normal que vous soyez surpris, vous essayez de me juger depuis le début, mais vous ne me connaissez pas. Alors comment voulez-vous être juste? Vous employez des effets spéciaux à la Georges Lucas, vous embobinez mon entourage et vous me retenez prisonnier, mais vous ne savez rien de moi. Vous employez des méthodes de fascistes et vous voulez me faire la leçon ?! Mais, pour qui vous prenez-vous ? Vous croyez me faire peur ?

- Sébastien...

- Vous êtes méprisable !

- Calme-toi, Sébastien...

- MONSIEUR COSSIN, PAUVRE CLOCHE ! NE ME TUTOYEZ PLUS ! NE ME TUTOYEZ PLUS JAMAIS ! OU JE VOUS EXPLOSE LA TRONCHE!

- Bon-bon, bon-bon, d'accord, d'accord, Monsieur Cossin. Faites votre crise d'égo comme bon vous semblera. Cependant, quoi que vous pensiez de moi où de ce qui se passe ici, sachez que ce n'est effectivement pas à nous de savoir qui vous êtes vraiment ni quelles sont vos valeurs, mais c'est à vous! Et c'est tout le sens de ce que vous êtes en train de subir, mon cher.

- Vous voulez me manipuler ! Vous voulez me faire admettre des choses sur moi qui sont fausses. Je ne marcherai jamais dans votre combine.

- Encore une fois : comme bon vous semblera ! Après tout, ce n'est pas ma tête qui est sur le billot. Alors vous savez, que vous vous étouffiez dans votre orgueil maintenant ou plus tard, cela ne me dérange absolument pas. Je dirai même que c'est inévitable. Oui, en vous regardant bien, je dirai que vous avez une bonne tête de looser.

- Si vous saviez comme on s'en tamponne le coquillart de votre avis.

- Il est vrai que mon avis, comme celui des autres, ne vous intéresse guère en général, Monsieur Cossin. N'est-ce pas ?

- Si vous le dites, gros nase.

- Vous n'aimez pas quand on est plus fort que vous. Vous êtes un mauvais perdant, comme tous les prétentieux qui avancent à l'aveugle en oubliant de s'intéresser aux autres.

- Mais oui, bien sûr, vous avez raison !

- Vous croyez par-dessus tout qu'il est important de préserver vos apparences plutôt que de vous révéler tel que vous êtes.

- Oui, bien sûr docteur.

- Ah, l'apparence... ça c'est un thème intéressant. Aussi intéressant que de dévoiler le côté pervers d'un homme à sa propre épouse.

A cette tirade, Sébastien se rua sur Adelphus. Pressentant l'explosion de rage, l'homme en noir fit basculer d'un mouvement de judo Sébastien par-dessus le transat.

Les deux hommes se redressèrent, face à face. Sébastien lança ses poings dans le vide. Comme s'il était monté sur ressorts, Adelphus esquiva en rigolant. Sébastien était hors de lui. Soudain, il se jeta, comme pour essayer de plaquer l'homme en noir. Finalement, ce dernier esquiva encore, poussa dans le dos son agresseur et lui fit manger le sable.

- Pteuh-Pteuh ! Allongé par terre, Sébastien cracha des poussières de granit.

- Laissez tomber, Monsieur Cossin. Cette bagarre n'a aucun sens. Acceptez votre sort même si vous n'admettez pas votre propre nature. Acceptez votre sort, et cette expérience se terminera plus vite. De toute façon, vous n'avez pas les moyens de faire autrement. Alors par pitié, cessez ces débordements de violences inutiles.

Sébastien se releva difficilement, un peu plus calme. Il s'approcha de la petite table près du transat, saisit le verre à cocktail, but une rasade, se gargarisa et recracha le tout, puis vida dans son gosier le reste du verre.

- Vous aimez boire ? De l'alcool de préférence ?

- Bien sûr ! Un être méprisable comme moi est forcément alcoolique, vous le savez bien.

- Tant mieux.

Vexé par l'affirmation d'Adelphus, Sébastien lui lança le verre vide.

Adelphus n'avait pas bougé.

Sébastien avait raté sa cible. Sa rage était finalement encore présente.

- Gardez vos forces pour les temps à venir, Monsieur Cossin. Elles vous seront utiles, croyez-moi.

- Que voulez-vous dire ? Cela vous ennuierait d'être clair pour une fois ?

- Malheureusement non, j'en suis désolé.

- Vous n'êtes là que pour me détruire.

- Non. Je vous assure que non. J'aimerais croire en vous, réellement.

- Foutaises !

- Je ne dévoile rien sur ce qui est à venir, non pas par cynisme, mais seulement parce qu'on ne peut comprendre et assimiler inconsciemment la nature profonde d'une situation qu'en la vivant.

- C'est jubilatoire de me voir prendre des coups, n'est-ce pas? Enfin un grand patron, un homme riche, qui en prend plein la tronche pour pas un rond. Quel exemple, quel spectacle !

- Il n'y a qu'une seule chose de vraiment jubilatoire chez vous, Monsieur Cossin. Rien qu'une seule.

- Ah oui ! Quoi donc ?

- Vos contradictions.

A cette conclusion, l'homme en noir regarda une poignée de secondes son élève dans les yeux, sourit légèrement, puis tourna les talons et s'éloigna dans la nuit.

Sébastien se retrouva seul, à côté du transat, non loin de la lunette astronomique et de la mer.

N'ayant rien d'autre à faire, Sébastien apaisa ses nerfs au rythme du flux et du reflux des vagues. Il marcha encore quelque temps sur le sable, ne pensant à rien, n'essayant même pas d'expliquer les piques distribuées par Adelphus.

...

« Ding ! »

Bien que plutôt discrets, les éclairages dispatchés à l'intérieur de la cabine de l'ascenseur éblouirent Sébastien face au contraste de la nuit ambiante.

Percé de sentiments tortueux, Sébastien ressentit un goût aigre-doux au fond de sa gorge.

Il s'approcha néanmoins.

5 mètres...

Je ne demandais qu'à t'aimer...

4 mètres...

Tu n'es qu'un odieux menteur...

3 mètres...

Tant de beautés et une seule essentielle...

2 mètres...

J'aimerais croire en vous, réellement...

1 mètre...

Vos contradictions...

Quand il posa son pied sur le plancher métallique de l'habitacle, Sébastien eut la tête qui tournait partiellement. Il avait beau refouler ses sentiments, des influx nerveux fantômes harcelaient sa conscience au repos.

Il doutait.

Quand la porte coulissante se referma dans un...

« Schssss... »

...des plus fluides et discrets, Sébastien Cossin se surprit lui-même à avoir confondu, quelques temps plus tôt, l'apparition de cet engin de lumière avec une étoile.

XII

COULEUR CAFÉ

Une descente de plus s'inscrivit sur le palmarès des mauvaises chutes de Sébastien.

« Ding ! »

Les portes métalliques s'ouvrirent sur une petite pièce blanche, fortement éclairée. En son milieu, il y avait deux petites tables hautes espacées de trois mètres environ l'une de l'autre. Sébastien s'approcha de la première. Quatre verres remplis d'un liquide coloré étaient alignés : un verre de lait (blanc), un verre de jus de tomate (rouge), un verre de jus de citron (jaune), et un verre de coca-cola (marron foncé). Sur une petite pancarte collée le long de la tranche de la table, il était écrit :

```
VOUS DEVEZ CHOISIR
UN VERRE ET LE BOIRE
```

A peine débarbouillé des grains de sable qu'il avait mangés cinq minutes plus tôt, Sébastien ne se fit pas prier et, conscient que les épreuves continuaient de plus belle et cachaient encore une somme de pièges immenses, il but d'un trait le verre de coca bien frais.

- Haaaah... ponctua en guise d'apaisement Sébastien tout en reposant le verre.

Sans attendre, Sébastien se dirigea vers la seconde table. Sur le dessus, il ramassa un billet de cinq dollars ; sur le côté, il lut un écriteau :

```
VOUS DEVEZ ACHETER
UN MARTEAU
AU FORGERON DE "BLINDCITY"
```

Bien qu'il ne comprit pas un mot de cette mission, il ramassa le billet et avança vers une porte en bois, au bout de la pièce, sur laquelle était marqué : "sortie".

Sébastien passa la porte.

En se refermant automatiquement et bruyamment derrière Sébastien, le lourd battant révéla à ce dernier un endroit insolite.

Il se trouvait le long d'une route de terre et de rocailles. Il faisait nuit. Pas une âme, pas un bruit ; à part, à environ un kilomètre sur la gauche, la pâle lueur de quelques habitations. Laissant le vide et le néant sur sa droite, Sébastien s'engagea aussitôt vers les habitations. Le chemin était des plus cabossés, la visibilité restreinte. Plus il s'approchait, plus l'architecture du lieu à sa portée lui fit comprendre que l'irrationalité accompagnait toujours chacun de ses pas. Sébastien arrivait vers ce qui semblait être une ville de Western. A peine à quelques mètres de la première maison, Sébastien...

- Ahoutch !

...trébucha soudainement, comme si on lui avait fait un croche-patte.

En se relevant de sa chute, il constata avec surprise l'origine de son faux pas : adossé contre une pancarte où était peinturluré "BLINDCITY", un homme coiffé d'un chapeau mexicain semblait s'être mis là, semble-t-il pour se reposer. Conscient que cet individu risquait de n'être pas de très bon poil à se faire réveiller comme cela, et sans compter qu'à sa ceinture la crosse de nacre d'un revolver ressortait nettement, Sébastien garda ses distances. Il observa le corps inerte du Mexicain quelques secondes, puis, ne décelant aucun mouvement, commença à vouloir s'écarter discrètement.

- Où vas-tu comme ça, gringo ?

La voix grave et calme du Mexicain résonna comme un coup de gong à travers la nuit. Caché par les larges bords de son chapeau, Sébastien ne pouvait pas voir le visage de l'homme. L'homme au visage insolite, donc, reposa sa question tout aussi calmement :

- Que viens-tu faire à Blindcity, gringo ?

Reprenant son souffle, Sébastien déglutit et répondit :

- Je... je viens voir le forgeron.

- Que lui veux-tu au forgeron ?

- Je... j'ai une affaire à traiter avec lui.

- Hmm-Hmm ! Quel genre d'affaire ? questionna toujours l'homme allongé, les mains paisiblement posées sur le ventre.

- Il faut que j'achète un marteau.

- Tiens, et pour quoi faire ?

Décontenancé par cette question dont il n'avait pas la réponse, Sébastien réfléchit, puis fit la réponse la plus logique et sincère qui soit à ses yeux :

- C'est... c'est ma mission, Monsieur.

- Hmm-Hmm ! C'est la mission que t'a confié ton maître?

Même si le fait de considérer qu'il pouvait avoir un maître lui filait des boutons, il ne releva pas et répliqua dans le même sens :

- Oui Monsieur.

- Bien. Dans ce cas, fais vite, ne fais pas attendre ton maître.

- Bien Monsieur.

- Ne traîne pas dans les rues à cette heure. Fais ta besogne et repars aussitôt, compris gringo ?

- Oui Monsieur.

- Allez, va !

Sébastien avait répondu instinctivement et très poliment afin d'abréger la conversation.

Aussitôt, il tourna le dos au Mexicain et pénétra dans Blindcity.

Blindcity était une petite ville typique de l'Ouest Texan, comme il en existait au temps du Farwest.

Les maisons constituées de lattes de bois ayant des devantures faisant office de trottoir, Sébastien s'engagea d'un côté, le long d'une venelle qui semblait se diriger vers la rue principale de la ville. Il devait être tard dans la nuit, à part quelques réverbères et deux ou trois fenêtres éclairées, tout était clos et tout le monde semblait dormir à poings fermés - si tant est qu'il y ait âmes qui vivent dans les habitations en question -. Tout en marchant sur les estrades le long des maisons, Sébastien repensa avec amusement aux films qu'il avait vus avec Clint Eastwood, John Wayne, Steeve Mc Queen, Charles Bronson et Burt Lancaster. Il revoyait les images d'un train sifflant trois fois, des sept mercenaires, de Fort Apache, d'un Truand, d'une Brute et d'un Bon. Il se voyait, arpentant ces rues, tel Billy The Kid, Davy Crockett ou James West. Tout en marchant, il soliloquait sur les temps de la conquête de l'Ouest, quand, tout d'un coup, il eut un geste de sursaut : une main venait de l'agripper au poignet.

- Wah !

Son cri de stupeur fut bref mais fort. Il arracha vivement son bras au grappin manuel et se recula contre la façade d'une maison. Il vit son alpagueur aussitôt : vautré de tout son long comme s'il était ivre, un homme de couleur noire gisait dans un abreuvoir pour animaux.

- Aide-moi, mon frère.

La voix suppliante du black était très faible. En s'approchant un peu, Sébastien vit que l'homme était en loques et qu'il avait des plaies au bras et à l'arcade sourcilière ; il venait, semble-t-il, de se faire agresser ; il paraissait à bout de souffle.

- Aide-moi... reprit encore plus faiblement l'homme tout en tendant une main tremblante vers Sébastien.

A la vue de cet homme, apparemment aussi bien noir d'alcool que de peau, Sébastien sentit un profond dégoût lui remonter du fond de l'estomac. Il expulsa cette sensation de son corps avec un vif mécontentement et des mots quelque peu imagés:

- Ecoute-moi bien, bamboula, si on t'a mis là c'est parce que tu vaux nettement moins qu'une botte d'avoine. Vous n'êtes qu'une race de branleurs prêts à flinguer pour une canette de bière ou une taf d'herbe. Alors ne compte pas sur moi pour venir t'aider ou appeler du secours. Ciao!

- Mais, mon frère...

- Je ne suis pas ton frère !

Sébastien s'éloigna aussitôt, de peur que ses mots un peu hauts ne réveillent les alentours. Il ne savait pas à quoi rimait cette mascarade, mais il avait remarqué que le noir n'avait pas d'arme et il était décidé à ne plus se laisser marcher sur les pieds jusqu'à nouvel ordre.

Très vite, il arriva sur la rue centrale de la ville, avec au bout, dominante et large, l'église paroissiale. La rue faisait trois cents mètres, et, dans ce dédale de bâtiments clos et endormis, il n'avait aucun moyen de savoir où se trouvait la forge. C'était difficile à admettre, mais le seul endroit encore allumé d'où émergeaient quelques rires, musiques, cris et sons gutturaux : c'était le saloon.

Sébastien gambergea bien quelques minutes (j'y vais, j'y vais pas). Puis finalement, il se décida et, prenant sa respiration lentement, poussa les deux battants en bois du saloon.

L'atmosphère semblait à la fois calme et agitée, sereine et électrique. Il devait bien y avoir une trentaine de personnes dans l'établissement.

A deux tables, cinq joueurs de poker se concentraient et bluffaient sur leurs possibles brelans, fulls ou carrés actuels.

Un autre groupe jouait à la roulette, trois-quatre couples hommes-femmes causaient, un piano vibrait de rythmes enjoués, deux danseuses sur une mini-estrade, un homme accroché au bar et le maître de maison dans son joli veston croisé. Globalement, si tout le monde paraissait se contenter du jeu ou des divertissements du lieu, on sentait bien que, dans ce genre d'endroit, tout pouvait déraper au moindre verre renversé un peu maladroitement. Et, bien que loin de savoir sur le moment pour quelle raison profonde, Sébastien se doutait néanmoins que sa seule présence risquait de briser l'équilibre précaire de cette ambiance explosive.

Coincé entre sa mission et son envie de fuir, Sébastien serra les poings et s'adressa sans ambages à l'assemblée :

- Est-ce que quelqu'un pourrait m'indiquer où se trouve le forgeron dans cette ville ?

A cette première tentative, personne ne réagit, sa voix n'avait pas assez porté, sauf aux oreilles du barman en costume ; il fit signe à Sébastien de s'approcher, discrètement.

Sébastien s'exécuta, légèrement stressé par le regard inquiet de son interlocuteur.

- Bon Dieu, mais tu es malade de venir ici comme cela, accusa le barman en murmurant. Tu ne tiens plus à la vie ou quoi? Déguerpis sur-le-champ !

- Mais... pourquoi ?

- Ne discute pas, je ne veux pas de bagarre dans mon établissement. Sors !

- Mais dites-moi au moins où se trouve la maison du forgeron.

- Le forgeron dort à cette heure et tu devrais en faire autant, rentres chez ton maître !

- MAIS BORDEL, VOUS ME FAITES SUER AVEC ÇA ? JE N'AI PAS DE MAÎTRE ! C'EST CLAIR ÇA !

A cette envolée verbale de Sébastien, l'attention de l'assemblée se tourna instantanément vers lui et le barman. Le pianiste interrompit sa valse, les danseuses leurs jambes en l'air, les yeux se braquèrent, les dossiers de chaises se tournèrent, la roulette tourna dans le vide et les bouches restèrent coites. La sagesse feinte et tant redoutée de la foule présente laissa retomber son voile léger et incarna sa personnalité à travers celle d'un poivrot accoudé au bar :

- Hé, dis donc, négro ! Tu arrêtes de jacasser comme une pucelle, ou j'essuie mes bottes sur ta tronche ?

Aussitôt, la plupart des gens s'esclaffèrent ; il y eut même des sifflements. Touché par cette agression verbale et cette menace, Sébastien partit pour répliquer. Le barman voulut le stopper du bras, mais Sébastien s'arracha à cette prise et s'avança vers le poivrot :

- Comment m'avez-vous appelé ?! demanda-t-il, au bord de la rupture.

- Casses-toi, rat d'étable, répliqua l'homme sans un regard vers Sébastien, concentré sur son whisky.

- Je doute que ta queue soit aussi longue que celle d'un rat venant de naître, bouseux !

Il y eut une certaine stupeur dans la foule. Certains se levèrent, prêts à en découdre. Le poivrot s'en chargea. La puissance du bélier que reçut Sébastien en plein torse fut telle, qu'il glissa sur deux bons mètres le long du bar avant de basculer en arrière. Entouré visuellement d'étoiles bleues et jaunes, Sébastien ne vit pas les deux bras le tirer par le col avant qu'il ne vole par-dessus le comptoir. Des rires et même des applaudissements fusèrent, le spectacle était parfait. De l'agitation, du sang et de la colère, ce cocktail optimal ravissait les gens. Pestant sur les bouteilles et la vaisselle diverse qu'avait entraîné derrière lui Sébastien dans sa chute, le barman le releva tant bien que mal et commença à le tirer vers la sortie en disant:

- Allez, dehors maintenant !

Un flot d'approbations peu délicates suivit alors.

- Allez, Oncle Sam, chez mamie !

- Nègro ! Dehors nègro !

- Va dormir avec les bêtes !

- Dehors ! Chassez-le, dehors !

- On ne veut pas de toi ici !

- Fouettez-le ! Fouettez ce chien galeux !

Ne pouvant tolérer cet acharnement, Sébastien repoussa le barman, saisit une bouteille cassée par le goulot et dit en menaçant:

- Le prochain qui me traite de sale nègre, je lui tranche la gorge avec ça. Alors qu'il s'avance ! Je suis prêt à le recevoir !

La réplique fut immédiate et un coup de feu brisa le reste de la bouteille en mille éclats.

L'ancien agresseur de Sébastien rengaina et passa pardessus le bar avec la vivacité d'un lion. Il attrapa à nouveau Sébastien, une main par le col, l'autre saisissant à plein ses cheveux. Puis il plaqua avec force le visage de Sébastien sur le miroir qu'il y avait à côté des étagères à alcools frelatés de la région.

- Alors, dis-moi un peu, Bamboula ! C'est pas la tronche d'une face de rat que voilà ? Dis, tu la vois ta sale gueule ? Hein, tu la vois ?

La tête serrée comme dans un étau, il ne put rien voir dans un premier temps. Il essayait bien de se débattre, mais son agresseur avait la force d'un buffle. Il avait mal. Et, comme l'autre semblait insister lourdement,…

- Tu la vois ta tronche ? Tu la vois ? Regarde ! Regarde ça !

…il rassembla finalement toute son énergie afin d'obéir et regarda le miroir.

Quand Sébastien vit son reflet dans la glace, il n'en crut pas ses yeux. Dans le miroir, Sébastien se voyait lui, tel qu'il pouvait se connaître morphologiquement en tant qu'homme, à cette différence près que sa peau - tout son épiderme de la tête aux pieds - était noire. Une peur panique le prit aussitôt. Il crut à une hallucination, à un problème oculaire, à un trucage, à un délire psychique… à tout sauf à l'évidence présente. Il ne pouvait pas s'y résoudre, mais demeurant la seule et unique explication "pseudo-rationnelle" possible face à sa mésaventure physique actuelle, Sébastien dût bien accepter sa nouvelle image.

Ce fut un choc, comme si un frère jumeau sorti tout droit de l'enfer ou d'un toaster imitait tous ses faits et gestes. Un cauchemar. Mais Sébastien comprit néanmoins que, quoi qu'il fasse, il n'aurait pas le dessus en ce lieu. Il repensa à ce verre de coca piégé qui avait scellé son destin actuel. Ce destin qui le rendait noir au milieu de Blindcity, le pire trou du cul du monde. Il était bel et bien concrètement plongé dans une bonne vieille ville Texane de l'Ouest américain. Une ville typique, c'est-à-dire rétrograde, raciste, sous-cultivée et expéditive à souhait. Oui, il était piégé, et, normalement, il aurait dû faire profil bas. Mais sa fierté l'obligea malencontreusement à se justifier :

- Euh... je... il y a erreur. Je ne suis pas noir ! Je suis blanc comme vous, je vous assure !

Les clients, les danseuses, le poivrot et le barman, tous partirent dans un fou rire des plus mémorables.

- Moi non plus je n'aime pas les nègres, se crut obligé de poursuivre Sébastien. Ils sont stupides et ils puent. On devrait tous les parquer dans une réserve. Allez, lâchez-moi... laissez-moi partir. Je veux juste savoir où se trouve le forgeron. Aidez-moi, s'il vous plaît.

Second "bidonnage" public.

- T'es un marrant, toi, dit le poivrot en relâchant un peu sa prise sur Sébastien et en lui tapant sur l'épaule. T'as de la chance, Mamadou, j'aime bien les marrants dans ton genre.

Sébastien commença à se détendre.

- Au départ, je voulais m'amuser un peu avec toi avant de t'éclater. Mais, finalement, on est d'accord sur un point : les ramasseurs de cotons dans ton genre sont stupides, et tu en es leur digne représentant, un véritable chef de meute !

Berçant la douce illusion qu'un dialogue pourrait s'instaurer entre son agresseur et lui, Sébastien le regarda droit dans les yeux tout en demandant :

- Dites-moi où réside l'atelier du forgeron, s'il vous plaît. Et laissez-moi partir.

Mais la réponse fut prompte...

« Klac ! »

...en la forme d'une gifle copieusement sonore...

- Ne me regarde pas comme ça, crasseux, ou je te crève les yeux !

...accompagnée elle-même d'une menace terrorisante.

- Bon, maintenant, ça suffit : DEHORS ! cria le barman, largement excédé.

- Oui, il est temps de faire prendre l'air à ce linge sale, patron, tu as raison, répliqua le poivrot.

Aidé par deux autres clients, le soûlard souleva donc Sébastien; ils le portèrent jusqu'à la porte, puis le balancèrent sans ménagement dans un abreuvoir à chevaux placé à l'extérieur.

- A défaut d'être réellement blanc, commence par te laver, nègro. Et rentre chez ton Maître, sinon je t'amène au shérif, conclut le poivrot.

Les trois videurs s'éloignèrent, escortés par des rires, des « oufs » de soulagement et des remerciements de l'assistance.

Sébastien se retrouva à moitié K.-O, dans le bac en bois de l'abreuvoir. A moitié trempé aussi, et surtout, totalement vexé et pas plus avancé.

Quelle humiliation ! Dire qu'on le confondait, lui, avec un de ces vulgaires noirs du ghetto. Dire qu'on le confondait avec ces drogués qui n'étaient bons qu'à jouer du reggae et à fumer des pétards. Dire qu'on le mettait dans le même lot que cette race propagatrice du sida et de la lèpre. Quel écœurement ! Quelle honte! S'il avait pu rougir malgré sa peau foncée actuelle, il ne s'en serait pas privé.

Il souffla un peu et réfléchit.

Visiblement coincé, il devait désormais se débrouiller tout seul pour trouver son butin.

Sébastien s'extirpa tant bien que mal de son lit improvisé, enleva sa veste et l'essora, puis il se mit à remonter la rue principale vers l'église.

L'espace d'un instant, il pensa aller voir cet acolyte de même couleur qui avait, lui aussi, par un coup du sort à présent compréhensible, été jeté dans une mangeoire ; mais, comme il l'avait envoyé balader en son temps, la reprise de contact risquait d'être peu fructueuse. Sébastien pensa également à se réfugier à l'église ; il aurait pu demander l'aide charitable du pasteur ; mais il n'était pas croyant et Dieu sait quelle conversion ou travail d'intérêt public aurait pu lui être exigé en retour. Oui, faire appel à cet homme de foi pouvait lui jouer des tours, il lui aurait embrouillé bien plus l'esprit qu'il ne lui aurait rendu service.

Soudain, parvenu dans une ruelle derrière l'église, Sébastien entendit des bruits étouffés, des coups sourds et une sorte d'agitation générale. Cela dura quelques secondes. Apeuré, Sébastien se cacha sous un auvent et attendit, tous les sens aux aguets. Quand, plus loin dans la rue, une grande porte s'entrebâilla. Trois hommes sortirent au pas de course en riant, l'air apparemment satisfait. La porte se referma et les hommes disparurent aussitôt dans la nuit. Par sécurité, Sébastien attendit quelques dizaines de secondes ; puis il avança vers ce qui semblât être une sorte d'atelier ou de grange. Prudemment, il ouvrit le grand battant en bois.

Sébastien pénétra effectivement dans un atelier. Ça sentait la cendre, la limaille de fer et le crottin de cheval. Sur des poutres, différents outils et articles équestres étaient alignés : mors, tenailles, pics, étriers, fers à cheval, renforts pour roues de charrues. Plus loin, au fond, il y avait d'un côté un genre de soufflerie et un imposant creuset en fonte, et de l'autre, un établi avec une grosse enclume et l'âtre béant d'un four. Sans le vouloir, Sébastien avait atteint son but : il se trouvait dans une forge, dans le véritable atelier d'un maréchal-ferrant.

« Schlam ! »

Très peu éclairé par deux lanternes à pétrole, Sébastien ne vit pas un homme qui était allongé sur le sol et trébucha.

Sur ses gardes, Sébastien se redressa, attrapa une des lampes et s'approcha, doucement.

L'homme était allongé sur le côté. Lentement, Sébastien le poussa du pied afin de le faire rouler et de mieux voir son visage.

- Mon Dieu !

L'exclamation de Sébastien sonna comme un coup de gong. L'homme était asiatique, et ses origines étrangères lui avaient, semble-t-il, valu une maltraitance physique des plus notoires. Bien que tatoué d'un coquard et d'une joue tuméfiée, tailladé le long du biceps gauche et fouetté sur les jambes, l'homme était toujours vivant. Les trois fuyards que Sébastien avait vus ne lui avaient pas fait de quartiers. C'était une agression raciste des plus barbares. Sébastien posa sa lampe et s'approcha assez près. Il déchira un tissu posé là et fit un garrot sur les bras et les jambes du blessé. Puis il tapota, à la fois légèrement et sèchement, sur la joue encore intacte de l'asiatique afin de le ranimer.

- Vous êtes le forgeron, c'est bien ça ? C'est vous qui travaillez ici ? Réveillez-vous, s'il vous plaît. Allez, on se réveille…

Sébastien le questionna quelques instants, comme cela, avant de voir enfin les yeux bridés de l'homme s'entrouvrir. Visiblement, il revenait de loin. Le "massage" de coups qu'il s'était pris aurait pu lui coûter la vie.

- Monsieur ? Monsieur, ça va ? Vous m'entendez ?

Sébastien s'égosillait. L'homme voulait parler, mais sortir des mots lui coûtait un effort terrible.

- Qui vous a fait ça, Monsieur ? Qui vous a passé à tabac? Vous les connaissez ? s'acharna Sébastien, avide de savoir.

- Je... à... à… à boire.

- Ok, ne bougez pas trop, je vous donne ça.

Sébastien attrapa un seau d'eau posé non loin. Il remplit une louche en bois du précieux liquide et redressa la tête endolorie du blessé pour qu'il s'abreuve.

Boosté par un peu de réconfort liquide et frais, l'homme sembla aussitôt remonter d'un cran vers la vie.

- Dites-moi, c'est bien vous le forgeron de cette ville, n'est-ce pas ?

- Hum... oui... c'est moi.

- Ah, bon. Je sais que cela va vous paraître ridicule mais je souhaiterai acheter un marteau ici. J'en ai terriblement besoin. Vous pouvez me dire où je peux en trouver un.

L'homme détourna la tête, comme si les propos de Sébastien le désintéressaient totalement.

- S'il vous plaît, laissez-moi vous acheter un marteau et j'avertirai les autorités illico. Il faut vous soigner, vous avez perdu beaucoup de sang et vos plaies ne sont pas toutes refermées. Allez, dites-moi où il se trouve. C'est important, s'il vous plaît.

- Hum... mais... euh... pourquoi ? Pourquoi un marteau ?

- Je... je ne sais pas... (cette question désarçonna quelque peu Sébastien qui erra longtemps avant de trouver une réponse ; il fit quand même la seule réponse logique et répugnante qu'il y avait à dire, sans trop de chichis, à Blindcity:)... ce n'est pas moi, c'est mon Maître qui l'exige.

- Ah... dans ce cas... (péniblement, la main tremblante, le forgeron indiqua de l'index un tiroir au pied de l'établi)... là, dans cette caisse, prenez celui qui vous convient.

Sébastien fouilla quelques instants avant de trouver un bon gros marteau avec un bout recourbé en forme de fourche d'un côté et un bout arrondi légèrement bombé de l'autre.

- Je prends celui-là, se rapprocha Sébastien en présentant l'objet.

- Ça... ça...

- Ça quoi ?

- Ça fait cinq bons dollars.

- Ah-ah, on ne perd pas le nord Bruce Lee !

- Qu... quoi ? Bruce quoi ?

- Laissez tomber... (Sébastien extirpa de sa poche le seul billet en vigueur à Blindcity en sa possession et le mit dans la poche du forgeron asiatique)... tenez, prenez ça, mon brave.

Sébastien se releva et commença à parler...

- Bon, maintenant je vais chercher les secou...

…quand...

« Schhlang ! »

...la porte de l'entrée claqua violemment.

Cinq hommes entrèrent au pas, dévisageant avec des yeux comme des billes la vision dramatique de la situation. Un noir se tenait debout, air satisfait et marteau à la main, à côté d'un homme laminé de toutes parts, tâché de sang et inerte. La chronologie des événements passés fit ni une ni deux dans l'esprit des habitants de Blindcity :

- Mon Dieu, cet enfoiré de nègre a tué le forgeron.

- Il l'a battu à mort avec un marteau.

- Meurtrier !

- Pendons-le !

- On va lui faire la peau, attrapez-le !

Tout bascula très vite pour Sébastien.

Cinq hommes robustes comme des chênes l'agrippèrent et lui attachèrent les mains dans le dos. Puis le "paquet-lié" fut ballotté d'un individu à l'autre au gré des coups de savates ainsi que des crochets dans le buffet et dans les gencives, le tout généreusement distribué. Le groupe riait à gorges déployées et mettait du cœur à l'ouvrage dans le registre de la violence.

Passé ce petit jeu de torture rituel pour les autochtones, une autre corde fut passée autour du cou de Sébastien. Aussitôt, le groupe des cinq sortit de l'atelier et se mit à tirer sur la laisse. Deux hommes partirent en courant, Sébastien bascula, s'étala par terre et commença à traîner dans la poussière. Il tenta de se dégager, il tenta de freiner la marche, il tenta de crier son innocence, mais l'excitation de ses bourreaux couvrait et défaisait toutes ses tentatives.

A un moment, la traction horizontale sur la corde devint petit à petit verticale. L'apesanteur fit son effet, et une main glacée commença à serrer la trachée de Sébastien. Le cauchemar devint alors total. Plus un souffle d'air. Bloqué. Paralysé. Des hommes qui s'agitent. Une foule de plus en plus dense. Des flashs. Des rires. Des applaudissements. Des crachats. Un corps perclus de spasmes. Les pointes des pieds qui tremblent et se tendent. Des poumons prêts à exploser, des petits craquements et puis...

« Pan ! »

...la délivrance : une balle magique qui sectionna la corde.

Sébastien retomba sur le sol lourdement. L'assemblée railleuse se calma aussitôt et laissa passer le sauveur du pendu. L'homme coupa d'un cran d'arrêt tous les liens serrés à mort autour de son cou et de ses poignets, et enfin, avec une douleur à la poitrine qu'il n'aurait jamais pu imaginer, Sébastien parvint à inonder son corps de quelques effluves d'oxygène.

- Pourquoi libérez-vous ce sale métèque ! C'est un meurtrier ! Il a tué ce niaque de forgeron !

- Le niaque dont tu parles s'appelle Wong Phu, vieux con, répondit l'homme. Quant à moi, mon nom c'est Shérif Garcia ! Compris ombré ?

Sébastien parvint à s'agenouiller, difficilement, et put donc aisément contempler son ange-gardien : ce n'était rien d'autre que le mexicain à moitié endormi qu'il avait croisé à l'entrée de la ville et qui l'avait interrogé.

- Vous allez laisser ce crime impuni, Shérif ! Il doit payer, lança une voix courageusement anonyme.

- Payer pour quoi, bande de bouseux ?

- Vous n'avez pas le droit de nous parler comme cela, Shérif, rétorqua un deuxième brave sans visage.

- Comment parler autrement à la bêtise humaine ? répondit Garcia, pour le moins de plus en plus indigné et grave. Vous avez jugé cet homme sans savoir, comme vous l'avez souvent fait par le passé, et cela ne vous a toujours pas servi de leçon. Vous êtes vraiment totalement idiots, il n'y a pas à dire !

- Vous n'avez pas le droit. Il faut le pendre !

- Taisez-vous ! Honte à vous ! cria le Shérif. Cet homme n'a rien fait de mal.

- Comment le savez-vous ? Vous n'étiez pas là !

- Primo, quand cet homme est entré dans la ville, il m'a dévoilé son intention d'acheter un outil chez le maréchal-ferrant. Et deusio, bande d'imbéciles, si vous étiez allé aider votre concitoyen Wong Phu, vous auriez pu d'abord vérifier qu'il est toujours en vie, qu'il a été agressé, de ses propres aveux, par trois hommes blancs, et qu'en fin de compte, il a été rémunéré de cinq dollars pour l'achat d'un marteau. Voilà les faits que vous auriez pu un tant soit peu établir si vous aviez réfléchi une seconde au lieu de tirer des conclusions rapides et absurdes.

Un silence de plomb tomba sur la conscience de chacun à ces mots. Instantanément, les hommes regardèrent avec une moue de dégoût leurs chaussures, les femmes essuyèrent leurs larmes et entamèrent des prières.

Conscient d'une situation gênante pour tout le monde, le Shérif coupa court à tout entretien post-criminel :

- Rentrez chez vous maintenant. Rentrez chez vous avant que je ne vous coffre tous pour homicide volontaire et actes racistes. Rentrez chez vous et essayez d'absoudre le démon qui perce votre âme nauséabonde. Allez, et ne vous retournez pas !

Partiellement remis de son lynchage, Sébastien vit, un à un, chacun des habitants autour de lui tourner le dos et s'éloigner comme des zombies, l'air penaud et la tête rentrée entre les épaules.

Le Shérif et Sébastien se retrouvèrent seuls.

- Comment vas-tu, gringo ? interrogea Garcia avec un petit sourire en coin.

- Teuheu... teuheu... ça va... je crois, émit Sébastien, la voie rauque.

- Alors, ne t'avais-je pas dit de ne pas traîner ici ? Hmm... ?

- Oui... teuheu... c'est vrai.

Le Shérif tendit sa main droite vers Sébastien, qui la saisit et fut relevé vigoureusement ; la force de Garcia sidérait Sébastien.

- Maintenant, rentre chez toi, l'aventurier. Et pardonne les habitants de cette ville pour leur aveuglement.

- Me... merci Shérif, dit timidement Sébastien avant de tourner les talons.

- Hé ! Tu n'oublies rien ?

Déjà éloigné de cinq bons mètres, Sébastien fit demi-tour, puis regarda d'un air ahuri Garcia. Ce dernier, voyant l'égarement de Sébastien, sortit alors de sa ceinture le marteau qui avait été oublié dans la bagarre.

Décontenancé, Sébastien traîna les pieds, prit l'objet...

- Merci.

...et repartit sans attendre.

Quand Sébastien passa le panneau de sortie de Blindcity, il marcha encore deux cent bons mètres avant de s'arrêter net !

« Wouhouwouhouhou... Wouhouwouhouhou...»

Un loup hurlait à la mort.

La nuit était noire, la lune pleine.

Aucune direction. Juste des bruits étranges. Certains identifiables, d'autres non.

Bruits de cailloux écrasés sous les pas.

Hurlement d'un loup sauvage.

Vent qui remue des brindilles sèches.

Vertébrés et insectes vibreurs, siffleurs et frotteurs.

Léger séisme du sol et puis...

« Ding ! »

...les portes d'un ascenseur qui s'ouvrent.

Des portes creusées dans la roche, à coups de pioches et de dynamite.

Des portes inappropriées à l'endroit.

Mais ô combien salvatrices aux yeux de Sébastien.

La voie était désormais ouverte.

L'issue signifiant la fin de cette épreuve s'ouvrait à lui. Fini les cordes tendues et les fous à lier. Du moins pour un temps.

Vive la délivrance.

Vive la page suivante.

« Ding ! »

Les portes se referment.

Et demeure seul Sébastien, s'enlisant encore plus dans la vase de son inconscience.

XIII

Le retour du pendu...

C'est ce que pensa rétroactivement Sébastien quand les portes de l'ascenseur s'ouvrirent, environ trente-cinq étages plus bas que le plancher de Blindcity.

L'espace s'ouvrit sur une petite pièce, le même genre que précédemment. Il y avait également deux petites tables qui se suivaient.

Sur la première, il y avait un verre d'eau avec un cachet posé à côté. Un écriteau sur le devant précisait la démarche logique :

> PLONGER LE CACHET
> DANS LE VERRE ET BUVEZ

Se doutant un peu de la finalité, il s'exécuta. Quand le cachet effervescent fut totalement dissous, Sébastien ingurgita la solution gazeuse et laiteuse.

Quasiment instantanément, il sentit un effet apaisant. Et même doublement apaisant. Car, d'une part sa peau noire commençait petit à petit, par plaques successives, à retrouver sa couleur d'origine, c'est-à-dire un rosé un peu mat, comme tout brave blanc de base qui se respecte ; et d'autre part, ses muscles et tous ses os endoloris par une tentative de pendaison "fortuite" et des coups répétés d'individus "fort taquins" devinrent soudain souples et légers, totalement insensibilisés. Ce médicament miraculeux lui fit un bien fou.

Sébastien reposa le verre et passa à l'autre table. Sur le dessus, il y avait une grande caisse en bois, et un écriteau sur lequel était noté :

> VOUS DEVEZ RETIRER ET
> RÉCUPERER TOUS LES CLOUS
> QUI BLOQUENT LA PORTE DU FOND

Aussitôt, Sébastien regarda vers le lieu indiqué.

En effet, sur le mur du fond, une grande porte en bois était barrée par huit planches larges cloutées à profusion. Au bas mot, il devait bien y avoir mille pointes d'acier plantées dans l'huisserie.

Constatant le travail de titan qu'il allait devoir accomplir, Sébastien ne put s'empêcher de lâcher un...

- Bande d'enfoirés !

...à travers le vide de la pièce.

Néanmoins, il n'alla pas plus loin dans la consternation. Il savait maintenant que, de toute façon, ça ne servait à rien. Il saisit la caisse, la posa à ses pieds, et commença à retirer les clous grâce à la petite fourche qu'il y avait sur la panne de son marteau.

Très vite, Sébastien se rendit compte que ce n'était pas de la petite quincaillerie. Les clous faisaient bien 5 mm de diamètre sur 6 centimètres de longueur. Et si certains venaient facilement, d'autres mettaient une mauvaise volonté notoire à venir à lui. A raison d'un clou toutes les dix secondes, cela devint rapidement exténuant, sans compter les fois où il fallait tortiller le marteau dans tous les sens ou les fois où il ripait avant de saisir la tête plate des objets ; c'était une épreuve tout ce qu'il y a de plus éreintante et ingrate.

Quand Sébastien parvint à retirer la première planche qui barrait le passage, il sentit déjà des rougeurs entre le pouce et l'index de sa main droite, et surtout une contracture au niveau de son épaule située du même côté.

Arrivé à la quatrième planche, c'est-à-dire à mi-chemin et à quelques quatre cents clous retirés, Sébastien s'assit par terre le long du mur et lâcha son outil de douleur. Aidées par la transpiration, les rougeurs s'étaient transformées en cloques, si bien qu'il fut obligé de déchirer un pan de sa chemise pour en faire un pansement. Progressivement devenu plus las qu'énervé par sa situation, il prit son courage à deux mains et repartit à l'assaut de la barricade.

Utilisant cette fois alternativement main gauche et main droite, il fit sauter les planches cinq et six, lentement mais sûrement. Cependant, pour les deux restantes, ce fut un véritable calvaire. Est-ce que la résistance des clous devenait de plus en plus forte ? Certainement pas. Mais, sur la fin, il en arrivait à laisser de côté les parties les plus dures à extraire pour s'attaquer aux plus abordables. Quand il lui resta peut-être une centaine de pointes récalcitrantes réparties arbitrairement sur les deux dernières planches, Sébastien arbora désormais une main droite en sang et un torse trempé de sueur. Faisant une pause bien méritée après chaque clou retiré, la dernière phase fut d'une torture physique peu commune.

Puis,

contre toute attente,

il y eut un choc.

Trop pressé d'en finir avec cette barrière infranchissable, au début Sébastien n'avait pas prêté attention à un détail crucial. La révélation de ce détail parvint à ses yeux quand, reprenant son souffle après avoir extirpé de trois centimètres une pointe, il vit sur la tranche de ce clou une inscription. C'était remarquablement gravé. Un travail d'orfèvre. La finesse des traits aurait pu faire que l'on confonde ces creux avec de vulgaires stries, mais c'était bel et bien des lettres qui étaient là. Galvanisé par cette découverte,

Sébastien ressortit l'objet en fournissant un effort colossal et lut alors l'inscription : "Sales Bicots".

L'espace d'une seconde, Sébastien crut naïvement à une plaisanterie. Mais quand il se pencha sur la masse de clous qu'il avait entassée dans sa caisse, il déchanta aussitôt. Oui, finement gravées sur chacune des mèches cylindriques en acier, toutes les formes d'injures à connotation raciale s'étalaient : "Mort aux Juifs", "Faces de Nègres", "Rastaquouères", "Escrocs d'Italiens", "Raclures de Nippons", "Voleurs d'Arabes", "Pédés de Grecs", "Castrons les Maghrébins", "Chiens de Basanés", etc, etc, etc...

Sébastien tomba des nues.

Rien n'était innocent, se dit-il.

Commençait-il à comprendre ? Lui qui avait été un fervent xénophobe parmi les grands patrons. Lui qui avait toujours envoyé en première ligne sur ses chantiers ceux qu'il qualifiait de "peuples inférieurs". Et lui qui avait surtout l'insulte raciale facile, aujourd'hui on lui faisait payer pour tous ses méfaits. Il devait retirer chacune des insultes qu'il avait proférées tout au long de sa pitoyable et exécrable existence.

Pour la première fois, bien avant que l'homme en noir ou un acteur quelconque ne lui en explique la substance, Sébastien avait compris la métaphore physique qu'on lui avait imposée. Pour la première fois, il avait vu le parallèle entre l'épreuve et sa propre vie. Et pour la première fois, il se sentit réellement mal à l'aise.

Les insultes, la violence verbale, la raillerie, le harcèlement moral, les mots... ce sont des choses banales. Céder à la facilité, gueuler le plus fort, couper court à toute discussion par le pouvoir, les insultes... ce sont des choses banales. Banales, comme de cracher sur un black à terre plutôt que de l'aider à se relever. Mais malgré toute son immense imagination dans la prolifération du mal, Sébastien Cossin n'aurait jamais parié qu'il avait injurié autant de gens de couleurs et de religions différentes. Et maintenant qu'il voyait concrètement ces pointes de ferrailles braquées vers lui comme autant de flèches inquisitrices, il se sentit profondément mal à l'aise.

Avait-il réellement compris ?

Comment savoir…

Toujours est-il que, pour cette fois, il avait vu, sans détours, qui il était vraiment. Lui, dans le plus simple appareil, sans artifices ni effets de manches. Lui, si sombre, si laid, si égoïste, si... désespéré.

Arrêtant sa prise de conscience par simple peur de l'inconnu, Sébastien décida de tourner la page et d'abréger ses souffrances psychiques en décrochant les deux dernières planches.

Poussé par une force insoupçonnée, Sébastien se retrouva donc en deux coups de cuillères à pot seul, face à la porte située au fond de la pièce, cette fois totalement déverrouillée.

Il baissa la poignée.

Sébastien pénétra dans un genre de serre de style Victorien. Tout le long de parois en verre s'alignaient des orchidées magnifiques. L'allée centrale était dégagée, et la toiture pleine en bois était tapissée de plantes grimpantes et sauvages.

Un temps passa.

Sébastien resta devant la porte, immobile ; puis, finalement, il vit Adelphus débarquer, habillé logiquement en jardinier. Tablier vert, bottes jaunes, gants en caoutchouc roses, l'homme en noir avait pris des couleurs. Avec son arrosoir en fer blanc à la main, il semblait fin prêt pour tourner une publicité sur les engrais.

- Ben alors mes belles, c'est qu'on avait grand soif, hein? C'est qu'on est contente quand on voit arriver Tonton Adelphus pour l'arrosage du soir, dit-il en s'adressant à un groupe d'orchidées jaunes.

Comme il le faisait souvent, l'homme en noir avait fait semblant de ne pas remarquer la présence de Sébastien et vaquait à ses activités. Mais Sébastien décida d'abréger la séance des préliminaires :

- Arrêtez votre cirque, Adelphus !

A peine surpris, l'intéressé se retourna vers Sébastien, sourit simplement et répliqua :

- Ah, Cher Monsieur Cossin ! Quel bon vent vous amène au milieu des Champs de la Providence ?

- Vous aimez bien parler par énigmes ou par images, n'est-ce pas ? Cela vous donne un air supérieur. Un air intelligent.

- Où est le problème, Monsieur Cossin ? Je croyais que vous détestiez les esprits simples. Je vous croyais tellement parfait que...

- Ça va, ça va ! Arrêtez votre cirque, je vous dis, coupa court et fermement Sébastien.

Un temps.

Gênés l'un et l'autre, un silence s'installa entre les deux hommes.

Tandis que Sébastien tenta de calmer ses nerfs assez rapidement, Adelphus se détourna et repartit à ses occupations florales. Mais, sentant que c'était à lui de s'expliquer, Sébastien relança le dialogue d'une manière étonnante car inconnue jusqu'ici:

- Bon, je suis désolé… de m'être emporté, s'excusa Sébastien. Mais il faut me comprendre, toutes vos mises-en-scènes me tapent sur les nerfs à force.

A cette explication, Adelphus laissa tomber son arrosoir et parut comme en extase devant Sébastien.

- Quoi, qu'est-ce qu'il y a ? Qu'est-ce qui vous prend tout d'un coup ? interrogea Sébastien vivement.

- Ah, Mon Dieu ! Vous rendez-vous compte, Monsieur Cossin ?! Vous rendez-vous compte que c'est la première fois que vous vous excusez devant moi, et qui plus est pour un emportement que l'on aurait pu qualifier, il n'y a pas si longtemps, d'anodin ? Vous rendez-vous compte de ce progrès, Monsieur Cossin ?

- Vous croyez peut-être que c'est la première fois que je m'excuse, c'est ça ?

- Devant un homme en partie d'origine Palestinienne, oui, certainement Monsieur Cossin.

Sébastien stoppa quelques secondes. Adelphus avait marqué un point, mais Sébastien repartit à l'assaut sans trop attendre.

- Ah oui ! Encore une petite remarque pour me faire prendre conscience de mon passé. Alors c'est quoi l'analyse, Docteur Freud, je suis un Nationaliste congénital, c'est ça ?

- A votre avis ?

- Oui, ça va, c'est bon ! Les clous, les insultes, les barrières, ok, j'ai compris. Si on passait à autre chose, s'il vous plaît. J'ai autre chose à faire moi que de passer mon temps à respirer vos pollens de chochottes.

- Heu... pardonnez-moi à mon tour, Monsieur Cossin, mais qu'avez-vous réellement compris ?

- Oui, d'accord, ok, vous avez voulu me faire retirer toutes les insultes raciales que j'ai proférées dans ma vie. Ok, c'est bon, on passe à autre chose maintenant ?

- Monsieur Cossin.

- Oui ?

- Regardez derrière vous, s'il vous plaît.

- Pourquoi ?

- Je vous en prie... derrière vous.

Sébastien se retourna. Ne trouvant rien d'étonnant, il revint sur Adelphus et dit :

- Eh bien, quoi ?

- Vous ne remarquez rien ?

- Ben non.

- Regardez mieux.

- Vous m'agacez, Adelphus ! Qu'est-ce que je suis sensé voir ?

- S'il vous plaît... une dernière fois, regardez plus attentivement.

Sébastien repartit pour un tour. Comme toujours, il ne vit qu'une grande porte en chêne percée par endroits, picorée de multiples impacts et griffée de nervures. Il vit une immense passoire verticale, bancale, d'un mètre vingt de large sur deux mètres cinquante de haut. Il ne vit rien d'autre, jusqu'à ce que, dans son dos, Adelphus n'intervienne:

- Vous ne voyez vraiment pas ce qu'il y a objectivement devant vous, Monsieur Cossin ? Vous ne comprenez pas ce qui se trame sou vos yeux ?

- Mais... si ! répondit Sébastien par convention, pourtant nettement moins sûr de lui à présent.

- Ne percevez-vous pas les dégâts... Monsieur Cossin ?

Le corps face à la porte, Sébastien tourna avec inquiétude la tête vers l'homme en noir, l'interrogea...

- Les dégâts ? Quels dégâts ?

...puis revint vers la planche cassée.

- Monsieur Cossin... Sébastien... Mon Dieu, Sébastien ! Ne vois-tu réellement pas les empreintes indélébiles laissées dans le bois par toutes les offenses que tu as proférées dans ta vie d'errance. Ne vois-tu pas la souffrance irréparable que tu as gravée à jamais dans chaque trou de ce support ? Et ne comprends-tu malheureusement pas que toutes les excuses et les regrets du monde ne suffiront jamais à réparer une âme brisée par des coups de marteaux moraux ? Ne comprends-tu pas à quel point, comme toujours, tu te trompes ?! Ne comprends-tu vraiment pas, Sébastien ?

Sur le coup, le gamin de trente-trois piges qui venait de se faire tirer vertement les oreilles ne sut pas quoi dire. Lui qui avait cru un instant voir venir la baffe, il venait quelque part de se l'infliger à nouveau lui-même.

Pourquoi n'avait-il réellement rien vu dans cette image ? Lui qui avait pourtant souffert aux quatre veines pour retirer ces dizaines et ces dizaines de clous. Lui qui venait à sa grande surprise de se rendre compte de toute la souffrance qu'il avait répandue autour de lui. Pourquoi n'avait-il pas compris non plus que toutes les formes de haine laissent inévitablement des traces ? Des traces qui marquent au fer rouge la paix des lendemains.

Sébastien se demandait finalement pourquoi était-il si entêté ?

Sortant quelque peu de sa léthargie et de ses interrogations, Sébastien se retourna. Adelphus était reparti soigner ses plantes, les arrosant, nettoyant, pulvérisant, bichonnant à souhait.

Sébastien se rapprocha lentement, jusqu'à entendre ce que murmurait l'homme en noir à ses dulcinées végétales :

- Alors ma belle, c'est qu'on a bonne mine aujourd'hui. C'est que tu me fais un beau sourire ce matin. Ce que tu es belle avec ta collerette blanche et tes pétales roses tachetés de pourpre. Mon Dieu, que tu es belle !

Affligé par ce monologue enfantin entre un homme et une plante, Sébastien leva les yeux au ciel et déclama :

- Vous êtes content ?

- Content ? demanda Adelphus en coupant son élan de joie vers le monde des orchidées. Content de quoi, Sébastien ?

- Vous êtes content du résultat de l'expérience ? Vous avez obtenu ce que vous cherchiez, vous avez réussi à bien m'humilier ?

Adelphus regarda alors gravement Sébastien dans les yeux et dit :

- Je ne me réjouis jamais du malheur des autres, Sébastien.

- Non, bien sûr.

- Je t'assure.

- Vous pensez que je suis malheureux alors ?

- Tu vis un malheur, certes, Sébastien. Mais ça ne veut pas dire pour autant que tu es malheureux.

- Que voulez-vous dire ?

- Pendant vingt ans tu t'es amusé à rabaisser les gens autour de toi. Tu as cru toute ta vie détenir au creux de ta main le pouvoir de vie ou de mort sur tous tes employés. Et, à sans cesse vouloir préserver les apparences, tu n'as finalement passé ton temps qu'à ignorer l'existence de ta propre famille. Alors, qu'est-ce que tu en conclus Sébastien ? Sinon que cette façon de vivre est extérieurement celle d'un homme satisfait, mais intérieurement celle d'un homme désespéré.

- Je... je n'ai rien d'un désespéré. Je... je ne suis pas malheureux.

- C'est sûr, et c'est bien ce que je dis, Sébastien. Car pour se rendre compte de son malheur, en général, il faut être capable d'admettre ses propres faiblesses.

- Je vous l'ai déjà dit, je ne fais pas partie des faibles.

- Tu sais Sébastien, voir un homme pleurer c'est parfois rassurant. Cela n'a rien d'un échec. C'est même une bonne manière de se remettre définitivement en cause, tu sais.

- Je n'ai jamais pleuré de toute ma vie, vieux bouc. Je ne suis pas une femmelette.

- C'est comme tout, Sébastien. C'est une question de temps.

- Ooooh, fichez-moi la paix.

- Comme tu veux Sébastien.

Adelphus vaqua aussitôt à ses occupations. Sébastien s'éloigna et alla se poster face à une des grandes baies vitrées de la serre. Mains jointes dans le dos, jambes droites et légèrement écartées, il resta planter comme cela plusieurs minutes quand une sonnerie tinta au fond de la pièce :

« Ding ! »

Quand Sébastien se retourna, tout avait disparu : établis, plantes, porte trouée, terreau, arrosoir et Adelphus. Les hommes de salle de ce délire avaient retiré tous les objets du décor sans faire un seul bruit ; c'était très fort, pensa Sébastien.

Sans trop d'hésitations, Sébastien monta dans la cabine, serein.

Les portes se rejoignirent,

telles deux guillotines horizontales.

Puis le sol se creusa,

toujours vers le bas,

vers l'inconnu.

XIV

EVAP'EAU-RATION

Comment pouvait-il descendre encore ?

Lui qui se retrouvait toujours dans des salles ressemblant à des prisons high-tech ou des espaces extérieurs décorés par des techniciens de cinéma, comment se faisait-il que cette cabine d'ascenseur ne pouvait que descendre ?

A plusieurs reprises, Sébastien avait cherché la faille.

Dans cette mise en scène macabre, dans cette "caméra cachée" dont il était la seule vedette, Sébastien avait scruté bien des endroits ou des objets à la recherche d'un objectif, d'un micro ou d'un quelconque mécanisme prouvant l'existence d'une conspiration en coulisse. Ces geôliers étaient des professionnels de haut vol, des artistes du camouflage. Ils étaient imprenables et il ne risquait pas de sortir de sitôt. Il était condamné à suivre les épreuves s'il voulait un jour espérer redevenir libre. Libre dans le monde réel.

« Ding ! »

Les portes de l'ascenseur s'ouvrirent sur une aurore étrange. Un ciel vert et rouge semblait se dévoiler sur un horizon interminablement plat. Sébastien s'avança et marcha sur du sable fin.

Un désert.

Instantanément, le constat de Sébastien sur le lieu où il se trouvait lui coupa les pattes. Il s'assit par terre et souffla. Ce qu'il avait vécu jusqu'ici l'avait tellement épuisé, que se retrouver ici avait eu raison de sa force physique et de son courage.

Il s'allongea et, finalement, profitant de la fraîcheur matinale, s'accorda une petite sieste.

Un brouillard se forma doucement autour de son esprit. Une nébuleuse étrange faite de personnages connus et in-

connus, de paysages, de situations et de sentiments différents s'immisça en lui. Une main qui passe, un sourire, des
enfants qui jouent et se chamaillent, et puis, cette agitation
dans le ciel.

Sébastien *rêvait.*

*Il voyait des branches d'arbres passer au-dessus de sa
tête, des morceaux de ciel passer entre les feuilles, le vent
qui remuait le tout. Une forêt qui défile, le bord de la route
fuyant son regard, et lui, immobile au milieu de cette scène
animée.*

*C'était comme un film passé au ralenti : il était assis à
l'arrière, au fond d'une voiture, et il assistait à la scène, tel
un spectateur anonyme et invisible. Une femme aux cheveux
noirs conduisait, une jeune fille était assise à la place du
passager. Sur la banquette arrière, juste devant Sébastien,
deux autres gamins plus petits étaient attachés dans leurs
rehausseurs spéciaux ; ils devaient avoir entre cinq et sept
ans pour l'un, et environ deux-trois ans pour l'autre. Même
s'il les voyait uniquement de dos ou de profil, Sébastien
devinait que, dans les visages de cette famille, constituée
d'une mère et de ses trois enfants, il y avait un air asiatique, peut-être chinois. De prime abord, Sébastien ne voulait pas se rendre à l'évidence de ce songe. Une évidence
sombre. Mais les événements, inévitables, lui rappelèrent
avec douleur la force du drame qu'il était en train de vivre.
Oui, il y eut une seconde où tout semblait normal dans la
voiture de cette famille modèle : les enfants riaient, la mère
parlait, la route était dégagée, la vitesse raisonnable. Puis
il y eut la seconde d'après, où tout bascula. Au détour d'un
virage, un gros véhicule break arriva en contresens à vive
allure, déporté sur la gauche. Surprise, effrayée, la mère de
famille fit un écart afin d'éviter le choc. Un rétroviseur
explosa, l'aile du break frôla le véhicule de la pauvre famille Tchang. Devant l'arrivée à la vitesse de l'éclair du
virage, la conductrice freina, mais le dérapage sur le gravier du bas-côté ne permit pas d'éviter la sortie de route.*

Des cris d'enfants vrillèrent l'habitacle. Installé au fond de ce corbillard roulant, Sébastien voyait tout ; il sentait tout, enregistrait tout de la catastrophe : il voyait la peur, la terreur sur les visages

Juste après la sortie de route, il y eut comme une légère apesanteur à un moment : les roues tournaient dans le vide et les estomacs faisaient du yoyo ; puis il y eut un choc violent au contact du sol ; l'espace se mit alors à tourbillonner comme si on faisait pivoter un écran télé autour d'un axe. A chaque tonneau, la structure métallique de la voiture se déformait comme un auvent de caravane en pleine tempête. Des papiers, des crayons, des pièces, des boîtes de CD volèrent. Sébastien se sentit quelques secondes comme dans le tambour d'une machine à laver, une machine dont le linge ne cessait de se tâcher de sang à chaque tour. Devant ses yeux, des poupées de chiffons humaines frappèrent les cloisons et vacillèrent quelques instants ; puis la voiture, dans un dernier élan, revint sur ses roues et stoppa sa dégringolade. Des poussières et des particules retombèrent lentement du plafond. Des corps inanimés, inconscients, se penchèrent en avant ou sur le côté. Tout aurait pu en rester là, mais, bien qu'au début insignifiante, une odeur d'essence se fit malheureusement de plus en plus présente. A force d'avoir mêlé les frictions du choc à la chaleur du moteur écartelé, l'apparition des flammes fut inévitable. Mordant goulûment les liquides inflammables, le cuir, les tissus, la moquette, les cheveux et les chairs, le feu se répandit sur les âmes endormies de la famille Tchang. Les corps émirent quelques spasmes, puis l'odeur devint vite aigre, piquante, insoutenable, et la chaleur suffocante, paralysante, insoutenable. Spectateur privilégié de ce "reality show" de la mort, Sébastien s'était senti jusqu'ici à l'abri, bien calé au fond de cette voiture accidentée. Mais quand il vit soudain la toile légère de son pantalon crépiter et s'enflammer dans un souffle, un cri d'horreur et de douleur le fît se réveiller de son cauchemar.

- "Aaaaaaaaaahhh...!!!"

Sébastien fit surface en sursaut, assis sur le sable au beau milieu du désert. La chaleur qu'il avait ressentie n'était finalement que celle du soleil léchant ses jambes de ses UV puissants.

Combien de temps avait-il dormi ? Une heure tout au plus.

Quel cauchemar abominable.

Lui qui avait cherché à fuir les évidences au point d'accepter l'expérience interdite et originale actuelle, voilà à présent que ses propres rêves le trahissaient et le poursuivaient. Etait-ce le début d'une longue série ? Allait-il revivre sans cesse, régulièrement, la même mise en scène, la même situation, confortablement installé à la poupe d'un navire en perdition et en flamme ? Allait-il devoir craindre la nuit jusqu'à la fin de ses jours ?

Avait-il réellement une chance de s'en sortir ?

N'aurait-il pas dû, en fin de compte, accepter la justice des hommes ?

Allait-il s'enfoncer encore longtemps dans les sables mouvants du dégoût de soi ?

Bon sang de bonsoir, qu'est-ce qu'il branlait ici ?

Comment ?

Comment en était-il arrivé là ?

Que Faire ? Où aller ?

Pas d'écrans lumineux en vue. Pas d'objectif. Pas de mission.

Sébastien se retourna, les portes de l'ascenseur avaient disparues. Bien évidemment !

Que devait-il faire ?

Se laisser carboniser sur place ? Ou bien marcher ?

Marcher vers le soleil et vivre l'épreuve la plus terrible de son existence : traverser le désert, seul, sans eau ni autre véhicule que ses propres pieds, ses propres jambes et sa seule et unique volonté. Lui, face à lui-même, face à sa propre détermination, ses propres capacités.

Un défi de taille.

Cela pouvait paraître démesuré.

Mais qu'avait-il à faire d'autre ? Devait-il abandonner son corps aux bêtes sauvages ?

Non.

Hors de question.

Sébastien se mit donc en marche.

Une marche aux allures de procession.

Une procession aux allures de dernier voyage.

…

Dès le premier kilomètre, les difficultés se prononcèrent.

Dieu qu'il était difficile de marcher dans le sable, surtout celui-là, c'est-à-dire fin comme du sucre glace et friable. A chaque pas, Sébastien enfonçait sa chaussure presqu'en totalité ; autant dire que soulever ne serait-ce qu'un pied demandait un effort considérable.

Et puis, bien sûr, il y avait la chape en fusion d'un soleil de plomb, omniprésent. Sébastien tenta au maximum de protéger sa peau et sa tête. Ses vêtements étant déjà largement en loques, il déchira partiellement sa veste afin de se fabriquer un chèche. Mais, malgré tous ses efforts, tout son corps n'était qu'une immense fournaise.

Contre toute logique et toute raison, il marcha néanmoins. Déterminé et - quelque part - inconscient.

Sébastien savait qu'il n'avait rien d'autre à faire que marcher. Il savait que tout ceci n'était qu'un test. Un test de plus pour le pousser dans ses dernières limites, quitte à le faire crever. Alors à quoi bon réfléchir ? Que faire d'autre, sinon... marcher. Marcher et marcher encore.

Mètre après mètre, Sébastien progressait.

Il avançait sans but précis, sans même regarder devant lui. Il courbait peu à peu l'échine face aux rayons lumineux. Sa démarche ressemblait à celle d'un manchot, cette fois non pas accablé par le froid mais par le chaud. Ses membres inférieurs donnaient l'impression d'être paralysés.

Puis, au bout d'un moment, ce fut le souffle qui lui manqua. Sa respiration devint celle d'un asthmatique, considérablement réduite, comme si sa tête était plongée dans un sac plastique hermétique.

Rapidement dépourvus d'un carburant oxygéné et gorgés d'acides lactiques, les muscles de ses jambes stoppèrent finalement leur action.

Sébastien tomba à genoux et s'étala ensuite, logiquement, de tout son long, au bord du coma.

Conscient du danger pour sa vie, Sébastien essaya de calmer son rythme cardiaque. Il tenta également de retrouver un souffle régulier. Petit, mais régulier.

Le calme de son corps en feu revint difficilement, après plusieurs minutes. Il se sentait toujours extrêmement faible.

Puis quelque chose émergea soudain à sa conscience.

Un sifflement.

On aurait pu prendre à priori ce léger bruit aigu pour le bruit du vent, mais, au grand désespoir de Sébastien, il n'y avait aucune brise réconfortante en ce lieu. C'était donc autre chose.

Le sifflement, ténu au début, s'intensifiait de plus en plus.

Violentant son corps, Sébastien releva la tête dans l'espoir de voir l'origine de cette nonchalance mélodieuse.

Sans grande surprise, il vit Adelphus approcher vers lui.

Encombré d'une ombrelle dans une main et d'une chaise pliante dans l'autre, l'homme en noir s'assit confortablement, l'air de rien, auprès du corps éprouvé de Sébastien Cossin.

Tout en faisant tourner son ombrelle, Adelphus, plus décontracté que jamais, se pencha en arrière, les yeux fermés, et dit :

- Hmm... quelle belle journée, n'est-ce pas ? C'est magnifique le soleil, ça met de la bonne humeur dans le coeur, ça revigore, ça donne envie de partir en vacances. Aaaaah... Mon Dieu, que c'est bon !

Etalé comme une vieille chaussette, Sébastien n'avait pas la force de regarder ou de répondre aux commentaires déplacés d'Adelphus. Ce dernier en profitait encore et encore.

L'homme en noir cliqua sur un petit bouton et un manche télescopique sortit du pied de l'ombrelle ; et il a planta comme un banal parasol dans le sable. Il saisit ensuite une gourde dans la poche intérieure de sa veste, la déboucha et avala une rasade d'eau tout en se servant de son chapeau en guise d'éventail.

- Pffff... Quelle chaleur ! A-t-on idée de se lancer parfois dans la traversée de tels endroits ? C'est du suicide, tu ne trouves pas ?

Aucune réponse.

- Pourtant, malgré des éléments pour le moins extrêmes, malgré l'hostilité du milieu, certains hommes arrivent à survivre ici. Oui, des hommes sont allés au-delà d'eux-mêmes et ont réussi à survivre sous des chaleurs critiques, dans un espace nu, dépourvu de cultures et d'habitations. C'est dingue, tu ne trouves pas ? Question d'éducation, question de caractère, je ne sais pas ce qui fait tenir certains hommes dans ce désert. Que ce soit dans un désert géographique comme ici, ou dans un désert affectif chez certaines personnes, je me demande ce qui fait tenir ces gens.

L'allusion était claire, mais Sébastien ne trouva pas la force de répondre. Il était le jouet du cynisme exprimé par Adelphus et ce dernier profitait avec délectation de sa position de moralisateur.

- Hé, mais qu'est-ce que je vois là-bas ?! s'exclama Adelphus en mettant en guise de visière sa main gauche sur son front. On dirait... oui, on dirait...

Ne finissant pas sa phrase, sans doute volontairement, Adelphus regarda du coin de l'œil Sébastien relever la tête et décortiquer l'horizon.

- Ne dirait-on pas une oasis ? conclut enfin Adelphus.

Au mépris d'un rythme cardiaque à peine apaisé, Sébastien fit l'effort de se redresser assez convenablement et admira le spectacle d'un petit îlot de végétation dressé à quelques cinq cents mètres devant lui.

- Ce doit être sympathique ce petit jardin au milieu du désert, poursuivit l'homme en noir. Il doit regorger de fruits, de fleurs et... d'eau. Il se peut même qu'il y ait un lac en son cœur. Cela doit être fichtrement agréable pour quelqu'un dans ton état, Sébastien. Cela pourrait te sauver, tu ne crois pas ?

De nouveau effondré, Sébastien était toujours à la recherche d'un second souffle. Allongé sur le ventre, sa tête était tournée vers Adelphus et il le regardait avec des yeux entrouverts très légèrement. A vrai dire, on ne pouvait nier qu'il faisait pitié à voir, mais son juge "baltringue" n'en avait que faire :

- A bien y réfléchir, cette île de plaisir n'est pas si loin que cela, Sébastien. Du moins, pas pour un homme normal... (Adelphus se pencha alors en avant, comme s'il allait faire des messes basses importantes, puis reprit :)... oui, je sais bien que cela doit te paraître étrange ce que je vais te dire, mais sache que les hommes s'accommodent la plupart du temps de leurs douleurs pour avancer dans la vie. Il faut parfois se battre si l'on veut surpasser sa noirceur profonde et ainsi accéder à l'oubli total de soi et de son propre confort.

« Oui, parfois, il faut être bien plus fort en pensée qu'en acte si l'on veut que sa vie ait un sens. Mais, toi et moi,

Sébastien, nous savons bien que ce n'est pas ton cas, car tu es un faible, n'est-ce pas?

Même si Sébastien n'exprima pas grand chose, Adelphus vit bien que sa qualification de "faible" éveillait sur son interlocuteur une contrariété des plus prononcées.

Adelphus appuya son effet d'un silence de quelques secondes, histoire que Sébastien réfléchisse un peu à la leçon et reste là-dessus ; puis il se leva et replia ses affaires en deux temps trois mouvements.

Au moment même où il s'apprêtait à partir, il se fit des plus tranchants :

- Tu vois Sébastien, je ne pensais pas qu'un caïd comme toi allait capituler au bout de dix kilomètres dans le désert. Même un gamin du bled aurait pu faire mieux, tu sais. Ceci prouve que, malgré tout ce que tu as enduré jusqu'ici, ton périple devait s'achever ici, au milieu de nulle part et loin de tous. Allez, salut espèce de looser ! Et avant de crever, n'oublies pas que tu n'as été finalement qu'un millionnaire détesté par la terre entière. Allez, adieu matricule 45656-63-AZP !

L'homme en noir tourna les talons et s'éloigna.

Sébastien se retrouva seul, au bord de l'agonie et sous une chaleur accablante.

Pour lui, il n'y avait pas la moindre manière de s'en sortir, à part en atteignant cette oasis.

L'équation pour Sébastien cette fois était simple - pas besoin de panneau lumineux indicateur - : s'il n'arrivait pas jusqu'à cette île d'eau à quelques cinq cents mètres de là, il allait mourir sur place, carbonisé.

Comprenant enfin le dilemme, l'instinct de survie de Sébastien commença alors rapidement à envoyer des décharges d'adrénaline à ses muscles bouillonnants. En se concentrant méticuleusement sur chaque enchaînement de mouvements, Sébastien parvint à se relever, telle une statue qu'on érige sur la place publique. Jaugeant simplement la direction d'un regard, il avança alors, jambe après jambe, pas après pas, prenant une forte inspiration à chaque articulation. Sous son allure de marionnette accrochée à des fils, Sébastien savait, en dépit de son épuisement et de ses douleurs lancinantes, qu'il devait garder un rythme lent et régulier. Il ne s'agissait pas de faire une course, même dans les derniers mètres, cela pourrait lui être fatal. Il devait prendre un rythme de base et s'y tenir.

Au bout d'un effort déjà largement limite, Sébastien rejaugea la distance et s'estima à mi-parcours. La chaleur déformait de plus en plus sa vision, comme si un rideau de vapeur translucide l'entourait. Passé quelques minutes, il rouvrit les yeux, devina des tâches brunes et vertes, une masse informe devant lui, puis termina son parcours de spectre à l'aveugle.

Quand tout à coup, il tapa son pied droit dans une pierre et s'effondra sur le sol, comme une grue métallique aux fondations brisées.

Cette chute aurait pu lui être fatale, mais cette pierre mal venue était finalement le signe qu'il était arrivé à son Eldorado de l'ombre et de l'hydratation tant espéré. Il ne fit aucun cas des quelques étoiles qui balayaient son esprit suite au choc et regarda autour de lui avec avidité.

Face au flot de chlorophylle fraîche et verdoyante qui aurait dû s'étaler devant lui, Sébastien ne vit à côté de lui que la carcasse sèche et décomposée d'un dromadaire. Il vit aussi, un peu plus loin, ce qui semblait être un corps humain enroulé dans un tissu bleu. Il ne vit que ça, et rien d'autre.

- AAAAHHHHH... !!!

Le cri d'horreur que poussa Sébastien fut à la hauteur de sa déception, c'est-à-dire strident et vibratoire

L'oasis n'avait jamais existé.

C'était un mirage.

Il n'avait finalement trébuché que sur la patte rongée par la sécheresse d'un animal mort.

Bande de salauds ! J'aurai votre peau ! pensa Sébastien avec une haine sanguinaire.

Et aussitôt, il se rendit compte que c'est lui qui allait y laisser sa peau cette fois. Il aurait pu sombrer dans le mélo et revoir d'un claquement de doigts défiler toutes les images de sa vie - qui ne l'aurait pas fait à sa place, en de telles circonstances ? -, mais il n'en eut pas le temps, car une petite voix l'appelait :

- Au secours… aidez-moi…

Au départ, Sébastien se demanda si son subconscient ne lui jouait pas des tours, s'il n'était pas en train de divaguer, puis...

- Venez... à mon... aide...

…quand l'appel fut réitéré, il comprit soudain que la voix était bien réelle et toute proche. Il rampa alors vers le corps enrubanné qu'il avait remarqué tout à l'heure.

Parvenu à sa hauteur, il dégagea de l'amas de tissu formant une robe le visage creusé et meurtri d'une femme. C'était une jeune femme Touareg, d'à peine vingt ans et extrêmement belle malgré les souffrances peintes sur son visage.

- Pardonnez, Missieu, souffla-t-elle en regardant d'un regard bleu azur troublant Sébastien. Boire... eau... besoin eau...

- Ne craignez rien, je... je vais vous aider, dit Sébastien en caressant le front brûlant de la jeune fille.

- Eau... chercher eau, continua-t-elle en tremblant.

- Du calme... du calme, petite. Il n'y a pas d'eau ici, mais on va trouver une solution.

- Là-bas... cherchez... cherchez eau.

- Oui, du calme, ne vous fatiguez pas... reposez-vous.

- Là... animal !

- Animal ?

- Là !

Cette fois, devant l'incompréhension de Sébastien, la jeune berbère avait délibérément joint le geste à la parole. Elle avait désigné le dromadaire mort, et plus précisément l'équipement qu'il portait sur le dos. Sébastien ne l'avait pas remarqué tout de suite, mais un genre d'outre en peau de bête y était pendu. Face à cette chance inespérée, Sébastien...

- Ne craignez rien, je vous amène ça.

...rassura sa compagne de souffrance, et rampa avec entrain vers le dromadaire.

Sébastien crut, l'espace d'un moment, l'outre pleine. Mais il déchanta aussitôt quand il saisit cette dernière. Elle s'était certes dilatée de manière ostentatoire sous l'effet de la chaleur, mais son contenu n'en demeura pas moins vide. Sébastien la pressa et la tortilla tant qu'il pût, dans tous les sens, et, au final, il réussit à ramener jusqu'au goulot fermé de l'outre l'équivalent d'à peine une gorgée.

Sébastien se retourna, commença à arpenter les quelques mètres de dune qui le séparaient de la jeune Touareg, puis, sans prévenir, stoppa net.

Il gambergeait.

Cela lui prit d'un coup.

L'horreur de la situation avait revêtu à nouveau son visage mécréant.

Tout comme cette femme, il était là, au milieu du désert, sous 50°C, la peau brûlée au second degré, son sang n'étant plus qu'un magma semi-coagulé et sa vue un grand flou d'ombres et de lumières.

Ils étaient là, elle et lui. Leurs corps respectifs réclamaient à boire à tort et à travers, et cette outre du dernier espoir ne possédait en son sein qu'une petite lampée d'eau pour à peine une seule personne. Conséquence désastreuse, il fallait donc faire un choix. Le choix de la survie de l'un au détriment de la vie de l'autre.

Objectivement, Sébastien ne put s'empêcher de penser sur le moment qu'il avait plus de chance de s'en sortir qu'elle. D'abord, parce qu'il se sentait, en apparence, un peu moins à l'agonie, vu sa corpulence d'homme, et aussi parce que lui avait survécu jusqu'ici sans utiliser le moindre moyen de transport, fut-il animal ou autre.

Oui, cette femme ne bougeait plus. Elle était peut-être déjà morte, ou en passe de l'être bientôt. Alors pourquoi lui donner ces quelques gouttes salvatrices en vain ? Ce serait un épouvantable gâchis, une sorte de crime dans le crime lui-même.

Comment pouvait-il lui faire comprendre qu'il avait encore un espoir, lui et pas elle ? Comment lui faire comprendre cette cruelle logique de la loi naturelle ?

Normalement, tout aurait dû s'arrêter là. La cause était entendue. Le juge cartésien du bon sens avait frappé la sentence de son marteau mathématique. Il n'y avait pas d'autre issue que la mort de cette femme. Pourtant, tout au fond de l'âme noire et manichéenne de Sébastien Cossin, lui apparut miraculeusement un fragment de remords. Sa conscience autrefois timorée laissa soudain poindre une couleur de cœur, une couleur qu'il n'avait plus remarquée sur la toile de fond de ses sensations depuis biens des années.

Oui, c'était extraordinaire, mais finalement, Sébastien admit que cela aurait été ni juste ni humain d'agir ainsi. Le contenu de cette poche d'eau ne lui revenait pas de droit. Primo, parce qu'elle ne lui appartenait pas ; deusio, parce que c'était elle qui lui avait indiqué la présence de cette source ; et tertio, parce que son honneur trouva cette fois naturel de défendre cette jeune fille frêle et malade. Sébastien le sentit bien clairement : plus cette idée émergeait de son cerveau, plus la fraîcheur sucrée du soulagement envahissait son âme. Si bien que, très vite, cette idée devint une décision évidente, la seule possible.

Sébastien se pencha vers la jeune femme à demi-endormie. Il lui releva doucement la tête, appuya par de petits tâtonnements le goulot de l'outre sur ses lèvres gercées jusqu'à ce qu'elle les entrouvre ; puis, fermement, il pressa la poche afin d'en extraire le précieux liquide.

Tandis que les maigres filets d'eau coulaient dans sa gorge, la jeune étrangère ouvrit alors ses yeux couleur de ciel et regarda Sébastien. Ce qu'il vit dans ce regard le transporta vers un autre univers. Il se sentit pour un instant sur un petit nuage. A cet instant là, il se sentit réellement fier de lui. A travers ces yeux de braise, il avait ressenti de la reconnaissance, de l'amitié, de l'espoir, comme une parcelle de vie. Oui, bien qu'il soit conscient que ce n'était vraisemblablement que temporaire, il avait redonné la vie à cette femme.

Quand Sébastien retira la gourde désormais vide, la jeune touareg émit un profond soupir de bien-être et dit :

- Merci, Missieu... Merci pour bébé.

- Comment ?! Que dites-vous ?

La jeune femme saisit alors la main droite de Sébastien et la porta à son ventre. Quand il sentit la rondeur d'une maternité déjà bien accomplie sous sa paume, un léger vertige s'empara de ses membres, et, sans aucun contrôle, des larmes lui coulèrent sur les joues. A quelques secondes près, son égoïsme avait en effet bien failli tuer cette femme et l'enfant qu'elle portait. Cette vision magistrale de sa propre bassesse déclencha en lui un profond malaise mêlé d'une joie intense.

La vie, la mort, la survie, le meurtre, le courage, l'abandon, le destin avait frôlé les rivages de l'enfer avec une certaine témérité avant d'accoster sur une île de plénitude.

- Ahoutch ! s'exclama Sébastien en sentant un coup de pied du bébé.

- Bébé... content, dit la future maman.

Sébastien la regarda. Elle souriait, heureuse de faire partager cette présence qui grandissait en son sein. Mais, en dépit de son émoi certain, il ne pouvait s'empêcher de songer au pire.

Ils étaient perdus.

Ils étaient seuls au milieu du désert.

Ils étaient en train de griller dans un four solaire. Ils étaient loin de tout et ils leur restaient si peu d'énergie à eux deux.

Comment pouvaient-ils s'en sortir ?

Que devait faire Sébastien pour repousser encore plus l'échéance ?

Devait-il la porter jusqu'à l'épuisement ?

Et si oui, vers où, dans quelle direction ? Il n'y avait aucun repère alentour.

La femme et l'enfant s'endormirent à nouveau.

Sébastien se mit à prier.

Les yeux fermés.

En silence.

Une ombre inespérée se posa alors sur leurs épaules, suivie d'une deuxième, d'une troisième, et, au final, de toute une ribambelle.

Sébastien releva la tête sans comprendre et vit une quinzaine d'hommes chevauchant des dromadaires.

Une caravane.

Ils s'étaient disposés en demi-cercle, face à Sébastien et à la jeune femme. Intriguée par l'ombre de ce troupeau, cette dernière ouvrit à son tour les yeux. Un des hommes s'approcha avec sa monture et, sans dire un mot, fit comprendre à Sébastien d'un geste de la main qu'il devait reculer. Essentiellement motivé par le fusil que l'homme tenait en bandoulière, Sébastien s'exécuta. Un autre attelage sur la droite s'approcha alors, un homme descendit, ramassa la femme et l'installa sur l'animal avec lui. L'homme qui venait de recueillir la miraculée fit un signe vers ce qui semblait être le chef, le premier homme à s'être avancé. L'homme regarda un moment Sébastien gravement puis, fit une légère inclinaison de la tête, ce qui devait être une sorte de remerciement. Il saisit ensuite son harnais et tira faiblement vers la droite. Le dromadaire fit demi-tour et tous les autres cavaliers suivirent, sauf celui qui avait récupéré la femme. Il stagna également un moment, et avant de partir à son tour, lança par terre à côté de lui une outre remplie d'eau.

Sébastien regarda ce cortège fascinant s'éloigner vers l'astre solaire. Ils avaient récupéré une de leurs prêtresses et elle était désormais entre de bonnes mains, des mains expertes, des mains d'hommes habitués à affronter les rigueurs du Sahara. Elle était sauvée, c'était le principal aux yeux de Sébastien.

Le principal jusqu'à ce qu'il en arrive au bonus.

N'écoutant que son corps assoiffé, il se précipita vers la gourde oubliée volontairement.

Dans un dernier effort, plus que surhumain, il courut vers sa délivrance, son soulagement, sa revitalisation, vers ce nectar simple et clair, synonyme de la vie, du moins, c'est ce qu'il crût un instant. Car c'est à ce moment-là que le sol se déroba sous ses pieds. Ses jambes s'enfoncèrent soudain dans une boue gluante et profonde.

Des sables mouvants.

Tout en avançant obstinément vers son butin, Sébastien tenta bien de réagir, mais les éléments eurent raison d'un homme au métabolisme dans le rouge depuis quelques heures déjà. Très vite pris jusqu'au torse, Sébastien tendit le bras, parvint à toucher du bout des doigts la lanière tressée de l'outre. Puis il bascula, noyé dans une crème onctueuse et sableuse.

...

C'était étrange. Indescriptible.

Pendant tout le temps que dura son enlisement, parallèlement le milieu qui l'entourait et l'empêchait de respirer devint de plus en plus fluide, léger, limpide. Il n'y voyait rien, c'était le noir complet, mais, petit à petit, il sentait qu'il baignait dans de l'eau.

Puis il entendit comme un coup de sonar. Une lumière apparut au loin, un peu comme si on avait ouvert des volets dans une grande pièce froide. Un courant ultra-puissant poussa alors aussitôt Sébastien vers la lueur.

Tortillé dans tous les sens par un véritable tourbillon marin, Sébastien se sentit aspiré. Il vit ensuite une colonne de bulles, de l'écume, une lumière de plus en plus présente et ce qui semblait être la surface d'un immense aquarium. Le niveau d'eau baissa alors rapidement et Sébastien fut finalement déversé sur le sol par une vague rendue au bout de sa course.

Les portes de l'ascenseur se refermèrent derrière lui, fermant définitivement les vannes du déferlement aqueux.

« Ding ! »

XV

INTERMÈDE : ASCENSION PAÏENNE

Sébastien resta quelques minutes sur ce sol détrempé.

Il fit chuter ainsi sa température interne. Il hydrata sa peau à la récente allure de feuille séchée.

Quand il eut repris suffisamment d'énergie, il se releva. Il était une fois de plus dans une grande pièce fermée aux parois d'acier. Disposés sur une petite table un peu plus loin, il trouva une bouteille d'eau minérale et des vêtements neufs.

Sébastien but et s'habilla, lentement, profitant d'un moment de paix.

Quand il fut prêt, il regarda autour de lui : d'un côté, les portes de l'ascenseur étaient closes et le bouton d'appel demeurait inactif ; de l'autre, une petite porte en bois sculpté laissait entrevoir un filet de lumière à sa base.

Quelque peu habitué aux façons dont les geôliers guidaient leurs cobayes dans cet asile expérimental, Sébastien se dirigea sans hésitation ni appréhension vers la petite porte.

Un grincement résonna à travers l'espace lorsqu'il fit pivoter le battant.

Il faut dire que le moindre souffle ne pouvait ici faire écho: il se trouvait à l'intérieur d'une immense cathédrale.

Une lumière claire et nette traversait les vitraux en forme de rosaces et d'ogives. La voûte de pierres grises s'élevait à environ quatre-vingts mètres et la nef faisait bien cinquante mètres de profondeur.

L'église était vide. Sur les bancs alignés, pas un paroissien n'égrenait son chapelet ou ne lisait les versets de son missel. Il n'y avait personne, sauf, bien évidemment, au premier rang, Adelphus.

Sébastien avança logiquement vers lui, accompagné de ses propres pas sonores et réverbérants.

Rendu non loin de l'autel, Sébastien s'assit au deuxième rang, juste derrière l'homme en noir.

- C'est quoi l'ordre du jour cette fois ? demanda Sébastien. Vous voulez me convertir, telle une brebis égarée au milieu d'une plaine inondée de croyants ?

Exprimant de dos ce qui semblait être un léger amusement, Adelphus se tourna de profil et répondit :

- Non, Sébastien, pas du tout. Tu es non-croyant, je le sais. Et je n'ai nullement l'intention de vouloir te convertir malgré ce lieu.

- Alors que faisons-nous ici ?

- On se recueille, on réfléchit, on pose ses valises... on écoute le silence, Sébastien.

- Ah oui, bien sûr...

- Chuuut, termina l'homme en noir en ponctuant d'un index sur la bouche.

Sébastien se tut. Comme il était encore un peu fatigué, pas totalement remis de sa traversée du désert, il n'eut pas de mal à fermer les yeux, se taire et somnoler un peu.

Le silence désiré par Adelphus dura un bon quart d'heure, puis, sentant que Sébastien prenait plus ce temps de réflexion pour une sieste, il intervint :

- Sébastien ?

- Hmm... ?

- Sébastien... réveille-toi, s'il te plaît.

- Hmm, moui ? Qu'est-ce qui y'a ?

- Regarde autour de toi, Sébastien. Et dis-moi ce que tu vois ?

- Que voulez-vous dire ?

- Je sais bien que tu es athée et que tu ne crois en rien, et je te répète que je n'ai nullement l'intention de te convertir, mais dis-moi simplement ce que ce lieu t'inspire ?

- Pffff... vous me fatiguez.

- Allez ! Fais un effort. Dis-moi ce que tu ressens en cette église. Pour une fois que tu y mets les pieds, cela doit bien provoquer chez toi quelque chose, non!?

- Hmm... euh... c'est grand.

- Oui, mais encore ?

Toujours endormi, Sébastien bailla un grand coup, à s'en décrocher la mâchoire, puis regarda calmement autour de lui.

Bien loin d'expliquer comment Adelphus avait bien pu savoir une telle chose, il est vrai qu'il venait d'entrer quasiment pour la première fois de sa vie dans une cathédrale. Que voulait lui faire dire Adelphus ? Ça, il se le demandait bien. Sébastien regarda attentivement les piliers, les bas-côtés, les statues, les bougies, les décorations, les dorures, les dalles de marbre, les tuyaux d'orgue, les vitraux et revint finalement vers l'homme en noir. Il prit son temps. Sébastien sentait bien une atmosphère particulière, un sentiment qui se dégageait de toutes ces pierres taillées et de cette structure, mais il n'arrivait pas à l'exprimer. La seule chose un peu banale qu'il trouvât à dire fut :

- C'est vraiment... immense...

Adelphus, toujours le corps de dos et le visage de profil, sourit à nouveau et répondit :

- Trouver la finesse derrière l'apparence n'a jamais été ton fort, hein Sébastien ? C'est difficile de briser sa coquille et de voir, ne serait-ce qu'un instant, au-delà ?

Sébastien ne répondit rien.

Adelphus regarda devant lui, vers le chœur, et remonta lentement jusqu'au dôme qu'il y avait, à la verticale de la croisée du transept. Puis, passée une poignée de secondes, il dit très doucement :

- C'était il y a bien longtemps. En des temps sombres où la peste et la famine faisaient des ravages. Les Seigneurs avaient tous les droits, le Clergé dirigeait les âmes et le peuple souffrait au point de se tuer à la besogne. C'était le Moyen-âge, bien avant la révolution contre l'état et la déferlante de l'industrie mécanique. En ces temps-là, il n'y avait que des hommes, illettrés pour la plupart, des hommes simples, qui ne pouvaient se fier à aucun savoir, car tout était à créer, et qui ne savaient que ce que leurs pères leur avaient appris. C'étaient des hommes pauvres et oppressés, considérés uniquement comme de la main-d'œuvre ou de la chair à canon. Des hommes en multitude, exploités pour le bon plaisir de quelques-uns.

« Tout aurait dû les détourner de cette voie. Tout aurait dû leur faire abandonner devant l'ampleur de la tâche. Pourtant, par une force d'esprit des plus ahurissantes et en dépit d'une vie souvent trop courte pour voir l'aboutissement de leur œuvre, des hommes ont réussi à bâtir un édifice aussi majestueux que celui-ci. Par un acharnement à refroidir le diable, des hommes simples mais talentueux ont élevé vers le ciel, au détriment de leur santé, ce colosse de granit, de tuffeau et de marbre. Et aujourd'hui, bien des décennies plus tard, il nous est encore possible de le contempler. (Adelphus se retourna alors lentement vers Sébastien, posant son coude droit sur le dossier, et conclua :)... Peux-tu imaginer un seul instant la force de foi nécessaire à l'accomplissement de cette beauté, Sébastien ? Ne trouves-tu pas que ces hommes ont fait preuve d'une volonté hors du commun, d'une volonté généreuse et salutaire, d'une volonté unique, d'une volonté un peu comme celle que TU as eue en donnant une gorgée d'eau à cette femme, ceci alors que tu étais toi-même au bord de l'agonie, totalement ivre de soif.

« Oui, c'était très courageux ce que tu as fait, Sébastien. C'était bien. Pour la première fois depuis des années et des années, je pense que tu peux être réellement fier de toi. Car quand on est habitué à ne vivre que pour soi depuis toujours, il faut une volonté de fer pour oublier son nombril obsessionnellement envahissant.

- Je vous l'ai déjà dit, si vous me connaissiez vraiment, vous sauriez que je ne suis pas aussi indifférent que vous le prétendez. Donner de l'eau à cette femme, c'était naturel. Il n'y a rien d'extraordinaire.

- Nous savons qui tu es, Sébastien. Nous savons ce dont tu es capable. Tu as vécu quand même toute ton existence dans la zone rouge du mépris le plus total ! Mais, aujourd'hui, petit à petit, tu apprends une chose essentielle.

- Laquelle ?

- Tu commences à prendre conscience que, peu importe le temps passé sur cette terre, seule la manière dont on vit a finalement de l'importance

- Hmm... si vous le dites.

- Oui, je le dis, Sébastien. Je le dis à ta place, puisque tu es incapable de le faire par tes propres moyens.

- Bien sûr.

- Arrêtes un peu avec tes réponses niaises et ton ironie obséquieuse, veux-tu. Depuis le début de cette expérience, je suis le raccord qui manque désespérément entre ton âme et tes actes. Depuis le début, je te montre ce que tu as oublié de voir autour de toi, j'exprime ce que tu ressens, j'analyse le danger inhérent à chacune de tes certitudes et je symbolise le mal qu'il y a en toi. Alors, il serait peut-être temps d'être réellement critique avec toi-même. Grâce à ta volonté, tu as fait quelque chose de bien en aidant cette femme, alors tire la leçon de cette bonne action et fait tout pour reprendre un nouveau départ. Il en est encore temps.

- Suis-je vraiment aussi insensible que vous le dites ?

- Oui.

- Prouvez-le !

- Tu me lances un défi maintenant, Sébastien ? Ce n'est pas très raisonnable, tu sais bien que tu perds à chaque coup.

- Je perds parce que vous êtes naturellement pervers et que vous aimez bien avoir raison. Mais j'attends néanmoins votre démonstration.

- Hof, il n'y a pas à chercher bien loin.

- C'est-à-dire ?

- C'est-à-dire que ton insensibilité n'a d'égal que ton impossibilité à exprimer ce que tu ressens en entrant pour la première fois de ta vie dans une cathédrale !

- Vous êtes débile, cela ne prouve rien.

- Tiens, pourquoi ça ?

- Il y a des millions de gens que les églises indiffèrent. Ça ne fait pas d'eux pour autant des insensibles.

- Soit, c'est un argument valable. Mais toi, Sébastien, toi tu as bien ressenti des choses en regardant de plus près cette majestueuse bâtisse, non ?

Adelphus ponctua sa remarque d'un sourire en coin, l'allusion était claire : Sébastien savait de quoi il parlait et c'est bien ce qui le pétrifia sur le moment. Oui, il avait ressenti quelque chose. Sous l'insistance de l'homme en noir, il avait regardé, humé, contemplé avec un certain intérêt le travail d'orfèvre réalisé dans cette cathédrale. Et oui encore, il avait été incapable de dire ce que cela lui faisait.

- Je... je... comment savez-vous cela ? interrogea nerveusement Sébastien, le front en sueur. Vous... vous n'êtes pas à l'intérieur de ma tête quand même ?

- Va savoir, Sébastien… Va savoir...

Sébastien se releva brutalement, paniqué.

Il s'écarta de quelques pas d'Adelphus. Son souffle devenait de plus en plus saccadé, ses tympans bourdonnaient au rythme de ses pulsations cardiaques.

- Sébastien, qu'est-ce qui se passe ? questionna Adelphus, inquiet, tout en se relevant. Calme-toi, voyons. Reprends tes esprits.

- Eloignez-vous ! Ne m'approchez plus !

- Sébastien...

- NON, ARRÊTEZ ! NE BOUGEZ PLUS !

Adelphus stoppa aussitôt le moindre pas, le moindre geste. Il resta debout, droit et sage, les mains paisiblement jointes sur le devant.

Silence.

Patience.

Puis, comme visiblement Sébastien n'arrivait pas à parler ni à se calmer, l'homme en noir rompit sa désorientation:

- Bon, si ma présence te perturbe à ce point, eh bien, soit, je me retire.

- Oui... oui-oui... c'est ça... allez-vous-en ! Je vous ai assez vu de toute façon. Dis... disparaissez !

- Je m'en vais, Sébastien. Ne crains rien.

- Allez, du vent ! Barre-toi !

- Je m'en vais... mais pour un temps seulement, jusqu'à ce que tu me rappelles, ok ?

- Nenene, n'y comptez pas !

- Calme-toi un peu, Sébastien. Tu es tout pâle. Calme-toi, sinon tu vas péter une durit.

- La... la ferme maintenant ! Ne me parle plus, c'est clair?

- Ok, comme tu veux, répondit le plus posément du monde Adelphus. Sur ce, à bientôt et à plus, Sébastien. Amuse-toi bien avec ta bonne conscience.

Sur l'instant, Sébastien ne releva pas. Il se mit à regarder ses pieds, littéralement choqué à l'idée que ses pensées puissent être épiées. Puis, la rationalité reprenant rapidement le dessus, il releva la tête et cria vers un Adelphus déjà trop loin :

- Hé, que voulez-vous dire en parlant de "bonne conscience" ?

Sa question se perdit à travers l'immense volume de l'église. Il était seul, comme il l'avait souhaité, et cela ne le rassura pas du tout.

Vous voulez me rendre fou, c'est ça ! Vous pensez que je n'ai aucune maîtrise sur mes pensées. Vous pensez que vous allez pouvoir me manipuler comme ça sans arrêt, sans que je réagisse. Vous pensez que je vais dire oui, sans rechigner, à toutes vos analyses sur mon intellect et ma personnalité. Eh bien, vous vous fourrez le doigt dans l'œil jusqu'au coude, mes loulous! Sébastien y va vous baiser, vous allez voir ! Et en beauté ! Car, au petit jeu du psychanalyste distributeur de bons points, je suis le meilleur.

Sébastien aurait pu péter les plombs un peu plus longtemps, mais les éléments extérieurs ne lui en laissèrent pas le temps. La lumière intense et diffuse dans l'église s'estompa en un clin d'œil, laissant pour seul repère éclairé une ampoule scintillante placée à l'entrée de ce que l'on pourrait appeler une crypte. Peu rassuré par le noir ambiant, Sébastien avança jusqu'à la lumière et descendit un long escalier droit en pierre.

Passé un long boyau en forme de croissant et parsemé de spots discrets, il arriva sans grande surprise face aux portes d'un ascenseur.

Un bouton sur le mur clignota à son arrivée. Les panneaux se rétractèrent comme mus sur coussins d'air.

Avant de rentrer dans la cabine, Sébastien ne put s'empêcher de penser que, peut-être, cette grotte représentait sa peur et que, peut-être aussi, cet ascenseur représentait la seule issue possible qu'il ait trouvée pour contrer sa propre peur.

« Ding ! »

Fermeture.

En route,

vers les abîmes de l'incompréhension.

XVI
L'IMMEUBLE DES OUBLIÉS

Quand l'ascenseur finit sa descente, les portes s'ouvrirent sur un grand couloir.

C'était très peu éclairé, mais au loin on devinait une lumière plus franche. Sébastien se laissa guider et avança, sans se presser.

Il arriva dans un genre de coursive vitrée qui courrait tout le long d'un bâtiment circulaire. En se penchant à une fenêtre ouverte, Sébastien vit facilement une vingtaine d'étages se perdre plus bas dans un brouillard à couper au couteau. En regardant vers le haut, il vit l'acrotère de la toiture et comprit qu'il se trouvait, lui, au dernier niveau. Il était dans un immeuble apparemment immense, qui plus est dans un lieu inconnu, comme toujours. Un lieu inconnu qu'il allait devoir découvrir par lui-même, également comme toujours.

Une fois ce premier constat établi, Sébastien poursuivit le long de la coursive. Après pas moins de dix minutes de marche, il arriva à une double porte battante, ornée d'un oculus rectangulaire. Il poussa le battant en bois et arriva dans une grande salle de restauration.

Sébastien regarda la pendule murale et vit qu'il était 12h45. Autrement dit, ce devait être le coup de feu pour tout établissement de ce genre qui se respecte. Pourtant, la salle était quasiment déserte. Sur les quelques cinq cents places disponibles, il y avait à peine cinq personnes attablées. Derrière le comptoir, un seul homme vêtu d'habits gris pâles s'affairait.

Voulait-on vraiment l'inciter à manger ici ? Sébastien se le demanda un instant. Mais n'ayant, pour sa part, pas pu se restaurer depuis un nombre incalculable d'heures, des grenouilles sauvages gargouillèrent dans son ventre une décision sans appel.

Sébastien s'installa à une table.

Tout en attendant la venue du garçon, il regarda plus en détail les quelques clients présents. Il vit un jeune homme d'à peu près vingt-cinq ans, le visage livide, les joues creusées, en train de boire un café ; une vieille dame aspirait chaque cuillerée de sa soupe en fournissant un effort physique éreintant ; un père regardait face à lui son petit garçon en train de manger une glace dans une coupe, il souriait devant la gourmandise de l'enfant, mais, quand il regardait ailleurs, une tristesse éternelle se peignait sur son visage; enfin, Sébastien remarqua une jeune fille aux cheveux longs et noir très fins, style gothique, mains sur les cuisses, immobile, penchée sur une assiette de purée à moitié entamée. Irrésistiblement attiré, Sébastien la regarda un instant. Bien que cachés par certaines mèches de cheveux, les traits de cette fille étaient très fins, délicats, d'une élégance simple, édifiante, malgré une mélancolie ambiante incontestable. Sébastien n'aurait pas su dire pourquoi, mais il y avait quelque chose de familier pour lui dans ce visage.

- Vous désirez, Monsieur ?

Le garçon arracha brutalement Sébastien à ses observations. Vêtu d'un tablier et d'un polo gris pâle, le serveur donna à Sébastien l'impression d'avoir à faire à un croque-mort. Il avait une mine affreuse, comme tous ceux qu'il y avait dans la salle.

- Euh... bonjour... donnez-moi un steak frites pour commencer, commanda Sébastien en pensant à quelque chose de bien consistant et de bien français.

- Quelle cuisson ?

- Euh... saignant, s'il vous plaît.

- Boisson ?

- De l'eau.

Il aurait largement souhaité un bon Bordeaux ou un bon Côtes-du-Rhône, mais il préférait garder toute sa lucidité face au milieu inconnu et étrange dans lequel il se trouvait.

Le garçon arracha une feuille de son bloc, la posa sur la table et s'en alla.

Cinq minutes plus tard, le garçon revint avec une assiette fumante. Aussitôt, affamé, Sébastien commença à couper le steak, puis, constatant la cuisson, héla le serveur, visiblement fâché. A peine repartit vers sa cuisine, l'homme en tablier gris revint vers Sébastien :

- Qu'est-ce qu'il y a, Monsieur ? demanda-t-il, apparemment agacé de cette interpellation.

- Vous avez réchauffé au four micro-ondes une assiette qui vous restait en stock ou quoi ?

- Pourquoi ça, Monsieur ?

- Je vous avais demandé un steak saignant et vous m'en balancez un ultra-cuit, vous vous foutez de moi ou quoi ?

- Désolé, Monsieur.

- Désolé ? Vous devriez apprendre votre métier, mon cher. Rembarquez-moi cette barbaque et apportez-moi ce que je vous ai demandé.

- Vous le voulez saignant votre steak, n'est-ce pas ?

- Mais oui !

- EH BIEN DANS CE CAS LE VOILÀ : SAIGNANT !

A la plus grande stupeur de Sébastien, le serveur prit alors un couteau de cuisine qu'il avait à sa ceinture et se trancha net les veines du bras gauche. Le sang gicla comme la mousse sous pression d'une bouteille de champagne, tapissant de rouge le tablier gris de l'homme et la table de Sébastien.

Sébastien se releva et recula de frayeur, choqué. Le garçon tailladé devint vite blanc comme un linge, il s'affaissa sur la table puis bascula en arrière, emportant dans sa chute le repas de Sébastien et le mobilier.

Repoussant son dégoût et sa peur naturelle face à cette situation extrême, Sébastien s'approcha du garçon. Il prit un torchon que ce dernier avait également à sa ceinture et entoura le bras meurtri. Mais quand il lui prit le pouls, une peur panique l'envahit. Allant de surprise en surprise, il releva la tête et vit que pas un des rares clients présents n'avait bronché.

- A l'aide ! Venez m'aider ! Appelez les secours, cet homme est en train de mourir ! hurla-t-il, en vain.

Sébastien se releva, prêt à aller secouer les tarés qu'il y avait dans ce resto de l'horreur, quand il entendit soudain une voix derrière lui l'interpeller :

- Il est trop tard pour lui. Laissez tomber.

Sébastien se retourna et vit à l'entrée de la cafétéria un homme habillé d'une blouse d'infirmier.

- Qu'est-ce que vous dites ? interrogea Sébastien avec des trémolos dans la voix.

- Ce n'est pas la peine d'appeler les secours pour rien. C'est fini pour lui, répondit l'infirmier sans ciller.

- Quoi ?

- Finissez votre repas et retournez dans votre chambre, ordonna-t-il encore avant de faire demi-tour et disparaître.

Malgré son ahurissement face à une situation qui le dépassait totalement, Sébastien courut vers les portes de l'entrée, poussa l'une d'elles et ne put, malheureusement, que constater le vide de la coursive. Revenant d'un pas en arrière, il constata la présence sur le mur à sa gauche d'un téléphone. Il composa le dix-huit, les sapeurs-pompiers, et attendit. Au bout d'une dizaine de sonneries, il entendit un répondeur lui dire : "*Nous sommes éternellement absents, il est inutile de nous rappeler à l'avenir... Nous sommes éternellement absents...*"

Il n'en crût pas ses oreilles mais ne se laissa pas abattre pour autant. Il raccrocha et composa cette fois le quinze, le Samu ; à la vingtième sonnerie, une autre voix métallique préenregistrée lui répondit : "*Il n'y a aucune urgence ou danger de mort dans l'immédiat, veuillez ne plus déranger le service... Il n'y a aucune urgence...*"

Complètement perdu et désarmé devant ce qu'il entendait, Sébastien raccrocha mal le combiné qui alla se fracasser sur le sol. Quand il tourna la tête vers le corps du serveur immergé dans une mare de sang, il vit que la jeune fille aux cheveux noirs qu'il avait particulièrement remarquée tout à l'heure s'était approchée du carnage. Sébastien s'avança et demanda à la spectatrice :

- Qu'est-ce qui se passe ici ? C'est la maison des fous ?

Faisant comme si elle n'avait pas entendu les questions de Sébastien, la jeune fille ne quitta pas le mort des yeux et demanda à son tour :

- Pourquoi l'avez-vous poussé à faire cela ?

- Quoi ?

- Il était innocent. Il ne vous avait rien fait. Pourquoi avez-vous décidé de le faire souffrir encore plus ?

- Mais... mais c'est le monde à l'envers ! exulta Sébastien. Moi, je l'ai fait souffrir ? Alors que j'essaie en vain de le sauver. Mais c'est du n'importe quoi !

Devant l'indignation de Sébastien, la jeune fille releva la tête lentement, arborant un regard noisette des plus larmoyants, et dit :

- Peut-être que vous n'avez jamais réellement su comment aider quelqu'un...

Sébastien resta coi devant cette remarque, tellement elle lui fit du mal sur le coup. Il chercha bien à répondre quelque chose, à proclamer de toutes ses forces qu'elle se trompait. Mais il ne trouva aucun argument valable sur le moment. Quand il se remit de ce deuxième choc, elle s'était déjà éloignée et s'apprêtait à son tour à passer les portes battantes de l'entrée.

- Hé, Mademoiselle ! Revenez, s'il vous plaît !

Ne pouvant stopper son départ, Sébastien courut après elle, passa la porte et se retrouva seul.

Elle avait disparu.

J'ai des hallucinations ou quoi ?! s'interrogea Sébastien en sentant des spasmes internes comme externes sur tout son corps. On veut me rendre cinglé, me faire croire à des choses impossibles? Ou bien, est-ce réellement moi qui déraille ? Suis-je en train de perdre la raison ? Il faut que je parte d'ici, de cette prison, de cette expérience, de ce labyrinthe, sinon, sinon... je vais en mourir ! Il faut absolument que je parte loin d'ici !

Loin de savoir si c'était ce qu'il y avait de mieux à faire, Sébastien repartit le long de la coursive vitrée, à la recherche d'une issue.

Plusieurs minutes plus tard, en nage, il arriva devant un couloir parsemé de multiples portes. Sébastien tenta de les ouvrir toutes, les unes après les autres : fermées. Il frappa des poings et des pieds, injuria, cracha, râla, rien n'y fit : fermées. Quand il lui en resta peut-être deux ou trois à tester, vers le fond du couloir, une porte d'ascenseur s'ouvrit, dévoilant parmi la pénombre ambiante la silhouette d'un homme que Sébastien n'avait pas remarqué et qui attendait sagement l'élévateur.

Enfin, une sortie ! se dit-il, rassuré.

Mais sa joie fut de courte durée, car il eut juste le temps d'appeler...

- Hé, attendez ! Retenez l'ascenseur, s'il vous plaît !

...que l'homme fit un pas en avant et tomba dans le vide.

Si les portes extérieures du conduit de l'ascenseur s'étaient effectivement ouvertes, la cabine, elle, n'était jamais arrivée.

De nouveau pétrifié devant cette mort violente, Sébastien entendit l'interminable chute de cet inconnu; une chute illustrée "phoniquement" par un cri de terreur diminuant dans les profondeurs, ainsi que par le choc sourd et métallique d'un corps mou percutant des parois en dur.

Il faut... il faut que je parte de cet endroit ! Ils vont me tuer. Il faut que je parte.

Heureusement, Sébastien remarqua cette fois un élément judicieux : il vit la porte d'accès à l'escalier de secours, à côté de l'ascenseur.

Il se précipita.

En débarquant sur le palier du dernier étage, il sonda les bas-fonds de l'immeuble. L'empilement des niveaux négatifs qu'il vit en se penchant par la rambarde lui donna le vertige. C'était infini. Ce n'était peut-être que de la descente, mais n'importe qui se serait découragé en voyant ce fond insondable.

Cependant, que pouvait-il faire ?

A un moment ou à un autre, j'arriverai bien à toucher le fond! relativisa-t-il, tiraillé entre découragement et besoin de fuite.

Il commença donc à descendre.

Comme souvent, ce fut à proprement parler interminable.

Une nouvelle épreuve de force.

Sébastien alla jusqu'au bout de ses forces. Il n'y avait aucun indicateur de niveau, et certains paliers n'avaient même pas d'accès. Comme l'homme qu'il avait vu sauter il n'y a pas si longtemps, c'était une chute sans fin.

Sébastien dut se rendre à l'évidence : il avait besoin d'aide. Il devait trouver un guide.

Au palier suivant, il passa la porte de l'étage et se retrouva dans l'entrée d'un appartement.

- Hello, il y a quelqu'un ? sonda au hasard Sébastien.

N'ayant pas de réponses, il fit quelques pas et se rendit vite compte que le logement occupait visiblement tout l'étage. Il était gigantesque.

De toute manière, le jour où il m'arrivera quelque chose de simple et de bien, je pourrai m'estimer heureux !

Quand tout d'un coup, au détour d'un regard posé sur une cloison vitrée, il vit en homme en costume sombre assis à son bureau.

Sébastien s'approcha, tapa au carreau de la porte et entra sans attendre la réponse.

Plongé dans la lecture d'un cahier rempli de chiffres en colonnes, l'homme ne réagit pas à l'entrée de Sébastien, ceci malgré la violation d'un lieu, semble-t-il privé.

L'homme était chauve, environ quarante ou quarante-cinq ans. Sapé d'un costard de bonne coupe, il faisait penser à un patron de PME ou à un expert-comptable.

- Excusez-moi, Monsieur. Pouvez-vous me dire comment sortir de cet immeuble ? finit par demander sans plus de ménagement Sébastien.

Tout de même interloqué, le bureaucrate releva les yeux et dit, comme on émerge d'un profond sommeil, le front plissé :

- Comment ? Que dites-vous ?

- Eh bien... excusez-moi encore de vous déranger, mais je voudrais juste savoir si vous pouvez me dire comment on sort de... de... euh... enfin, de cet immeuble quoi ?!

- Hein ?

- J'aimerais quitter cet endroit, Monsieur. Vous pouvez m'y aider ?

- Mais... c'est absurde !

- Pourquoi ?

- Le bilan de ma société est négatif, je suis en pleine faillite, je vais devoir mettre la clé sous la porte et je vais me retrouver au chômage sans indemnités, et vous croyez que j'ai le temps de m'amuser avec vos enfantillages, moi ? Vous n'avez donc aucune pitié.

- Euh, excusez-moi, je ne savais pas que...

- Vous êtes tous pareils ici, les problèmes des autres vous vous en foutez. On doit toujours se dépatouiller tout seul, aucune main tendue, aucun sursis, toujours faire plus d'efforts, d'heures, de concessions et se taire. Toujours trouver de l'argent, être poli, serviable, gentil et ne pas montrer qu'on souffre, qu'on est à bout !

- Vous vous égarez, on s'est mal compr...

- TOUJOURS résoudre vos problèmes à vous, toujours se démerder pour que cela marche sans aucune estime en retour. TOUJOURS deviner ce qui va mal et vous rassurer !

- Monsieur...

- Mais cette fois, y'en a marre. Plus que marre ! Débrouillez-vous sans moi !

Alors, avec une vivacité qui n'eut d'égal que sa prolixité verbale récente, l'homme se redressa, approcha un pistolet sur sa tempe droite et...

- NON !

...fit feu.

Un geyser de sang et de cervelle mélangés se projeta sur le mur. L'homme s'écroula sur son bureau, faisant tomber porte-plume, feuilles, crayons, tasse de café et bavant de rouge son beau livre de compte déficitaire. Une fumée bleue tortillée et acide s'échappa du canon de revolver.

Cela devient de plus en plus ridicule ce jeu de déments, pensa instantanément Sébastien. Bien sûr, il était surpris, mais, parallèlement, un certain effet de lassitude commençait à poindre dans son esprit. Il était piégé ici et il était bien déterminé à mettre les voiles, alors il fallait qu'il s'accroche. Tout cela n'était qu'un test, un énorme test à l'échelle d'un immeuble de cinq mille étages et où des cadavres apparaissaient derrière chaque porte de placard. Mais ce n'était qu'un test, une épreuve de force, une épreuve morale. Restait simplement à tenir.

Sébastien tourna les talons devant le bureaucrate flingué et continua sa visite.

Au fur et à mesure de sa marche, il essuya la sueur froide qui perlait sur son front et tenta de reprendre un souffle régulier. Ses troubles psychiques biens naturels commençaient à se réincarner sous forme de symptômes physiques.

Sébastien entra dans plusieurs pièces distinctes : dressing, salon, fumoir, salle home-cinéma, salle de gymnastique, salle de bains, jacuzzi, chambres, bibliothèque... puis vint la cuisine. Comme il avait pris rapidement l'habitude d'ouvrir et de refermer aussitôt les portes des pièces en jetant un coup d'œil furtif, il avait presque failli ne pas la voir. Mais, quand il rouvrit en grand la porte de la cuisine, il put enfin attester de la présence d'une femme dans cet appartement.

Etait-ce la femme de l'homme qui venait de se suicider devant lui ? Il se le demandait déjà. Toujours est-il qu'elle semblait atterrée par des pensées obscures. Elle se rongeait les ongles, elle était assise à une table et son regard se perdait sur la surface en Formica.

Depuis qu'il croisait des zombies dans ce building, à force Sébastien arrivait à reconnaître ce regard et il savait que l'heure était grave. Il prit son temps cette fois avant de parler.

Toujours imperturbable face à la présence de Sébastien, la femme tourna au bout d'un moment la tête et sembla regarder une chose qu'il y avait sur sa droite, sans doute quelque chose posée dans un tiroir.

Sébastien savait maintenant qu'il devait rester on ne peut plus sur ses gardes, mais il le réalisa trop tard. Il ne vit rien venir.

En un clin d'œil, il sentit une forte odeur de gaz ; il vit la femme saisir un briquet, et il eut juste le temps de se coucher dans un couloir adjacent. Une étincelle après, une déflagration du tonnerre fit tout voler en éclats

Cela s'était passé comme avec un obus de canon : d'abord l'impact de la pression sur les murs, le souffle, puis la fumée noire, les flammes, les débris projetés à la vitesse du son comme autant de piques et de jets d'éléments brûlants ; et enfin, le calme après la tempête.

Aspergé d'une pluie de verre, de plâtre, d'éclats de bois et de poussière de placo, Sébastien s'en sortit par miracle.

Hagard, le corps traumatisé, Sébastien s'éloigna en rampant, craignant une autre flamme ou une autre explosion de gaz. Un sifflement strident passait entre ses oreilles, une lumière aveuglante, pleine d'étoiles filantes, bouchait son horizon. Il était grogi. Il resta comme cela un moment, hébété, jusqu'à l'évanouissement.

Ce n'était pas un rêve.

Pas un accident de voiture en tant que simple spectateur.

Cela n'avait rien à voir.

C'était juste une perte de connaissance.

Un flash, une baisse de tension, et plus d'émission...

Un trou noir.

A vous les studios...

...

Quand Sébastien reprit enfin connaissance, de fines particules de débris neigeaient encore dans l'air. Non loin de lui, de petites flammes semblaient persister, mais rien de plus.

En dépit de courbatures générales, il tenta de se relever. Il dût s'accrocher à ce qu'il pût afin d'y parvenir. Il bailla afin de déboucher ses oreilles. Les bruits de crépitements dus à la combustion lui parvinrent aussitôt, ainsi qu'une petite voix inattendue derrière son dos:

- Pourquoi avez-vous fait tout sauter, Monsieur ?

Encore saoulé par l'explosion, Sébastien se retourna et vit à son plus grand étonnement la jeune fille aux cheveux noirs qu'il avait croisée au restaurant.

La bouche tapissée de poussière, il se racla la gorge, déglutit et répondit :

- Mais... je n'ai rien fait sauter du tout.

- Pourquoi n'acceptez-vous pas votre sort au lieu de les obliger à se tuer, Monsieur ?

- Je les ai obligés à quoi ?

Au lieu de répondre, la jeune fille fit demi-tour et s'éloigna.

Sans s'énerver, de peur qu'elle ne s'enfuie définitivement, Sébastien la suivit en silence, de très près.

Au bout de plusieurs pièces, elle arriva dans un grand salon. Elle s'installa dans un genre de sofa. Calmement, Sébastien s'assit par terre, en face d'elle. Elle saisit un chien en peluche qui ressemblait à un cocker miniature et le blottit sur son ventre.

Plus Sébastien la regardait, plus il y avait pour lui quelque chose de familier dans les traits de cette fillette. Une familiarité dans le bas du visage, et dans l'allure générale.

- Comment t'appelles-tu, jeune fille ? demanda d'une voix très douce Sébastien.

- Nous n'avons pas de nom ici, répondit-elle.

- Pas de nom. Pourquoi ?

- Je ne sais pas. Sans doute parce que nous sommes perdus. Sans doute parce qu'on ne pense plus à nous.

- Qui ne pense plus à vous ?

- Ceux de l'autre monde.

- Qui ça ?

- Mais, les autres, eux... les vivants.

- Quoi ! Tu veux dire qu'ici nous sommes morts ?

- Vous, je ne sais pas vraiment. Mais moi, si.

- Et pourquoi serais-tu morte, jeune fille ?

- Parce que... (elle marqua un temps)... parce que je n'en pouvais plus.

- Tu n'en pouvais plus de quoi, petite ?

- De vivre.

- Tu veux dire que tu t'es donné la mort, c'est ça?

- Oui.

- Mais non, voyons. Tu te trompes.

- Je suis peut-être petite, je suis peut-être seulement depuis très peu de temps ici, mais j'ai compris que si j'étais prisonnière ici, c'était parce que j'avais mis fin à mes jours dans l'autre monde.

- Mais... si tu as raison, pourquoi tous les gens que je croise ici se suicideraient-ils encore ? Ça n'a aucun sens !

- Aaaaah... le sens. C'est là la chose la plus importante, je crois..., le sens.

- Pardonne-moi, je ne comprends pas.

- Je ne veux pas faire devant vous de conclusions hâtives... C'est peut-être dangereux.

- N'aie aucune crainte.

- Eh bien... euh..., je pense savoir pourquoi nous errons tous, indéfiniment, dans cette tour.

- Dis-moi ce que tu en penses. Je t'écoute.

- Je pense que si nous sommes là, c'est pour essayer de comprendre pourquoi nous en sommes arrivés à mettre fin à nos vies dans l'autre monde...

- Et...

- Et tant que nous ne comprenons pas précisément pourquoi, on aura beau se résoudre à vouloir en finir à nouveau par faiblesse, nous reviendrons invariablement au même endroit, c'est-à-dire ici, dans cet immeuble gigantesque, impersonnel et froid.

- Tu veux dire...

- Je veux dire que nous devons comprendre le sens de notre mort, sinon...

- Sinon ?

- Sinon il n'y aura aucun repos pour nous ici-bas.

- Mais ce n'est pas logique ce que tu dis, petite. Moi, je ne me suis pas suicidé, pourtant je suis ici. Que ferais-je ici si je n'étais pas comme toi ?

- Eh bien, je n'ai pas réponse à tout, mais peut-être que...

- Peut-être que quoi ?

- Peut-être que vous n'êtes pas ici pour la même cause mais pour la même raison.

- C'est-à-dire ?

- Essayez de comprendre le sens de votre enfermement.

Jusqu'ici, Sébastien avait su garder son sang froid, voire même un certain flegme. Mais l'évocation du mot "enfermement" l'avait quelque peu glacé d'effroi.

Que se passait-il vraiment ici ?

Etait-il en train de rêver ? L'avait-on drogué ?

Etait-il arrivé, sans qu'on le prévienne ni qu'il ne s'en rende vraiment compte, au bout du chemin, au bout de l'expérience ?

Il avait dit à l'homme en noir de partir, qu'il ne voulait plus le revoir, mais en disant une pareille chose, n'avait-il pas pour autant signé son arrêt de mort, son emprisonnement à vie dans cet immeuble ?

Malgré ces questions pesantes, Sébastien ne céda pas à la panique. Il se dit qu'il devait continuer à suivre son instinct, comme d'habitude. Et, éventuellement, retrouver Adelphus.

Après un long silence, Sébastien se releva et dit à la jeune fille aux cheveux noirs :

- Je te remercie, petite. Merci de m'avoir parlé.

- De rien, Monsieur.

- J'espère que tu arriveras à trouver la réponse à ta question.

- Oui, merci.

- Sais-tu qui pourrait m'aider à trouver quelqu'un qui s'habille tout en noir et qui répond au nom d'Adelphus ?

- Qui est ce Monsieur ?

- C'est la personne qui m'a envoyé ici.

- Pourquoi ?

- Ça, j'aimerais bien le savoir. C'est pourquoi je dois le retrouver.

- Je ne sais pas qui est ce Monsieur, désolée.

- Connais-tu quelqu'un qui pourrait m'aider à le trouver alors ?

- Je ne sais pas, peut-être le concierge.

- Le concierge ? Il y a un concierge dans cet immeuble ?

- Oui.

- Et où se trouve-t-il ?

- Il faut aller cinquante niveaux plus bas et passer la porte rouge.

- Cinquante niveaux, porte rouge ?

- C'est ça.

- Bon, très bien. Merci de ton aide, petite.

- D'accord. Salut !

Sébastien quitta les lieux.

Il repassa non loin du lieu de l'explosion, passa plusieurs couloirs et retrouva enfin la porte d'accès à l'escalier de service.

Quand il arriva pour la deuxième fois sur le palier, une surprise l'attendit. Une surprise architecturale. Car, malgré tous les étages qu'il avait descendus préalablement, il se retrouvait sur le même palier, c'est-à-dire celui du dernier étage. C'était comme s'il n'avait rien descendu du tout auparavant, comme s'il s'était épuisé tout à l'heure pour rien.

Il semblait en fin de compte impossible de toucher le fond, du moins d'un point de vue architectural.

Cependant, il laissa cette bizarrerie peu rassurante de côté, et poursuivit son but. Il savait - ou croyait savoir - où aller. C'est pourquoi il se lança sans attendre vers les niveaux inférieurs.

Ce fut une nouvelle fois éreintant, mais il tint bon. Au début, il compta avec une précision méthodique les étages qu'il passait ; mais, vers le trente-cinquième niveau, les choses s'embrouillèrent. Il n'était plus sûr de rien. Il se fia alors au deuxième indice en sa possession : la porte rouge.

Au bout d'un moment et d'un saut de marche glorieux, il la vit enfin.

Accompagné d'un grincement lugubre, Sébastien poussa l'ouvrant couleur carmin.

Sébastien arriva face à un long couloir sombre, encore et toujours.

Au bout du couloir, il vit se dessiner au milieu des baies vitrées une forme humaine. Il partit la rejoindre sans attendre.

Rendu à quelques mètres de l'individu, Sébastien le reconnut sans peine.

Vêtu d'une ample blouse noire, Adelphus, armé d'un seau et d'un balai à franges, lavait le sol avec méthode.

- Je t'avais bien dit que tu me rappellerais, constata l'homme en noir sans lever la tête de son ouvrage. Par contre, je ne pensais pas que ce serait aussi rapide.

- Vous nettoyez toutes les traces de sang laissées par les fêlés qu'il y a dans cette cage ?

A cette question virulente de Sébastien, Adelphus stoppa net son travail, s'appuya des deux mains sur le bout du manche à balai, comme le ferait tout bon concierge qui se respecte, puis il rétorqua d'un ton tout ce qu'il y a de plus sérieux :

- Comme la provocation et la bêtise te vont bien, Sébastien.

- La bêtise, vous dites ? Ce n'est pas moi qui ai emprisonné ces gens. Ce n'est pas moi qui ai créé cet endroit de perdition, cette maison de fous !

- Mais... moi non plus, Sébastien.

- Alors qui ?

- Sébastien, Sébastien, sais-tu seulement ce qui peut pousser des individus à mettre fin à leurs jours ?

- Non. Ce n'est pas mon problème.

- Pas ton problème ? Pourtant, où croyais-tu que pouvait bien te mener ta pitoyable existence, sinon ici, dans l'immeuble des oubliés, là où résident ceux qui se sont exclus de l'Autre Monde et qui ne sont plus dignes de porter un nom.

- Je ne suis pas faible au point de me tirer une balle ou de m'immoler par le feu que je sache.

- Non. Mais toute ta vie n'a été qu'un immense suicide, tu ne trouves pas ? A quoi ça sert de vivre si ce n'est que pour mépriser, exclure ou détruire tout ce qu'il y a autour de soi ?

- J'ai ma conscience pour moi.

- Parlons-en de ta conscience, justement... (Adelphus sortit de la poche ventrale de son tablier un petit cylindre en plastique, le présenta à Sébastien et ordonna :)... prends ceci.

- Qu'est-ce que c'est ?

- Barbituriques.

- Vous voulez que je m'endorme ?

- Quand on en avale toute une boîte, en général, on ne fait pas que s'endormir.

- Quoi ? Vous... vous voulez que je me tue ?

- C'est ta dernière chance, Sébastien. La plaisanterie a assez duré. C'est sur cette dernière épreuve que ton sort va se jouer. Et laisse-moi te préciser que tu n'as pas d'autre choix.

« Voilà la donne, Sébastien : soit tu avales ce tube de cachets, soit tu restes ici à errer pour l'éternité.

- Vous parlez d'un choix. Un choix à la con, oui !

- Réfléchis bien, Sébastien. Tu n'auras pas d'autres occasions.

- Vous... vous voulez réellement que je meure ? Vous... vous n'êtes qu'un criminel-psychopathe !

- Mais mourir, Sébastien, quelque part, c'est renaître un peu.

Sébastien avait connu jusqu'ici des moments difficiles, des épreuves physiques aiguës, des matchs où sa cote ne dépassait pas les mille contre un, mais là, c'était trop ! Il savait qu'Adelphus et les organisateurs de l'expérience étaient pervers, voire sadiques et sans limites, mais là, le choix dépassait l'entendement. En fait, ce qu'on lui demandait dans cette affaire n'était pas mince, on lui demandait carrément de mettre sa vie en jeu, ceci en n'ayant pour simple garantie que la promesse floue d'une existence meilleure.

- Plus que dix secondes pour te décider, Sébastien, relança sèchement l'homme en noir.

Il n'était plus temps de réfléchir.

Le temps jouait contre lui, cette fois.

Etait-il seulement capable de se remettre en cause une seule fois ? C'était ça la bonne question.

- Cinq secondes.

Avait-il réellement appris quelque chose de cette expérience ? Etait-il digne de porter à nouveau fièrement son nom de Sébastien Cossin et, ainsi, de n'être plus qu'un simple matricule 45656-63-AZP ?

- Trois secondes.

Non, il n'y avait plus à hésiter.

Il saisit la boîte de médicaments tendue par Adelphus et mit le contenu dans sa bouche. Puis, il croqua les cachets comme des M&M et les ingurgita sans rechigner.

- Et maintenant, que va-t-il advenir ? demanda-t-il alors.

- Ce que tu y apporteras, Sébastien, répondit dans un souffle Adelphus.

L'intéressé aurait bien voulu répondre, mais ses muscles l'abandonnaient déjà, et il s'étala sur le sol

Il entendit bien des mots, mais il n'en comprit pas le sens.

Il vit bien du monde s'agiter devant lui, mais il ne reconnut aucune âme.

Un voile noir se posa sur ses yeux.

Rideau.

XVII
LE PONT DE LA NYMPHE

Sébastien se réveilla dans un état plutôt vaseux, pseudo-éthylique.

Combien de temps avait-il perdu connaissance, ça, il n'aurait pas su le dire ? Il se souvenait seulement des dernières secondes avant son trépas supposé.

Puis, il ouvrit imprudemment les yeux et fut ébloui. Lorsque l'effet kaléidoscopique projeté sur ses parois rétiniennes s'estompa enfin, il put finalement contempler quinze mètres au-dessus de lui l'éclairage au sodium d'un réverbère.

Apparemment, il faisait nuit.

Il était allongé sur une route et il bruinait légèrement.

Sébastien se redressa un peu à la manière d'un automate. Ses membres lui obéissaient, mais il ne les sentait pas vraiment. Il respirait, mais il ne sentait pas concrètement l'air emplir ses poumons. L'atmosphère était humide, mais aucune des fines gouttelettes en suspension ne semblaient perler sur son visage. Il se sentait comme sur un petit nuage, les jambes cotonneuses et l'esprit immergé dans un bain d'endorphines. C'était tout bonnement glauque.

Passé ces quelques constatations corporelles, il observa les alentours.

La route sur laquelle il se trouvait faisait cinquante mètres de long ; d'un côté, elle menait au pied d'un immeuble, celui-là même où Sébastien venait de se balader pendant quelques heures, agréablement entouré de locataires à la gâchette facile; et de l'autre, malgré le faible éclairage issu des quelques réverbères présents, on devinait la structure courbe et robuste d'un pont métallique.

Sans plus d'analyse qu'il n'en faut, il était rapidement hors de question pour Sébastien de retourner vers cet immeuble maudit. C'est donc naturellement qu'il se dirigea vers les abords de l'immense pont perdu dans la brume. Résolu à marcher dans une direction qui était plus un pis-aller qu'un véritable choix, Sébastien laissa son rationalisme au vestiaire et se laissa guider, sans réfléchir à la moindre conséquence.

L'air était frais, le brouillard vitreux et la lumière de plus en plus pâle.

Sébastien marcha nonchalamment ainsi plusieurs toises avant de voir passer dans son champ de vision un pan d'étoffe inconnu. Clignant des yeux pour s'assurer de ne pas avoir rêvé, il entendit soudain le bruit particulier d'un tissu claqué par le vent.

Il vit alors une forme étrange.

Il s'immobilisa.

Dressée sur la rambarde en fer du pont, une femme tournait le dos à Sébastien. Vêtue d'une ample et longue robe de soie fine couleur d'hermine, elle ne bougeait pas et n'avait pour simple sécurité que sa main gauche agrippée à l'un des piliers. Elle semblait prête à se jeter dans le vide, dans le néant, le rien. L'instant paraissait critique.

Sans trop s'expliquer pourquoi, Sébastien s'approcha lentement.

Il ne voulait pas l'effrayer.

Parvenu à sa hauteur et placé en contrebas, il put admirer son visage.

Son émotion fut totale !

Comment se pouvait-il que ce soit elle ?

Que faisait-elle encore là ?

Pourquoi s'acharnait-on à martyriser cette enfant ?

Oui, Sébastien n'en revenait pas, consterné et surpris, mais cette ombre blanche penchée au-dessus du vide n'était autre que la jeune fille aux longs cheveux noirs qu'il avait rencontrée à plusieurs reprises dans l'immense building.

Comment ne l'avait-il pas reconnue plus tôt ?

Que faisait-elle réellement là ?

Pourquoi hantait-elle sa mort comme ses rêves ?

Où tout cela pouvait-il bien le mener ?

Comment se sortir de cette horreur, de ce cataclysme ?

Comment en finir...

- Vous n'avez pas réussi à trouver la sortie, Monsieur ? demanda d'une voix très douce et presqu'enfantine la jeune fille.

- Non... je... je ne sais pas, je ne sais plus quoi faire, répondit Sébastien avec un profond désarroi dans la voix.

- Le concierge ne vous a pas aidé, Monsieur ?

- Non. Le concierge n'est qu'un être méprisable.

- Oui, les hommes sont parfois ainsi... c'est dommage.

Même si c'était malheureusement maintenant une habitude pour Sébastien, la situation cette fois était non seulement surréaliste dans sa tournure, mais également dans son propos. Car, tandis que cette jeune fille était au plus mal en restant en équilibre instable sur le rebord de garde-corps, c'était elle qui se préoccupait du sort de Sébastien, et non l'inverse.

- Toi non plus tu n'as pas trouvé pourquoi tu étais prisonnière ici ? finit par demander Sébastien au bout d'un moment.

- Non. J'ai beau y avoir pensé pendant des heures et des jours, je n'ai rien trouvé, répondit-elle. C'est un mystère total.

- Pourquoi veux-tu en finir avec la vie, petite ? Toi qui es pourtant à l'aube de tes jours, pourquoi en es-tu arrivé là?

- Je n'ai plus grand chose qui me retient là-bas, vous savez.

- Là-bas ? Dans l'autre monde, tu veux dire ?

- Oui.

- Tu n'as plus tes parents, ni ton père ni ta mère ?

- Ma mère a sombré.

- Sombré ?

- Sombré dans l'alcoolisme. Depuis elle ne me reconnaît plus. Je suis comme une étrangère pour elle. Quand j'étais petite nous étions inséparables, mais la vilenie de mon père a eu raison de sa force de caractère.

- Que s'est-il passé ?

- Je... je ne suis pas sûre que cela vous intéresse... ce n'est pas une belle histoire.

- Si, petite, dis-moi. J'aimerais savoir.

- Bien... comme vous voudrez. Disons que... que mon père a toujours abusé de ma mère.

- Ah ?! Que veux-tu dire ?

- Comment vous expliquez ? Mon père était un éternel absent, un esprit volage et surtout, un incorrigible menteur. Mon père a toujours su faire culpabiliser ma mère alors qu'il était le seul responsable des situations désastreuses qu'il y avait entre eux. Il n'a jamais eu d'égards pour nous et, devant les objections de ma mère, il rétorquait constamment en tirant sur la laisse de l'argent, comme ça, ça lui permettait d'avoir toujours le dernier mot.

- Continue...

- Que dire de plus ? Je ne vois pas...

- Si... continue, je t'en prie...

- Eh bien, un jour, ma mère a craqué et elle est allée voir un avocat, pour divorcer. Mon père l'a très mal pris. Mon père était un homme influent, un grand homme d'affaires, avec des appuis politiques et des avocats payés rubis sur l'ongle. Bref, entre ma mère et mon père, cela ne pouvait finalement revenir qu'à dresser un pot de terre contre un pot de fer.

- Je vois.

- Au final, mon père et ses avocats ont réussi à faire retirer son droit de garde à ma mère, elle n'a pas touché un centime de l'argent de mon père malgré l'immense fortune accumulée par ce dernier, et moi, je me suis retrouvée dans une famille d'accueil du jour au lendemain. Mon père ne s'est pas plus occupé de moi, sauf pour ce qui d'un chèque libellé chaque mois à l'ordre de mes tuteurs.

- C'est triste, petite.

- N'est-ce pas ?

- Tu n'as pas réussi à t'intégrer dans ta nouvelle famille ?

- Pour cette famille, comme pour mon père d'ailleurs, je n'étais qu'un chèque de fin de mois, rien de plus. Toute ma vie, je n'ai été à leurs yeux qu'un chèque ! Et moi, ils n'ont jamais cherché à aucun instant à savoir qui j'étais vraiment.

« J'avais huit ans et mon père a tout brisé dans notre vie: plus de famille, plus de foyer, plus de liens, plus de repères. Il a tout brisé d'un claquement de doigts, tout ça parce que les choses lui échappaient. Tout ça, parce qu'il ne voulait pas admettre de perdre. Mon père était comme ça.

- Il y a des épreuves parfois dans la vie, petite. Ce n'est facile pour personne, tu sais.

- Ma vie n'a été qu'une épreuve, jusqu'ici, Monsieur. Je n'ai jamais demandé de gloire, juste un fragment de respect ou d'amour. Mais je ne l'ai jamais eu, si petit soit-il.

- Tu sais... je crois que ce n'est pas de ta faute. Si tu mets fin à tes jours, à ce don précieux qu'est la vie, personne ne saura jamais pourquoi tu as souffert.

- Il est trop tard maintenant...

- Si tu replonges de ce pont, cela ne t'apportera rien; tu reviendras au même endroit, avec les mêmes doutes et les mêmes questions.

- Je sais bien, j'ai compris cela depuis longtemps. Mais que me reste-t-il d'autre à faire aujourd'hui ?

A ces mots, la jeune fille quitta subitement son regard perdu vers l'horizon et se tourna vers Sébastien, implorante:

- Que me reste-t-il à espérer, Monsieur ? Etes-vous capable de me le dire ?

Le regard de Sébastien croisa celui de la jeune fille, et cela lui fendit le cœur. Malgré la tristesse de cette âme adolescente, Sébastien trouva néanmoins, sur son visage fin et lisse, des traits d'une indéniable beauté, des traits fragiles qui, irrésistiblement, poussaient à la protéger.

- Quel serait ton plus profond désir, petite ? lança Sébastien, pour le moins ému. Toi qui n'as pas eu de famille aimante et qui n'a pas été épargnée, quel serait ton souhait le plus cher aujourd'hui ?

A cette question ouverte, la jeune fille plongea son regard vers le ciel parsemé de nuages sombres et dit d'une voix douce et enjouée :

- Mon souhait serait de voir ma mère apaisée, calme et optimiste. Je me souviens de son sourire si doux, je me souviens de sa manière de me blottir contre elle quand j'avais peur, je me souviens de son souffle magique qui calmait la douleur de tous mes plus petits bobos. Je me souviens de sa chaleur qui était pour moi comme un soleil, un soleil réconfortant, un soleil apaisant de jour comme de nuit. Je me souviens de tout cela. Et j'aimerais le revivre, éternellement, passionnément... ce serait bien.

Un ange passa.

- Et ton père ?

- Ah, mon père ?! Celui-là c'est une autre histoire. Que pourrais-je souhaiter au sujet de mon père ? Je le connais si peu.

- Tu... tu as bien une idée.

- Je ne sais pas vraiment.

- Si voyons, il y a sûrement quelque chose... cherche bien.

- Non... Je ne vois... pas.

- Non, non-non... tu ne peux pas dire cela. Cherche bien, je t'en prie.

- Hmm... Ah si ! Je crois qu...

- Oui ! C'est ça. Dis-moi ce que tu souhaiterais pour ton père?

- Je crois que...

- Oui, dis-moi !

La jeune fille reposa alors son regard gorgé de mélancolie sur Sébastien et dit dans un murmure :

- Je crois que j'aimerais que tu me racontes une histoire, papa.

Alors, un sabre électrique se mit à fendre le ciel et le tonnerre gronda.

Le sol se mit à trembler, les flots marécageux en contrebas du pont à bouillonner.

Le temps, l'espace, les étoiles, les planètes, l'univers tout entier se mit à tournoyer.

Une tornade d'émotions semblables à une pluie de flèches, de haches et de grenades s'abattit sur Sébastien.

Fauché par la douleur, par cet aveu terrible que sa propre conscience n'avait su prononcer, il perdit l'équilibre, tituba un moment et se retrouva finalement à genoux, misérable terrien devant son enfant désespérée.

Comment n'avait-il pas su voir à travers ce petit corps familier et touchant celui de sa propre fille : Laura !

Comment avait-il pu être aveugle à ce point ?

C'était incompréhensible.

Dans cette histoire, peu importait le sortilège qui avait transformé en ce lieu sa fille de trois ans en une adolescente de douze ans ; peu importe s'il s'agissait d'un rêve éveillé ou d'un cauchemar mystique ; et peu importe encore de savoir s'il y avait eu manipulation ou pas. Dans cet instant critique, tout ce qui comptait réellement c'était d'être humble, d'implorer le pardon et d'accéder à la demande d'une petite fille. Une petite fille ordinaire, certes, mais ô combien précieuse quand il s'agissait de la chair de sa chair.

A moitié effondré sur le sol, Sébastien n'avait jamais eu aussi mal de toute sa vie. Il mit un temps fou à reprendre le contrôle de ses membres. Trop de remords bileux tiraillaient son âme.

Après une courte tension orageuse, le ciel se libéra soudain et une pluie battante, fraîche et pure, se déversa alors sur le couple familier du pont. Un air léger souffla à nouveau, ce qui permis d'assouplir la crispation ambiante et délia les langues :

- Ô mon Dieu non ! Dis-moi que ce n'est pas vrai ! mugit Sébastien dans un profond trouble.

- Ce n'est pas grave, papa. Tu ne pouvais pas savoir.

- Mon Dieu, pardonne-moi mon bébé. Je t'en prie, pardonne-moi.

- Ce n'est pas grave. Je suis contente à présent. Je t'ai enfin trouvé.

- Je suis un père totalement indigne ! Je suis misérable ! Comment ai-je pu vous infliger une telle indifférence à toi et à ta mère et ne rien voir ? Comment ai-je pu être aveugle à ce point ?

« Mon Dieu, qu'est-ce que j'ai fait... Mon bébé, qu'est-ce que j'ai fait ?

En partie tétanisé par tout le mal qu'il avait répandu aussi bien dans le monde extérieur que dans sa propre famille, Sébastien sentit au bout d'un moment qu'il n'était plus temps de lutter contre les éléments ou de nier les évidences : il n'était qu'un être infâme et il aurait mérité cent fois de mourir. Mais, aujourd'hui, sous cette pluie battante, il sentit qu'il pouvait se permettre de tenter l'impossible. Il sentit qu'il pouvait, peut-être,... *changer*.

Il se releva lentement, les muscles raides, les articulations souples.

Il tendit son visage vers sa fille et raconta alors, d'un timbre liquoreux et sincère :

- Il était une fois un homme de sable qui errait seul au milieu du désert. Soumis aux humeurs du vent et à l'extrême sécheresse qui effritaient et dispersaient son corps de jour, il ne pouvait se déplacer que la nuit faisant, c'est-à-dire quand l'humidité et la fraîcheur demeuraient proches de zéro. Comme tous les hommes de sable, chacune de ses larmes dues à un apitoiement sur son sort emportait avec elle quelques flocons de son cœur de neige, ainsi que certains cristaux de ses yeux de sel, et une infime partie de son corps siliceux. Enlisé dans les sables mouvants de l'oubli, désagrégé par la tristesse de son isolement, il erra longtemps comme cela, comme un ermite sans foi ni religion.

« Mais un jour, il rencontra une jeune femme le long d'une plage. C'était une exploratrice, une anthropologue, une téméraire, une scientifique. Passionnée par la morphologie étrange de l'homme de sable, elle décida de résoudre le mystère cellulaire de cet homme unique et soumis à un véritable supplice de Tantale. Elle le transporta donc dans un frigo jusqu'à son laboratoire de Londres, afin de mieux l'examiner.

« Essayant de contrer la fragilité de l'homme, la laborantine courageuse recouvrit tout d'abord d'un vernis d'apparence son corps friable; mais, pris de démangeaisons, l'homme se gratta et la fine pellicule de solvant tomba aussitôt. Ne perdant pas espoir, l'apprentie sorcière soumit l'âme de l'homme à une température de fusion faramineuse ; mais quand l'homme voulut la remercier, sa bonne conscience vitrifiée et fragile se brisa en un millier d'éclats qu'il fallut recoller comme un immense puzzle. Affligée par ses échecs et par cet homme que seule la froideur semblait conserver, elle tenta finalement l'impossible en essayant de le séduire.

« Elle organisa pour ce faire un dîner féerique : mousse de lait, glaces à la vanille et à la framboise, sablés au chocolat et gigot de barbe à papa. C'était merveilleux, tous les aliments glissaient, s'effritaient et dégringolaient dans le corps de l'homme de sable. C'était pour lui une sensation inconnue. Ils parlèrent ensuite du temps qui s'égraine, de l'érosion sur les rochers, des poussières d'étoiles et du mortier dont on fait les maisons. Ils se baladèrent, des heures durant, le long des dunes et autour des châteaux. La danse dura toute la nuit.

« Ce fut une nuit complice et intime... fascinante.

« Cependant, face aux dangers que représentaient les rayons du soleil levant pour l'homme de sable, ce dernier dut retourner dans sa chambre froide sans attendre. Attristée par cette séparation cruelle au milieu de tant de bien-être commun, la scientifique fut prise d'un élan irrésistible et embrassa son patient, ardemment.

« C'est alors qu'un miracle arriva.

« De la bouche féminine posée sur ce relief de granit naquit alors une bouffée de chaleur, et le cœur de neige de l'homme de sable fondit instantanément. S'ensuivit une irrigation totale de tous ses membres granuleux, au point de les souder en un seul et même corps rigide et solidaire. Les yeux de l'homme se mirent à briller, des larmes gorgées de sels minéraux à couler le long de joues roses et charnues. Le soleil illumina son visage et il se surprit lui-même à sourire, heureux d'être vivant, enfin heureux d'être devenu humain.

…

Pris d'une réelle émotion, Sébastien ne trouva pas la force d'imaginer autre chose dans son histoire.

La créativité n'était pas son fort.

Perchée sur sa rambarde aux mille dangers, Laura avait écouté religieusement les paroles de son père. Elle semblait émerveillée. Emerveillée de cette voix qui lui racontait quelque chose de magique. Emerveillée de vivre un rêve que la réalité ne lui avait jamais permis de vivre, sentir ou partager.

Autour de Sébastien et Laura, la pluie ceinturait l'espace. Les gouttes frappaient la structure métallique du pont en faisant un bruit de xylophone. La pression de l'air était retombée et ils remplissaient leurs poumons d'un oxygène léger et sain.

Ils restèrent comme cela un moment, en silence, profitant chacun d'un instant de paix, d'un instant où ils se sentirent tout simplement bien.

Puis, soudain, à travers la nuit, la voix de Laura refit surface :

- C'est une bien jolie histoire, papa. Je t'en remercie. Mais, sais-tu ce qu'en devinrent plus tard les héros ?

Sébastien pensa brièvement qu'il était important de répondre à cette attente de la part de sa fille. Mais, d'un autre côté, il voulait mettre fin à cette culpabilité abominable qui lui tenaillait les tripes

Il fit donc tout naturellement ce qu'un autre père aurait fait à sa place. Il s'approcha lentement de la rambarde, tendit sa main droite et déclara, implorant :

- Viens mon bébé. Viens avec moi, et je te promets de te raconter la suite, dans l'autre monde.

Laura fit une grimace de tristesse, sourcils baissés et menton plissé, comme si elle ne croyait pas à un seul des mots qui venaient d'être prononcés.

- Viens avec moi, bébé, je t'en supplie, continua sans attendre Sébastien. J'ai tant besoin de toi, ma chérie. J'ai compris pourquoi tu veux en finir. J'ai compris, je t'assure. Tout est de ma faute, il ne faut pas t'en vouloir. Tu n'es qu'une enfant, ce n'est pas de ta faute. Je vais... changer. Je veux changer. Je te le promets. Alors, viens avec moi. Viens près de moi. Ne saute pas dans cet abîme sans fonds. Reste avec moi, je ne te quitterai plus jamais, je te le jure. Viens, mon bébé. Viens avec moi. Autrefois, c'est vrai, j'étais un homme de sable; un jour, ta mère m'a délivré et elle m'a donné le cadeau le plus précieux qui soit : la vie. Et cette vie, c'est toi qui la représente, c'est toi qui en est l'emblème le plus pur, le symbole le plus sacré. Alors, viens près de moi, mon bébé. Viens avec moi. Sans toi, je ne suis plus rien.

Touchée au plus profond par cette déclaration sincère, Laura tourna finalement son visage bouleversé vers son père et dit, la gorge nouée :

- Tu... tu ne crieras plus sur maman, tu promets ?

- Je te le jure, mon cœur. Je te le jure de toute mon âme.

Laura n'hésita plus une seconde, elle s'accroupit légèrement et tendit la main vers son père.

Les deux mains s'unirent, Laura revint en sécurité, du bon côté de la barrière métallique, et Sébastien serra chaleureusement sa fille au creux de son épaule.

L'accolade aurait pu durer des heures, jusqu'à s'en rendre ivre, mais Laura écourta les retrouvailles.

- Il faut que tu y ailles maintenant, mon petit papa, dit-elle tendrement, essuyant le visage trempé de l'intéressé.

- Y aller ? interrogea Sébastien en desserrant son étreinte. Où ça, bébé ?

- Tu dois y aller, papa. Ils t'attendent.

- Mais... mais qui ? Qui m'attend ?

Laura montra du doigt, au loin, le rez-de-chaussée de l'immeuble aux cinq mille étages. Là, sur un mur, un bouton magnétique clignotait. Les portes grandes ouvertes de l'ascenseur n'attendaient que lui.

- Non, je veux rester avec toi, bébé. Je ne veux plus te quitter, dit Sébastien.

- Tu sais bien que c'est impossible, papa.

- Non !

- Il faut que tu y ailles.

- Mais, mais, mais... mais que me veulent-ils ? Ils n'ont qu'à nous laisser tranquilles, pour une fois.

- C'est bientôt fini, mon petit papa.

- Je ne veux pas te laisser, Laura.

- Ce n'est pas grave, j'ai ta promesse, ne l'oublie pas.

- Mon Dieu, comment l'oublier ?

- Allez... vas-y.

- Puisque tu insistes...

Sébastien se laissa faire et obéit à sa fille.

Il fit quelques pas vers l'immeuble, une vingtaine de mètres, puis se retourna vers la jeune fille aux cheveux noirs et déclara :

- Je t'aime, ma chérie, tu sais ?

- Je sais Papa. Maintenant, je sais, répondit-elle d'une voix étouffée.

Déchiré par cette séparation forcée, Sébastien repartit vers son destin en traînant les pieds.

Ce fut une marche interminable ; un véritable marathon à reculons.

Un calvaire !

Quand Sébastien passa finalement le seuil des portes automatiques, le pont éloigné semblait avoir été comme avalé par la nuit. Plus de lueurs, plus aucune silhouette en vue.

Pourtant, quand le « ding ! » signala le démarrage de la machine, l'image de Laura ne quitta pas pour autant l'esprit de Sébastien, ce qui était, pour le moins que l'on puisse dire, sans précédent.

XVIII
SENTENCE HERTZIENNE

La descente de l'ascenseur vers les profondeurs d'un univers de déments fut une nouvelle fois des plus probantes.

Cela revenait à effectuer un véritable saut d'un avion à dix mille pieds d'altitude.

Sans parachute, bien évidemment.

Néanmoins, comme une redite immuable, le déroulement des câbles fut peu à peu freiné, ralenti, jusqu'à l'immobilisation totale.

« Ding ! »

Les portes s'espacèrent.

Désigné par le faisceau puissant d'un unique projecteur venant du plafond, un large fauteuil évasé en cuir noir se présentait devant Sébastien, a à peine deux-trois pas. Tout le reste de la pièce supposée demeurait dans la pénombre la plus complète.

Comprenant l'intention, ce qu'on attendait de lui, Sébastien scruta une minute la noirceur environnante, à la recherche d'un quelconque indice, mais, ne trouvant rien, il s'avança et s'installa dans le fauteuil.

Aussitôt, des sangles lui enserrèrent les poignets, la taille et les chevilles.

Pris au piège.

Le fauteuil fit un demi-tour complet et des lumières s'allumèrent. Peu habitué depuis quelques heures à un éclairage franc et massif, Sébastien mit quelques secondes à s'habituer à cette clarté.

Puis, en fin de compte, il découvrit une immense salle d'audience de tribunal.

La salle était entièrement vide. Richement décorée de boiseries vernies, de sculptures et de reliefs muraux en plâtre, de lustres en cristal et de liserés dorés, la solennité du lieu imposait le respect.

Depuis son fauteuil-camisole placé au fond de la salle, au milieu de l'allée centrale, Sébastien sentit une certaine pression psychologique lui mordiller les neurones.

Quand soudain, une voix ténébreuse et grave, émergea de nulle part :

« FAITES ENTRER LES CITOYENS ! »

Passé ce mugissement à faire froid dans le dos, Sébastien assista alors, impuissant, à la suite des événements. Des événements irréalistes, comme de bien entendu.

Sur les longs bancs publics placés de part et d'autre de l'allée centrale, des gens apparurent. Hommes, femmes, enfants, vieux, jeunes, grands, maigres… des individus anonymes et tous différents apparurent spontanément de-ci, de-là, émergeant du vide comme des champignons magiques.

« FAITES ENTRER LES JURÉS ! »

Sur une estrade à droite, et selon le même principe d'illusionnisme que pour les spectateurs, les jurés prirent place, neuf au total, vêtus de tailleurs gris pour les femmes et de costumes gris pour les hommes.

Puis, il y eut un :

« BOM ! BOM ! BOM ! »

Suivi de : « MESDAMES, MESSIEURS, LA COUR ! »

L'assemblée et les jurés se levèrent d'un commun accord.

Trois juges vêtus de longues robes grises apparurent à leur tour.

Le Président de séance posa devant lui un dossier énorme, saisit son marteau et dit :

- FAITES ENTRER L'ACCUSÉ !

C'est alors que Sébastien assista, sanglé comme un taureau que l'on mène à l'abattoir, à ce que l'on pourrait appeler : le comble de la folie. Sur l'estrade de gauche apparut un autre homme à la robe grise et ayant vaguement les traits de Maître Sauzeray, son avocat de longue date, suivi de deux gardiens de la paix, au teint austère, et, enfin, de Sébastien Cossin lui-même.

Laissant à peine le temps de réaliser la situation au Sébastien qui voyait double, le juge tapa du marteau et l'assemblée entière se rassit, toujours synchrone.

A la vue de Sébastien dans le box des accusés, le public, inerte jusqu'ici, murmura un relent de stupeur et alla de messes basses en messes basses.

- Silence dans l'assemblée, je vous prie ! hurla le juge en tapant deux fois du marteau.

Le silence revint, progressivement.

Un peu comme le calme avant la tempête.

C'est alors que le vrai Sébastien vit, depuis son fauteuil carcéral, défiler devant lui le procès virtuel de toute son existence.

Ce fut un immense zapping, le grand best-of d'un homme à l'existence dissolue.

Afin de prendre les choses dans l'ordre, on s'appliqua d'abord à essayer de savoir qui était vraiment l'accusé.

La première phase de la démonstration concerna ses collègues de travail qui s'en donnèrent à cœur joie.

En quelques témoignages, on décrivit un patron tyrannique, au caractère impulsif, violent et sans pitié. Un des actionnaires du Conseil d'Administration parla d'un dirigeant très avisé sur les rouages complexes et risqués de la Bourse et une ancienne secrétaire n'hésita pas, de son côté, à parler de harcèlement aussi bien moral que sexuel.

- Espèce de salope ! Tu n'as jamais refusé d'avancement, il me semble! hurla subitement en se relevant de son siège le Sébastien Cossin virtuel depuis son estrade.

Toutes les personnes présentes, y compris le vrai Sébastien, depuis le fond de la salle, poussèrent un cri d'indignation. L'intervention grossière de l'accusé avait produit un effet des plus désastreux, amenant de l'eau au moulin des premiers témoins.

Enfin, pour couronner le tout d'une vie professionnelle pour le moins oppressante, on fit défiler trois anciens employés des usines de production, dont Sébastien était le PDG, et qui avaient été licenciés pour d'obscures raisons, le plus souvent abusives.

Vint ensuite le temps des analyses extra-professionnelles, avec, entre autres, les loisirs.

D'anciens partenaires de son club de sport parlèrent d'un adversaire n'aimant pas perdre, mauvais joueur et, parfois même, manipulateur, n'hésitant pas à truquer les jeux en payant ou en menaçant. Un joueur de squash se souvint même d'avoir retrouvé les quatre pneus de sa voiture crevés, et un autre, d'avoir trouvé des résidus de somnifères au fond de sa gourde.

Passée l'étude des règles d'arbitrage suivant Sébastien Cossin, vint l'exposition de sa vie nocturne, double et cachée. Tout d'abord, un responsable de casino parla de son goût du jeu, de la flambe, de la gagne. Machines à sous, black-jack, roulette, il aimait tout ! Mais sa préférence allait, semble-t-il, à des clubs de pokers privés. Certes, il n'y avait rien d'interdit ni d'outrecuidant dans cette démarche, mais cela réussit néanmoins à montrer son côté calculateur et décalé par rapport au sens des réalités, notamment concernant l'argent.

Le deuxième chapitre, et pas des moindres, abordé au sujet de ses activités méconnues, fut son goût prononcé pour la luxure. Mais cette fois, ce ne fut pas une ancienne secrétaire abusée qui en témoigna, ce fut carrément des prostituées elles-mêmes. Vêtues de perruques blondes et de lunettes noires, elles furent deux à se présenter et à décrire les habitudes vicieuses de Monsieur Cossin. Ce fut un vrai festival : pratiques sado-maso, expériences à plusieurs et usages de stupéfiants, tout y passa.

- Saletés de gougnottes, je l'ai chèrement payé votre cul! Alors qu'est-ce que vous venez me faire chier !? hurla à nouveau l'accusé en brisant la loi du silence et, surtout, du profil bas.

En dehors de l'indignation générale, cette fois des cris et des « ouuuuhh-ouuuuhh ! » appuyés fusèrent à travers la salle.

D'un côté, face à l'agitation, le Président tapa comme un malade du marteau ; et de l'autre, le vrai Sébastien Cossin fulminait sur son fauteuil devant la bêtise de son double :

- Ne vas-tu pas te taire, Bon Dieu ! cria Sébastien à son attention. Tu vois bien qu'ils vont te crucifier.

Sébastien ne le remarqua pas, mais les spectateurs à côté de lui ne réagissaient pas à ses cris, un peu comme si ils ne le voyaient pas.

Le calme revint petit à petit dans le Tribunal.

Un analyste financier, probablement rattaché au fisc, se présenta alors et dressa un bilan sur la fortune de Sébastien. Sans compter quelques comptes en Suisse et quelques placements d'actions sûrement encore inconnus, en première estimation, cette fortune pouvait avoisiner les 100 millions d'euros. Le côté dramatique de ce chiffre, c'est que, pour environ la moitié de ces millions, leur origine était inexplicable, voire douteuse. D'après le spécialiste du fisc, on pouvait avancer, sans trop se mouiller, les termes de corruption, pots-de-vin ou délit d'initiés.

Bref, en dehors du procès présent, cette intervention laissait entrevoir la possibilité d'autres procédures judiciaires envisageables par l'État.

Le tableau devenait de plus en plus noir.

Au fond de la salle, Sébastien s'agitait, désireux de s'échapper. Mais personne ne l'entendait. On n'entendait que son double mécréant, sur le banc des accusés, en train de proférer menaces et insultes.

Le Juge usa de son marteau.

L'excitation retomba, pour un temps.

Apparut après coup à la barre Manuella, la femme de Sébastien ; ce dernier - le vrai - se crispa sur ses accoudoirs. L'accusé - le faux - lui, fixa aussitôt d'un regard hypnotique "la" témoin.

Le voile de sa vie privée allait maintenant être levé à son tour. Et globalement, ce fut un déluge de reproches et d'accusations de la part de Manuella. Humiliations, injures, abandon de domicile conjugal, pressions financières, menaces sur leur fille, espionnage de ses moindres faits et gestes via un détective privé, tous les qualificatifs du mauvais mari et du mauvais père défilèrent sous les regards horrifiés des jurés. Une véritable catastrophe.

- Non, Manuella ! Non, non, non, ne dis pas des choses pareilles ! s'offusquait Sébastien au bout de l'allée.

Mais il ne pouvait rien faire. Même son double virtuel qui aurait dû le défendre, ne faisait qu'amasser les bourdes et les comportements outranciers. C'était bien simple, il ne se reconnaissait pas à travers cet accusé complètement débile.

Soudain les lumières s'éteignirent.

Un temps.

Puis elles se rallumèrent.

Le procès aborda une deuxième phase.

La phase la plus terrible.

La phase du crime.

On fit entrer un inspecteur de police et un témoin.

Le témoin en question n'était autre qu'un homme habillé tout de blanc, ce même homme qui avait assisté à l'accident et avait reconnu Sébastien parmi quatre autres suspects au Commissariat, le lendemain de son arrestation.

La description macabre de cet accident épouvantable commença alors ; Sébastien allait trop vite, il prit un virage trop serré sur la gauche, le véhicule de Madame Tchang arrivait en face et, suite logique : embardée, freinage, coup de volant, dérapage, sortie de route, tonneau, un temps de répit... et au final : incendie, brûlure, suffocation, abomination.

L'émotion fut grande dans la salle après la lecture de ce scénario fatal.

Mais l'émotion se mua rapidement en colère quand les mêmes personnes apprirent que la fatalité aurait pu être tout autre pour la famille Tchang. Car l'homme en blanc n'en resta pas là. Il assura les jurés que l'accusé, après s'être arrêté, prit finalement la fuite, ceci alors même qu'il avait concrètement le temps matériel, non seulement d'appeler au secours, mais également de venir en aide aux victimes. L'inspecteur appuya ces dires par le biais d'une étude chronométrée et d'un film retraçant les différents faits et gestes de Sébastien sur les lieux.

La démonstration était sans appel.

Un brouhaha incommensurable rayonna des personnes présentes. Tout aurait pu en rester là, mais l'accusé fit malheureusement encore des siennes et se releva, au grand dam du vrai Sébastien et de son avocat :

- Qu'est-ce que vous en avez à foutre de ces quatre "niakoués". Il y avait plein d'essence, des flammes, j'ai fait ce que n'importe qui aurait fait à ma place, je me suis mis à l'abri.

Cette fois la cohue fut générale, une vraie scène de panique.

L'accusé avait dépassé les bornes. Des gens voulaient carrément l'étriper. Des gardes furent appelés en renfort pour contenir l'élan. Le Président tapa avec son marteau sur son pupitre comme un sourd, mais rien n'y fit, l'ambiance électrique était en survoltage.

- Le jury va se retirer pour délibérer ! Evacuez la salle ! dit le Président pour conclure, juste avant que la lumière ne s'éteigne à nouveau.

Un rideau noir envahit les bancs et les estrades.

…

Silence.

…

Apaisement.

…

Puis les lustres scintillèrent, dévoilant la même audience assise et tranquille.

- Mesdames-Messieurs les jurés, avez-vous délibéré ? questionna ex abrupto le Président en regardant la tribune de droite.

- Oui Monsieur, répondit un des jurés en costume gris.

- Très bien. Veuillez dans ce cas me communiquer votre décision.

Le juré transmit alors une feuille de papier à l'huissier, qui la transmit à son tour au Président.

Au fond de la salle, Sébastien sur son fauteuil avait le cœur qui battait à cent-quarante. Des gouttes de sueur coulaient le long de ses tempes, une aigreur soudaine nouait son estomac. La terreur l'envahissait.

Le Président déplia la feuille, lut un instant et dit:

- Accusé, levez-vous !

Le double de Sébastien se leva, menotté et fier, imperturbable.

Puis le verdict tomba :

- La Cour, après en avoir délibéré, reconnaît coupable à l'unanimité Monsieur Sébastien Cossin d'homicide involontaire sur les personnes de Madame Xium Tchang et de ses trois enfants. A la question : existe-t-il des circonstances atténuantes, le jury a répondu : "non", à la majorité. En conséquence, et en application de l'article rouge du Code pénal, la Cour condamne l'accusé à une peine incompressible de vingt ans de réclusion criminelle. Ainsi il en a été décidé !

Le Président saisit le pilon de la loi et cogna d'un grand coup sur la table :

« BAOM ! »

Et il dit ensuite :

- La séance est levée !

A la lecture du verdict, l'assemblée se mit à applaudir, des sifflements percèrent et des récalcitrants contestèrent.

Le faux Sébastien partit pour sa part toujours dans des invectives obstinément déplacées :

- Bande d'enfoirés, j'aurais votre peau ! Ne croyez pas que vous vous en tirerez aussi facilement ! Vous savez qui je suis ? Je suis Sébastien Cossin et j'ai des relations, moi ! Celui qui me baisera n'est pas encore né, croyez-moi ! Bande d'enfoi...

Etc, etc, etc...

Quant au vrai Sébastien, prisonnier de sa chaise, l'audition de cette sentence fut pour lui la goutte d'eau qui le fit déborder. A force de se démener avec ses sangles et de se tortiller comme si des fourmis vertes lui piquaient le derrière, il parvint au bout d'un moment à libérer un de ses poignets. Fou de rage, il arracha rapidement le reste de son corps à son siège de souffrance et se précipita aussitôt sur les jurés.

Alors que ceux-ci ressortaient lentement, un à un, par les portes latérales, Sébastien voulut les retenir, mais ses bras passèrent à travers leurs corps, comme l'aurait fait une flèche à travers un hologramme. Aveuglé par la colère, Sébastien s'acharna à balayer l'air un instant, cherchant à retenir ce jury spectral en hurlant à tue-tête :

- Non, revenez, revenez ! Ecoutez-moi ! Je ne suis pas cet homme que vous avez condamné. Je ne suis pas comme ça, revenez ! Je vous l'ordonne, revenez !

Mais personne ne l'entendait, personne ne le voyait.

Il était invisible.

Sébastien tenta également de retenir son double maudit et quelques spectateurs, puis, devant son impuissance, revint au milieu de la salle.

Là, il ferma les yeux, serra les poings et hurla de toutes ses forces :

- NOOOON ! NON, NON, NON JE NE SUIS PLUS COMME ÇA ! JE NE SUIS PAS UN MEURTRIER, JE NE SUIS PLUS UN INDIFFÉRENT ! QU'ON ME LAISSE UNE CHANCE ! QU'ON ME LAISSE UNE PETITE CHANCE DE RÉPARER TOUT LE MAL QUE J'AI FAIT, PAR PITIÉ !, JE VOUS IMPLORE À GENOUX, QU'ON ME VIENNE EN AIDE. OH MON DIEU, NON ! FAITES QUE CE CAUCHEMAR S'ARRÊTE ! AIDEZ-MOI, PAR PITIÉ, AIDEZ-MOI !

Sébastien tomba alors à genoux.

Un spasme parcourut ses bras et ses jambes.

Puis, comme une respiration trop longtemps contenue, il se mit à pleurer, pleurer, pleurer et pleurer encore. Pleurer toutes les larmes de son corps. Un déluge de sanglots jaillit de ses yeux à n'en plus finir. Une pluie de peine au goût de regrets, de remords et ayant un sentiment profond de culpabilité.

Des flashs lui revinrent en mémoire.

Des clichés étranges.

Des personnages délirants...

Un ours blanc

Un bébé sur sa chaise haute.

Un shérif mexicain

Une strip-teaseuse blonde.

Une grue humaine.

Un serveur aux veines coupées.

Un banquier utopique.

Une Touareg enceinte.

Une jeune fille aux cheveux noirs, au bord d'un pont...

Ces images envahirent Sébastien de tristesse.

Dieu sait qu'il se sentait mal.

Et Dieu sait qu'il était seul.

Du moins, c'est ce qu'il crût.

Car, quand après cette longue expression de douleur, il rouvrit ses yeux gonflés, il vit un homme qui se dressait devant lui et le regardait.

Incroyable.

Alors que bien des participants à ce procès n'avaient même pas remarqué sa présence ou ses cris, ce spectateur - et lui seul ! - parvenait à le voir.

L'homme en question était un asiatique, relativement petit ; il portait une veste de flanelle noire, un pantalon gris et une chemise blanche de soie fine. Il avait des lunettes à grands carreaux, ses cheveux coupés ras arboraient le chiné poivre et sel d'une quarantaine respectable, et ses joues creusées semblaient avoir été le terrain d'un récent et intense chagrin.

En fait, Sébastien ne le connaissait pas particulièrement, il ne l'avait même jamais rencontré de près ou de loin. Pourtant, il le reconnut tout de suite.

C'était Monsieur Tchang, le mari et le père des quatre personnes que Sébastien avait tuées sans vergogne, de sa plus profonde et plus magistrale indifférence.

Face à cet homme qui représentait toute la détresse du monde, Sébastien pensa que cette fois c'était la fin, qu'il allait mourir, étranglé, là, maintenant, à cet instant et en ce lieu précis. Il pensait que cet homme allait le juger.

Restant toujours à genoux, Sébastien vit le petit homme s'avancer et s'asseoir lentement, comme sait si gracieusement le faire un asiatique habitué à vivre constamment à même le sol. Il posa ses mains sur ses cuisses, ferma les yeux, salua d'une courbette Sébastien, puis rouvrit finalement les yeux et dit :

- Voyez-vous, Monsieur Cossin, mon cœur saigne de voir les hommes se juger entre eux. Sur cette terre, il n'existe pas d'hommes parfaits ; comme il n'existe pas non plus d'ailleurs dans le ciel d'archanges sans plûmes tachetées de noir. En réaction aux jours ténébreux et langoureux qui s'offrent à moi, je pourrais céder à la haine et crier à l'injustice. Je pourrais même recommander la mort à tous ceux qui m'empêcheraient d'assouvir ma vengeance. Cependant, dans ces conditions, que serais-je devenu vraiment? Sinon l'affreux complice de ma propre douleur.

« Alors aujourd'hui, me direz-vous, que me reste-t-il ?

« A bien y réfléchir, je dirais qu'il me reste deux choses essentielles : il me reste à comprendre et à espérer.

« Oui, je crois qu'il est important, et même urgent, de comprendre comment un homme a pu en abandonner un autre à une mort certaine sans faire preuve un seul instant de la moindre solidarité, du moindre sens civique ou de la moindre fraternité la plus élémentaire. Il est primordial de comprendre ça ; car une Société ne peut pas survivre sans un minimum de fraternité.

« Ensuite, une fois que les symptômes du trouble seront clairement établis, il ne me restera alors plus qu'à espérer. Espérer que l'homme en face de moi sera assez fort pour changer de cap et redevenir simplement l'être humain qu'il n'aurait jamais dû oublier d'être.

« Oui, Monsieur Cossin, quand on peut se permettre de comprendre et d'espérer en son pire ennemi, alors cela donne un véritable sens à la vie.

« Vos regrets et votre envie de renaître vous honorent, Monsieur Cossin. Alors, à l'avenir, soyez digne. Aussi digne que tous ceux qui souhaiteront prendre cette tragédie en exemple.

Tout aussi posément qu'avant son discours, Monsieur Tchang refit un salut ; il se releva avec souplesse et repartit sans rien dire de plus.

Sébastien se retrouva seul au milieu du Tribunal.

Seul au milieu du silence.

…

La claque fut dure.

La leçon terrible.

Au bout de l'allée, pas très loin du fauteuil noir que Sébastien avait écartelé, les portes de l'ascenseur s'écartèrent.

« Ding ! »

Sébastien se redressa, la tête à peine plus haute que ses épaules, abattu.

Son visage était rouge. Peut-être la honte, peut-être la peine...

Comment savoir ?

Vidé, usé, laminé, il traîna des pieds jusqu'à l'habitacle.

Il marchait vers le vide, vers l'inconnu... à la recherche d'un but insondable.

Il marchait vers sa fin ou vers sa renaissance.

Comment savoir ?

Il marchait en pensant qu'il était effectivement prêt à changer, mais qu'il était sûrement trop tard.

Il marchait en se disant que tout cela n'avait vraiment plus d'importance.

Il marchait vers le fond d'une cabine...

« Ding ! »

...une cabine qui le faisait s'envoler vers le bas.

XIX

INTERMÈDE : LA PRAIRIE

L'envol de Sébastien vers les profondeurs fut toujours aussi long.

Totalement infini.

Mon Dieu, cela n'en finira donc jamais ? Que va-t-il se passer maintenant ? Vais-je me retrouver en enfer, dans le domaine des démons aux tridents enflammés ? Va-t-on me torturer ? Va-t-on m'empêcher de revoir un jour les miens, ceux de l'Autre Monde ? Que veulent-ils finalement de moi, puisque mon humiliation, mon repentir ou ma mort ne leur suffit pas ? Que me veulent-ils vraiment, sinon que je me pose invariablement les mêmes imbuvables questions jusqu'à la fin des temps ?

« Ding ! »

L'arrêt de l'ascenseur interrompit par bonheur l'angoisse de Sébastien.

A l'ouverture des portes, une clarté intense envahit l'espace.

Ça y est, cette fois me voilà rendu dans les entrailles de Lucifer! paniqua aussitôt Sébastien en protégeant ses yeux.

Mais sa surtension artérielle devint rapidement un souvenir quand il découvrit le spectacle qui s'offrait réellement à lui.

La clarté intense provenait simplement d'un soleil radieux posé sur un ciel bleu magnifique.

Sur un terrain légèrement en pente, un immense champ de fleurs s'étalait du seuil de la porte jusqu'à perte de vue.

Irrésistiblement attiré par cette prairie, Sébastien s'engagea, séance tenante, le cœur léger.

C'était un véritable enchantement. Ce genre d'enchantement que seule sait provoquer la nature quand elle est simple et belle.

Entre des parterres d'herbes compactes et rases, s'élevaient des boutons et des jonquilles jaunes dorés, des pâquerettes et des marguerites blanches pures, des pavots et des coquelicots rouges vifs, des œillets et des dahlias multicolores. Ça et là, des plantes aromatiques, fines et discrètes, laissaient émaner des parfums de menthe, de thym, de sauge et de romarin. De petits bosquets de genévriers et de rhododendrons ballottaient doucement sous le vent. De temps à autre, des abeilles aux corps zébrés de noir et de jaune amassaient des graines de pollens, des coccinelles pointillées de noir sur fond rouge se suspendaient le long de pédoncules à l'affût de pucerons, et des papillons aux ailes dessinés en trompe-l'œil zigzaguaient en se jouant des prédateurs. Sous l'humus, des grillons fauves grésillaient, sur les feuilles, des pinsons bigarrés sifflaient, et sur les branches, des cigales mâles chantaient. Dans les caves de la terre, depuis les labyrinthes complexes des fourmis jusqu'aux terriers des lapins, sans oublier les canalisations croisées des taupes aveugles, tout un monde secret grouillait, bâtissait et creusait sans fin, enrichissant le sol et recyclant les fibres desséchées.

Rien ne pouvait résumer en mots simples la plénitude que ressentit Sébastien en traversant cette prairie. Car à elle seule, cette prairie c'était une palette de couleurs, un éventail de senteurs, un florilège de formes florales, un annuaire de l'animation animale, bref, une ivresse salutaire pour les sens et un bio-acide assainissant pour le corps.

Arrivé au niveau d'une petite rivière parsemée de quelques saules et chênes aux branches tordues, Sébastien s'allongea paisiblement sur le tapis de verdure.

N'écoutant que le bruissement des feuilles et le ruissellement de l'eau, il s'efforça de faire corps avec la terre.

Il respira profondément, refermant une à une chaque tension issue de ses fibres nerveuses, dilatant chaque muscle un tant soit peu contracté. Il resta comme cela un moment, jusqu'à sentir ses mains prendre racine et puiser une sève hydratante dans le sol, jusqu'à saisir sur sa peau toutes les particules solaires et transformer ainsi la lumière en énergie chimique. Puis, à force de se recharger grâce à cet état végétatif et horizontal, il se métamorphosa peu à peu en tout premier mammifère chlorophyllien de l'histoire de l'humanité.

Par le biais de cette prairie "pluribiologique", Sébastien commença en réalité à renaître, tel un bourgeon frais éclos, tel un bulbe génétiquement paré pour l'avenir.

Dire que des hommes s'évertuent à souiller cette harmonie environnementale, cela me dépasse ! songea instinctivement Sébastien.

Désormais pleinement conscient de sa vraie nature, Sébastien mit un certain temps avant de se relever.

Serein, revivifié, il s'approcha à petits pas tout près de la rivière. Quand soudain...

« Plotch ! »

...il vit le bouchon d'une canne à pêche plonger dans l'eau douce.

Surpris au creux de sa quiétude, Sébastien sursauta et se retourna.

- Cette fois, j'espère bien attraper une perche arc-en-ciel ou une carpe sauvage, c'est que j'en ai marre du poisson pané et des truites d'élevages ! commenta illico Adelphus en devinant le regard de Sébastien posé sur lui.

Bizarrement satisfait de cette présence en ce lieu ordinairement beau, Sébastien trouva l'accoutrement d'Adelphus pour le moins singulier. Chaussé de sandalettes usées jusqu'à la corde, culotté d'un short de tennis blanc datant des années 60, drapé d'une chemisette gris pâle couverte d'effilochures, et coiffé d'un feutre noir aplati comme une crêpe, il ressemblait à un curieux mélange de curé de campagne et de beauf de camping.

- Prends donc une canne et assieds-toi à côté de moi, proposa Adelphus.

Remarquant une canne en fibre de carbone posée sur une nappe plastique à la gauche de l'homme en noir, Sébastien ne broncha pas pour autant et dit :

- Alors c'est donc ça votre programme pour l'éternité à venir : une partie de pêche ?

Plus amusé que déstabilisé, Adelphus fit celui qui n'avait pas compris la question :

- Mon programme ! Quel programme ?

- On m'a jugé, vous l'avez bien vu.

- Oui. Et alors ?

- Et alors, je vais en prendre pour vingt ans. C'est ce que les jurés ont déclaré. Si je sors d'ici, je vais en prendre pour vingt ans!

- Et alors ?

- Et alors, vous savez très bien que je n'aie pas d'autre choix que de rester ici. C'est ce que vous avez manigancé depuis le début.

- Primo, sache que rien n'a été manigancé, et deusio, tu te trompes copieusement en pensant que ce procès a réellement eu lieu.

- Que voulez-vous dire ?

- Tu as assisté à une retransmission télévisée de ce qu'il aurait pu advenir de toi si je n'étais pas intervenu, rien de plus.

- Intervenu, dites-vous ? Quand êtes-vous intervenu ?

- Mais le jour même de ton accident, Sébastien.

A ces mots, Adelphus quitta des yeux sa ligne et regarda fixement Sébastien. Puis, sans bouger d'un cil, il poursuivit son histoire :

- J'étais là, Sébastien. J'étais là le jour où tu as sombré. J'étais là le jour où ton ignominie a dépassé l'entendement. Bien sûr, tu ne t'en souviens pas, tu avais beaucoup trop d'alcool et de dope dans le sang. Mais j'ai tout vu !

« J'ai vu ta conduite en zigzag, je t'ai vu frôler le véhicule de la famille Tchang, j'ai vu le dérapage, les tonneaux, j'ai vu un début de flamme, et je t'ai même vu t'enfuir comme un lâche !

- Mon Dieu...

- J'ai tout vu, Sébastien. Et c'est à ce moment-là que tu as scellé ton destin avec moi.

- L'homme... l'homme en blanc, c'était vous !

- Oui. C'était moi.

- C'était vous le témoin.

- Oui Sébastien.

- C'est vous qui m'avez vendu !

- Ne sois pas ridicule, Sébastien. Dis plutôt que c'est moi qui t'ai offert une seconde chance.

- Une chance de quoi ? Une chance d'errer ici sans fin dans un univers de fous ? Ou bien d'être enfermé pendant vingt ans en prison dans l'Autre Monde ? C'est ça la seconde chance dont vous vous vantez ?

- Réfléchis un peu, Sébastien. Quel témoin pourrais-je bien faire à ton procès ? Si j'étais celui qui a tout vu et que la famille Tchang a effectivement péri, ne serais-je pas, quelque part, tout comme toi, un ignoble individu qui n'a pas porté assistance à des personnes en danger ? Ne serais-je pas également ce qu'on pourrait appeler : un criminel ?

- Mon Dieu ! Vous voulez dire que...

- La famille Tchang se porte à merveille, Sébastien. Quelques bosses, un choc psychologique, mais rien d'irrémédiable.

Les jambes coupées par cette nouvelle, Sébastien Cossin s'assit aussitôt sur l'herbe. Des picotements lui traversèrent la colonne vertébrale. Il avait froid.

- A-alors... il n'y aura pas de procès ? interrogea avec frénésie Sébastien.

- Dans l'autre monde, non, mais ici, oui !... (les bras de Sébastien se mirent à trembler, sa tête à tourner)... En fait, matricule 45656-63-AZP, concernant ton cas, nous sommes actuellement en train de délibérer. C'est une question de secondes.

- Je... je... je ne me sens pas très bien, balbutia Sébastien, vraiment de plus en plus mal.

- C'est normal, il ne faut pas t'inquiéter.

- Que... qu'est-ce qui m'arrive ?

- Ce sont les barbituriques. Il y a toujours un contre-coup.

- Je... je... j'ai envie de... de dormir.

- Ils ont pris leur décision, je crois. Tu vas bientôt savoir, Sébastien.

- Je... Euh... je... j...

Sébastien lutta jusqu'au dernier moment, mais son corps demeura trop lourd ; il bascula en arrière, inconscient.

Ne faisant aucun cas de ce corps étendu à côté de lui, Adelphus releva le bouchon de sa ligne et le projeta un peu plus loin.

Puis, accompagnant le chant des oiseaux, il se mit à siffler, un léger sourire au coin des lèvres.

XX
GUEULE DE BOIS

Le réveil fut particulièrement long.

La première sensation familière fut le froid. Un froid glacé, comme si sa peau était recouverte d'une fine pellicule de givre.

Sébastien ouvrit bien de temps à autre les yeux, mais il était trop engourdi pour se lever franchement. Sa bouche était pâteuse. Une boule noueuse et tenace l'empêchait de déglutir paisiblement. Même si suffisamment d'hormones parcouraient son corps pour lui dire qu'il fallait y aller maintenant, sa conscience était bien de trop épuisée, à la limite de la défaillance.

Finalement, bien des heures après, une barre doulou-reuse en travers du crâne fit qu'il ne pouvait plus tenir. Son estomac eut une contraction violente, puis deux, et des centaines d'épingles frappèrent en même temps le visage de Sébastien : il vomit tripes et boyaux. Des étoiles scintillè-rent, petits cercles bleus et jaunes sur fond noir, un bruit sourd de tambour faisait vibrer sa cage thoracique, ce fut un malaise permanent.

Dieu que l'émergence en ce monde n'était pas facile !

Le jaillissement de ses entrailles lui fit néanmoins du bien. Ce n'était pas Byzance bien sûr, mais ce fut suffisant pour qu'il parvienne à se localiser. Et, plus la réalité prenait place dans son cortex cérébral, plus cela lui fit plaisir, tel un sérum de soulagement après une piqûre de scorpion.

Il était là, vautré comme une épave, comme un vulgaire clochard sur le plancher en dur de ce maudit ascenseur, et, normalement, cela aurait dû l'exaspérer. Mais cette fois, il y avait une différence de taille. Une force opposée à l'attrac-tion le rendait réellement heureux. La puissance hydraulique et infernale d'une machinerie construite par l'homme ramenait enfin Sébastien vers la surface.

Après des heures, des jours, des nuits passés à s'enfoncer dans les eaux troubles du désespoir, de la folie et de la haine, à présent, il en était sûr, c'était le bout du tunnel.

L'ascenseur remontait.

C'était incroyable.

C'était fantastique !

Se sentir transporté comme ça, vers le firmament, vers le ciel, vers les anges, c'était féerique. Un sentiment unique.

Sébastien savoura ce moment.

Moment qu'il avait tant espéré.

Il allait bientôt pouvoir de nouveau respirer à l'air libre.

Finies les épreuves, finis les coups de pieds dans la gueule, finie la déraison, finis les rêves éveillés, la douleur... fini le mépris.

Malgré sa nausée toujours présente et ses jambes fébriles, Sébastien se remit lentement debout et attendit jusqu'à la fin de l'élévation.

Passé un nombre d'étages incalculable, la cabine ralentit et amorça son approche. On devina les câbles en train de se tendre, on entendit des pinces frotter des poutres d'acier dans un grincement stridulant, on huma le métal chauffé à blanc, l'odeur de fumée et d'huile bouillante, tout cela jusqu'à l'arrêt du treuil et le blocage final.

Fin du voyage.

Tout le monde descend.

« Ding ! »

XXI

LE COULOIR DE PIERRE

Les portes coulissantes se rétractèrent dans un chuchotement et dévoilèrent aux yeux écarquillés de Sébastien le palier de son propre immeuble d'habitation.

Les lieux étaient comme toujours : une moquette de couleur rouge, une toile de jute plus claire sur les murs, une corniche convexe à l'angle du plafond et de discrètes appliques lumineuses aux socles dorés. Rien n'avait bougé. Mais cette fois, le plus important n'était pas là. Cette fois, en arrivant sur ce palier, il n'y avait plus les deux policiers inconvenants qui avaient osé l'arrêter comme un vulgaire dealer de cage d'escalier, cette fois il n'y avait plus à l'horizon de lumières aveuglantes ou de brouillards lugubres, cette fois, il n'y avait plus d'Adelphus joueur, plus d'animaux civilisés ou d'humains bestiaux, tout était réellement redevenu normal, stable, posé… sans surprises.

Confiant, Sébastien fit juste un pas dans le couloir.

Un bouton clignota sur le mur, et, un peu comme dans un dernier soupir, les portes de l'ascenseur se refermèrent derrière lui...

« Ding ! »

...définitivement.

Rideau.

Sébastien fit un quart de tour sur lui-même et poursuivit sa route, ceci jusqu'à la porte de son appartement. Les pieds sur le paillasson, les idées encore en vrac, il stoppa in extremis un geste idiot : il s'apprêtait à sonner.

Consterné par cette ébauche de mouvement incontrôlé, il respira un grand coup et se concentra calmement.

Self-control.

Il prit ensuite son trousseau de clés et ouvrit la porte.

Sans faire de bruit, il referma derrière lui, accrocha son manteau dans l'entrée et retira ses chaussures.

Dans l'appartement, aucune lumière n'était allumée ; seule la pleine lune et les éclairages publics au dehors révélaient le lieu.

« Ding-Dong ! »

Sébastien tressauta à cette sonnerie, nerveux. Mais ce n'était que l'horloge du bureau. Il était vingt-trois heures pile.

Apercevant enfin une lueur saccadée et bleutée, il s'approcha du salon. Là, devant la télé encore allumée, il vit sa femme, Manuella, allongée sur le canapé et endormie.

Sébastien s'agenouilla près d'elle, lentement, toujours silencieux.

Avait-elle veillé en attendant son retour ?

L'avait-on seulement prévenue d'un retard quelconque ? Lui ou d'autres personnes ?

Que savait-elle vraiment ?

Et surtout, comment pouvait-il espérer lui expliquer facilement tout ce qui s'était passé ?

Des tas de questions l'assaillirent. Des questions sans réponses. Fallait-il en fait lui expliquer quoi que se soit ?

Mon Dieu, que de troubles...

Ne sachant pas quoi dire, Sébastien se mit simplement à la regarder. Comme ça, un moment. Et cela suffit à apaiser son tourment.

Puis, poussé par un élan irrésistible, il commença à coiffer en arrière les mèches de cheveux qui barraient le visage de Manuella ; puis il l'embrassa tendrement, sur le front. Conséquemment, Manuella se réveilla, s'étira d'une manière que Sébastien trouva fort élégante, et dit dans un bâillement:

- Salut, ta réunion a duré plus longtemps que prévue ?

- Euh... oui. Un vrai calvaire...

- Tu vas bien, mon chéri ? s'inquiéta soudain Manuella en caressant la joue de Sébastien.

Cette question anodine de Manuella, c'était le genre de phénomène que tous les scientifiques de la NASA réunis étaient incapables de vous expliquer ; certains appelaient ça le sixième sens, d'autres chercher la petite bête, mais en un seul regard, en une fraction de seconde, Manuella avait su capter un changement non identifié en la personne de son mari. Etait-ce dans l'attitude ? Etait-ce une contraction involontaire de la pupille ? Ou était-ce quelque chose d'encore plus diffus ? Comment savoir...

Mais Manuella ne s'était pas trompée.

Alors qu'autrefois, c'est-à-dire quelques heures à peine auparavant, Sébastien se serait offusqué face à cette inquiétude dérangeante, il décida plutôt d'en rire intérieurement et se voulut rassurant :

- Oui, ça va bien... je suis juste un peu... fatigué.

Manuella sourit.

Sébastien commença à saisir la main fine qui lui caressait le visage et c'est alors qu'un petit cri lointain, une sorte de cri de souris, rompit inopinément la communion présente:

- Maman ?

Sébastien et Manuella se regardèrent.

- M'man !... z'ai soif...

L'origine de l'appel ne fit aucun doute dans l'esprit des parents.

- Ne bouge pas, j'y vais, intervint le premier Sébastien.

- Bien... commenta simplement la seconde.

Sébastien embrassa la paume de la main de Manuella et s'en alla.

En passant devant la salle de bain, Sébastien remplit d'eau le fond d'un gobelet en plastique, puis il alluma la lumière du couloir et entrebâilla doucement la porte de la chambre de sa fille.

- M'man ? appela aussitôt Laura à la vue d'une présence.

- Non, c'est papa. C'est moi, bébé, répondit Sébastien, essayant de se frayer un chemin entre les jouets et les peluches éparpillées sur le sol.

- Où est maman ? Ze veux maman ! insista la petite.

- Maman est très fatiguée, mon cœur. Allume ta lampe de chevet, je vais faire tomber ton verre sinon.

L'enfant s'exécuta.

Sébastien posa le verre sur la table de nuit et s'assit alors sur le petit lit portant des draps froissés à l'effigie d'Harry Potter.

- Pourquoi tu ne dors pas, bébé ? Il est tard.

Sans répondre, Laura tourna la tête. Elle saisit ensuite une oreille de son lapin-doudou et commença à sucer son pouce.

- Je t'ai apporté de l'eau, tu veux boire un peu ?

Silence.

Sébastien n'était pas doué. Lui qui ne s'était globalement jamais occupé de sa fille en trois ans, la reprise du dialogue risquait d'être délicate et fastidieuse.

- Ze veux maman ! finit par beugler la petite fille, le dos tourné.

- Maman dort. Il ne faut pas la déranger.

Sentant son charisme s'envoler comme un liquide éthéré, Sébastien réfléchit un instant. Ne sachant pas quoi dire de plus au final, il se mit simplement à la regarder. Comme ça, calmement.

Dieu sait qu'il aimait ce petit souffle, ces longs cheveux noirs hirsutes et ce nez retroussé ! Que c'était beau ce petit être ! Plus il la voyait, plus il avait envie de tout connaître, de tout savoir sur elle. Comment ça se passait à l'école ? Avec qui jouait-elle ? Quel était son dessin animé ou son livre préféré ? Que voulait-elle faire comme métier plus tard ? Quelles chansonnettes avait-elle apprises ? Savait-elle en mimer certaines ? Avait-elle des soucis ?

Des soucis ? Mais quels soucis peut bien avoir une enfant de son âge ? s'interrogea subitement Sébastien, se surprenant lui-même. Pourquoi s'est-elle seulement réveillée ? Pourquoi a-t-elle demandé un verre d'eau sans le boire ? Pourquoi veut-elle maman à tout prix ? Pourquoi a-t-elle appelé quelqu'un ?

Oui, quel était le souci ? Voilà la bonne question.

- Dis-moi ce qui ne va pas, Laura ? demanda-t-il logiquement.

Pas de réaction.

- Je n'ai pas été gentil avec toi, c'est ça ? Tu m'en veux ?

Idem.

- Je sais, je n'ai pas passé beaucoup de temps avec toi. Je le regrette... on va changer tout ça, je te promets.

Succion du pouce. Rien de plus.

- Tu as des soucis, ma puce ? Qu'est-ce qu'il y a ? Je ne peux pas t'aider si tu ne me dis pas ce qui ne va pas ?

Un léger soupir.

Un nouveau silence.

Et finalement, relâchant l'emprise qu'elle avait sur son doudou, la petite fille se retourna vers son père et confia tout bas :

- Z'arrive pas à dormir.

- Ah !?... Tu as fait un mauvais rêve ?

- Non.

- Tu as chaud ? Tu as mal quelque part ?

- Non. Z'arrive pas à m'endormir, c'est tout...

Le dialogue s'était par bonheur entrouvert. Mais, au moindre faux pas, Sébastien sentait qu'il pouvait facilement s'enfoncer à nouveau tout au fond d'une impasse.

Devant les petits yeux ronds comme des billes de Laura, Sébastien se devait de réagir.

Il regarda autour de lui et tomba par chance sur une photographie.

Sur cette image, on voyait Laura assise sur une plage, en train de faire des pâtés avec sa pelle et son seau.

Sébastien prit ce hasard pour un signe, et dit :

- Tu... tu voudrais que je te raconte une histoire ?

- Oui papa, répondit la petite fille en exhibant ses plus belles quenottes pour tout sourire.

- Très bien, ma puce. Remets-toi un peu mieux sous tes couvertures, s'il te plaît.

Laura s'exécuta, enthousiaste.

Epié par le regard complice de Manuella dans l'embrasure de la porte, Sébastien commença alors son histoire :

- Il était une fois, un homme de sable...

A.V.
(02/03/05 - 08/08/05 ; corrigé le 12/09/2016)

Site internet :
http://haxvyll.wix.com/haxvyll